S. K. Reyem

Todesregion Deutschland 2
-ihr Hunger endet nie-

Bibliografische Information der Deutschen Nationalbibliothek: Die Deutsche Nationalbibliothek verzeichnet diese Publikation in der Deutschen Nationalbibliografie; detaillierte bibliografische Daten sind im Internet über http://dnb.dnb.de abrufbar.

© 2016 S. K. Reyem

Umschlagkonzept: **S. K. Reyem**
Umschlagbild: **S. K. Reyem**
Satz: **S. K. Reyem**
Lektorat: **Ralf Niemczyk**

Herstellung und Verlag: BoD – Books on Demand, Norderstedt

ISBN: 978-3-7412-7594-4

Alle Rechte vorbehalten.
Das Werk ist urheberrechtlich geschützt.

Prolog

Sommer in Europa. Das Jahr, in dem die Welt die Katastrophe traf, bescherte der Menschheit besonders viele Sonnenstunden. Jeden Tag verkündeten die Wetterfrösche einen neuen Hitzerekord. Die Menschen tummelten sich an den Meeren, Seen und Schwimmbädern und hießen jede Abkühlung aufs Herzlichste willkommen.

In München saß Max vor dem Radio und lauschte den neuesten Nachrichten. Über großen Teilen des Nordatlantiks bildete sich für die Meteorologen völlig unerwartet eine immer größer werdende dünne Schleierwolke, die sich ganz langsam unterhalb des Jetstreams auf Europa zubewegte. Dieses Phänomen konnten sich die Wetterdienste zwar nicht umfänglich erklären, aber in Anbetracht der schon lange ausstehenden Abkühlung durch leichten Regen verfielen sie alle in Verzückung.

Max stellte nach Beendigung der Nachrichten sein Radio ab, zog seine Sandalen an und wählte ob des zu erwartenden Regens seine dünne, blaue Sommerjacke. In seinem Job als Briefzusteller konnte er es sich nicht aussuchen, bei welchem Wetter er den Dienst versah. Die Post kam jeden Tag und Max sorgte dienstbeflissen dafür, dass sie pünktlich im Briefkasten lag.

Von der Ecke Ackermann- und Elisabeth-Kohn-Straße warf Max einen Blick über das alte Olympiagelände in Richtung Norden. Eine dünne Wolkenschicht bedeckte dort bereits den Himmel.

Na ja, viel Regen würde das nicht werden. Aber besser als nichts, dachte Max und setzte seinen Weg fort.

Sieben Minuten später fing es ganz leicht an zu nieseln. Es fühlte sich auf Max' Haut wie Honigtau an – ganz feine, kleine Tröpfchen, die verdunsteten, kaum dass sie die Haut berührten.

»Guck mal da!«, rief ein Kind.

Auf der Straßenseite gegenüber brach eine ältere Dame zusammen. Was war da denn los? Vor Max` Augen bildete sich ein milchiger Schleier und er konnte seine Umgebung nur noch schemenhaft wahrnehmen. Plötzlich einsetzende, wahnsinnige Kopfschmerzen dröhnten in seinem Schädel und ein Hunger stieg in ihm auf – ein so unstillbarer Hunger, wie er ihn bisher nie kannte.

»Um Gottes Willen!«, schrie eine Frau.

Max geriet ins Taumeln. Die Haustür des Hauses, vor dem er sich gerade befand, wurde geöffnet und eine junge Frau betrat die Straße. Der Briefzusteller roch sie mehr, als das er sie sah. Und da meldete er sich wieder, dieser Hunger. Max erschrak vor sich selbst. Mehr und mehr wurde ihm bewusst, worauf er jetzt eigentlich Hunger bekam.

»Mama schau mal, es regnet«, rief ein kleines Mädchen, welches soeben die Bäckerei drei Türen weiter mit ihrer Mutter verließ.

Die alte Damen von gegenüber, die Max aus den Augen verloren hatte, als diese der Länge nach hinfiel, lief nun schlurfenden Schrittes über die Straße. Sie steuerte direkt auf die junge Frau zu. Dabei hing ihre Zunge aus dem Mund und sie gab gurgelnde Laute von sich.

Max verstand das nicht, fühlte aber wie sich in seinem Kopf eine immer größer werdende Leere breit machte. Was tat er hier überhaupt? Er konnte sich plötzlich nicht mehr erinnern. Warum befand er sich hier, in dieser Straße? Wie lautete eigentlich sein Name? Er wollte um Hilfe rufen, brachte aber nur ein seltsam anmutendes Gestöhne hervor.

Mittlerweile wurde die junge Frau von der alten Dame angesprungen und zu Boden gerissen. Max erkannte spritzendes Blut und sein Hunger wurde dadurch unbändig. Langsam, aber doch so schnell er es vermochte, bewegte er sich auf die beiden Frauen zu. Er wollte schneller gehen, die Gier trieb ihn, es gelang ihm aber nicht.

Im Inneren seines Kopfes spielte sich nichts Bedeutendes mehr ab. Sämtliche Gedanken schienen ein für alle Mal zu erlöschen. Einzig der Hunger und die gurgelnden Laute aus seinem Hals, blieben.

Max trieb seine Zähne herzhaft grunzend in den rechten, warmen Oberschenkel der immer noch heftig zuckenden jungen Frau und sein Gehirn stellte jegliche Denkfunktion endgültig ein. Max schaute hoch und blickte direkt in die blutunterlaufenen Augen des kleinen Mädchens. Auch sie hatte sich bereits ihren Anteil des Fleisches der jungen Frau geholt. Max grunzte und biss erneut zu.

All das, was Max einst zum Menschen machte, ging nun vollends verloren. Übrig blieb einzig und allein der nicht enden wollende Hunger.

(1)

»Au Mann, ein Jumbolino. Hätte nicht gedacht, so etwas Schönes noch mal vor meine Augen zu kriegen.«

Eugen stand plötzlich direkt hinter mir und blickte genauso verdutzt in den Himmel wie ich.

Ich glaubte meinen Augen und Ohren nicht zu trauen und verspürte ein aufgeregtes Kribbeln im Bauch, gerade so, als wenn ich vor meinem ersten großen öffentlichen Auftritt stände.

»Eugen, ist dir klar, was das bedeutet? Da im Flugzeug, da leben doch noch Menschen. Die Maschine muss irgendwo gestartet sein und zwar erst kürzlich – lange nach Beginn der Katastrophe. Die kommt auch nicht von nirgendwo. Bestimmt gibt es noch einen Flecken auf der Welt, der noch nicht in diesem Untoten-Mist versunken ist und von da kommt der. Stell dir das mal vor!«

»Schau mal Marc, der geht runter.«

Tatsächlich verlor der Flieger jetzt deutlich an Höhe.

»Ja, du hast recht. Der landet bestimmt in Dresden.«

»Nein, nein, das ist nicht Dresden. Der dreht ab. Der geht in Leipzig runter.«

Mittlerweile gesellten sich, durch den Motorenlärm alarmiert, noch andere Leute aus unserer Gruppe zu uns.

»Was ist da denn los?«, hörte ich Bernd begeistert rufen, dem es trotz der widrigen Umstände, in denen wir seit Monaten lebten, immer wieder gelang, eine respektable Irokesenfrisur zur Schau tragen zu können.

»Ich halt es nicht aus. Ein Flugzeug. Ob der uns gesehen hat?«, rief Fiona.

Alle redeten jetzt wild durcheinander. Neu Hinzugekommene fragten bei denjenigen nach, die das Flugzeug mit eigenen Augen gesehen hatten und jeder brachte eine andere Theorie vor, wer da im Flieger säße und woher die Maschine gekommen sein könnte.

»Wir treffen uns alle im großen Saal, so in 15 Minuten«, versuchte ich den wilden Spekulationen vergeblich ein Ende zu setzen und beruhigend zu wirken, »gebt allen Bescheid.«

Innerlich verspürte ich dieselbe Nervosität wie meine Freunde. Mein Herz hüpfte aufgeregt hin und her.

Fiona blieb gleich bei mir und wir überlegten gemeinsam, was die Existenz dieses Flugzeuges für uns bedeuten könnte.

»Vielleicht gibt's doch noch was anderes«, flüsterte sie mit großen Augen und küsste mich auf die Wange.

(2)

Obwohl ihr Vater die Verantwortung dafür trug, dass Marlene den Beruf der Bäckerin erlernte, liebte Sie diesen Beruf von ganzem Herzen. Doch an solch besonders heißen Sommertagen, wie die Menschen sie in diesem Jahr so extrem in Europa erlebten, fühlte sie sich in der Backstube nur noch früh morgens wohl. Spätestens ab acht Uhr verließ sie die Nähe der Backöfen und schleppte das in den letzten Stunden entstandene Backgut nach vorne ins Geschäft. Früher, als junges Mädchen, machte es Marlene überhaupt nichts aus, stundenlang auch bei heißen Temperaturen an den Backautomaten zu stehen. Jetzt, mit 48 Jahren, fiel ihr das unsagbar schwer und es fühlte sich so an, als ob ihre Füße in Beton stecken würden.

Marlene stammte aus einem gutbürgerlichen Elternhaus. Sie wuchs in einem gutbürgerlichen Stadtteil Essens auf und besuchte die Mittelschule bis zur letzten Klasse. Was so durchschnittlich klingt, war in der Tat so. Marlene wusste das, es störte sie aber nicht. Ohne besondere Flausen im Kopf und ohne hochtrabende Ziele strebte sie auch nur einen Beruf an, den man als normal bezeichnen konnte. Darüber hinaus wünschte sie sich, verheiratet zu sein und zwei Kinder zu bekommen – zuerst ein Mädchen und dann einen Jungen. Und die Erfüllungen dieser Wünsche gelangen ihr mit Bravour.

An dem Tag, an dem sie ihren zwanzigsten Geburtstag feierte, lernte sie ihren späteren Ehemann Dietrich kennen. Ihre gemeinsamen Freunde nannten das Pärchen fortan unter vorgehaltener Hand scherzhaft Marlene Dietrich.

Fünf Jahre später heirateten die Beiden. Marlene schenkte nach drei weiteren Jahre einer Tochter und nach noch einmal zwei Jahren einem Sohn das Leben. Damit fühlte sich Marlenes genügsames Leben für sie absolut perfekt an.

Trotz ihrer zufriedenstellenden Durchschnittlichkeit galt Marlene bei ihren Freundinnen als ausgesprochen beliebt. Man konnte sich auf sie verlassen. Denn eines tat Marlene nie – aufgeben.

Heute musste Marlene nicht in die Backstube. Ihren freien Tag wollte sie nutzen, um für ihren Ehemann und ihre beiden Kinder in der Innenstadt schon lange aufgeschobene Besorgungen zu machen.

Wie immer, wenn Marlene in der Essener City einkaufen wollte, parkte sie im Parkhaus der Hauptstelle der Sparkasse Essen. Das lag direkt unterhalb der Geschäftsstelle der Bank in einem mehrstöckigen Gebäude. Sie fand einen freien Platz für ihren Ford Focus auf der untersten Ebene des Parkhauses.

Marlene näherte sich gerade dem Ausgang, als ein ohrenbetäubender, schriller, auf- und abschwellender Heulton ertönte. Der so plötzliche erschallende und so bedrohlich wirkende Ton ließ einen jungen Mann erschrocken zusammenzucken, der soeben das Parkhaus durch die schwere Eisentür betrat.

»Was ist das denn?«, fragte Marlene, die in diesem Augenblick direkt neben dem jungen Mann stand.

»Keine Ahnung, besser wir gehen nach draußen.«

Der junge Mann drehte sich zu der Tür um, durch die er gerade getreten war. Doch die ließ sich nicht mehr öffnen. Er drückte die Türklinke herunter und schwang seine Schulter mit all der ihm zur Verfügung stehenden Kraft gegen die schwere Metalltür. Doch nichts tat sich. Die Tür wirkte wie im Rahmen festgesaugt. Erstaunt schaute er Marlene neben sich an.

»Da hinten ist noch ein Ausgang«, meinte Marlene und setzte sich gleich in Bewegung.

Der junge Mann folgte ihr schnellen Schrittes. Marlene spürte den Blick, den der er auf ihre Beine und die hochhackigen Schuhe warf und schmunzelte. Sie wusste, dass sie sich darauf verdammt gut bewegen konnte. Die anschwellende Sirene holte sie jedoch schnell in die Wirklichkeit zurück.

Als Marlene mit dem jungen Mann im Schlepptau den Eingang auf der gegenüberliegenden Seite des Parkhauses erreichte, standen vor diesem schon vier weitere Personen, die vergeblich an der Tür rüttelten.

(3)

Im großen Saal, dem größten Gebäude der Festung Königstein, den die neuen Bewohner der Festung „Gemeinschaftshaus" tauften, fanden sich nach und nach alle hier Lebenden ein. Nervosität stand im Raum wie Wasserdampfschwaden in der Waschküche.

»Heute hat uns ein Flugzeug überflogen«, startete ich meine Rede mit der Information, die schon längst alle kannten.

»Es sah so aus, als ob es zur Landung ansetzen würde und Eugen meinte, es würde vielleicht in Leipzig runter gehen. Eugen, erzähl mal!«

Eugen, den wir gerne das Schlusslicht nannten, da er als Letzter zu unserer Gruppe stieß, bevor wir die Festung Königstein erreichten, verstand es, sich gut zu integrieren. Er galt insgeheim als kleiner, durchaus liebevoller Spinner, den man nicht so ganz ernst nehmen musste.

Nun erhob sich Eugen, schaute triumphierend in die Runde und schritt gemächlichen Schrittes nach vorne. Bevor er ein erstes Wort an die Gruppe richtete, sah er mit einem Ausdruck von Wichtigkeit und Schwere in den Augen die anderen der Reihe nach an. Doch die Leute kannten und mochten Eugen und sahen es ihm nach.

»Bei dem Flugzeug handelt es sich eindeutig um eine Bae 146, vierstrahlig von Britisch Aerospace.«

Jetzt trat Stille ein. Eugens Zuhörer warteten auf weitere Informationen und Eugen wartete auf Bewunderung und Zustimmung.

»Mach weiter, Eugen«, wurde es mir zu lang.

»Ah, na gut. Dieses Flugzeug schafft 2.800 Kilometer. Kennzeichnend für die Maschine sind die hoch angesetzten, gepfeilten Tragflächen mit ausgeprägter, negativer V-Stellung.«

»Eugen, beschränke dich auf das wirklich Wichtige.«

Der enttäuschte Eugen zuckte leicht mit der linken Braue und sprach weiter.

»Wenn das Ding in Leipzig runter gegangen ist – und danach sah das allemal aus – und dem Flieger das Kerosin ausgegangen ist, dann kann der aus Zypern, Kreta oder der Türkei gekommen sein. Aus der Richtung kam die Maschine jedenfalls.«

Eugen machte ein nachdenkliches Gesicht, griff sich ans Kinn, rieb es, riss seine Augen weit auf und fuhr fort.

»Wenn einer ein Flugzeug fliegen kann, heißt das noch lange nicht, dass er es auch tanken kann. Das kriegt der nie und nimmer alleine in Leipzig hin. Ich bin mir sicher, der hockt da noch.«

»Gut«, mischte sich Fritz der Hüne ein, »dann wissen wir, dass der irgendwo gestartet ist, als wir schon längst hier auf der Festung wohnten, also Wochen nach Ausbruch der Epidemie. Vielleicht, aber nur vielleicht kommt er aus Süd-Ost-Europa und ist unter Umständen in Leipzig gelandet. Das sind auch gute 150 Kilometer von hier. Ob der irgendwo abgehauen ist oder ob es da, wo der herkommt noch ok ist, wissen wir nicht. Vielleicht kann der so ein Ding ja auch tanken und fliegt seit Monaten einfach nur von Flughafen zu Flughafen. Für mich hört sich das alles nicht wirklich toll an. Ist doch eine Schnapsidee, den zu suchen. Vergessen wir es!«

»Nein, das ist immerhin eine Chance auf unser altes Leben.«, meinte Fiona dazu, »Wir können das nicht außen vor lassen. Hier ist es ja ganz nett, uns allen geht es gut und wir kommen zurecht. Auf Dauer ist unsere Welt hier aber ziemlich klein. Spürt ihr nicht die Enge? Ich kann das aushalten, aber wenn es eine Möglichkeit gäbe, ein normales Leben wie früher zu führen, dann...«

»Das ist ein Fingerzeig Gottes«, rief Fionas Mutter Petra mit schriller Stimme in die Runde. Ihre Frömmigkeit kannte jeder auf der Festung.

Nun brach eine heftige Diskussion los. Argumente über Argumenten wurde immer und immer wieder aufs Neue ausgetauscht – ohne Ergebnis und Einigung.

»Lasst uns abstimmen«, sorgte ich schließlich mit lauter Stimme für Ruhe, »so lautet mein Vorschlag: Vier Mann von uns machen sich auf den Weg nach Leipzig und schauen nach, ob das Flugzeug da ist und da geblieben ist und was damit los ist. Alles andere entscheidet sich dann. Wenn alles gut geht, brauchen wir dafür drei oder vier Wochen.«

»Keine schlechte Idee. Wer soll denn da mitgehen?«

»Ich gehe natürlich. Dann kommt Eugen mit, der kennt sich hier in Sachsen am besten aus. Fritz, auch wenn er dagegen ist, soll ebenfalls mitkommen. Er ist der beste Kämpfer. Der vierte Mann ist der dicke Eddi, weil er die meisten Sprachen kann. Wir wissen ja nicht, auf wen wir treffen.«

»Dann will ich auch mit. Warum soll ich hier bleiben?«, fragte Bernd.

»Wir brauchen schließlich auch ein paar Leute hier. Es muss hier indessen auch weitergehen. Es ist da draußen ja nicht so ganz ungefährlich. Im Notfall, falls uns etwas passiert, muss es ohne uns weitergehen.«

»Du spinnst wohl!« riefen Fiona, meine Freundin und Bärbel, die Freundin von Fritz zeitgleich.

Mein Vater verzog sein Gesicht zu einer missmutigen Grimasse und schwang seinen Krückstock drohend über seinem Kopf.

»Und wenn ihr umsonst geht, niemanden findet oder dass im Flugzeug sonst wer ist? Was dann?« interessierte sich Mahmut der frühere Feuerwehrmann.

»Keine Ahnung, das weiß ich auch nicht«, antwortete ich, »dann können wir nur mitbringen, was wir unterwegs finden und tragen können.«

Nach weiteren 30 Minuten und heftiger Debatte stand es endlich fest. Eugen, Fritz, Eddi und ich würden am nächsten Tag aufbrechen, um nach dem Verbleib des Flugzeuges zu forschen.

(4)

Marlene stand an vierter Position in der Schlange der Fahrzeuge, die das Parkhaus verlassen würden, sobald sich das Tor öffnete. Aufgeregt trommelte sie mit den Fingern auf dem Armaturenbrett herum, verspürte Angst vor dem, was sie draußen erwartete. Zudem roch es in ihrem Auto unangenehm nach ranziger Leberwurst. Die Wurst verblieb vergessen in einer Tüte im Auto zurück, als es losging.

Vor dem Fahrzeug von Marlene saß Doris in ihrem Auto. Ein Stück des Weges wollten die beiden Frauen gemeinsam zurücklegen. Marlenes Ziel lag im Osten der Stadt, Doris wollte nach Bochum.

Warum passieren Katastrophen eigentlich immer dann, wenn man nicht zuhause ist, fragte sich Marlene. Damals, als Opa und Helga mit dem Auto verunglückten, befand ich mich auch nicht daheim. Ich muss zu meinen Kindern.

Da, es ging los. Die seit Tagen verschlossen Tore hoben sich und ein Fahrzeug nach dem anderen sauste durch die Öffnung.

Rechts, links, rechts, links und dann bis zur A40, so Marlenes und Doris' einfacher Plan. Zu Beginn ihrer Fahrt lief alles wie gewünscht. Marlene versuchte die fürchterlichen Bilder links und rechts der Straße auszublenden. Überall standen zum Teil zerstörte Fahrzeuge auf der Straße herum, denen es auszuweichen galt. Allen Ortes schlichen kleinere Gruppen von Untoten heran, die der Lärm der beiden Fahrzeuge anzog. Auf Höhe des Waldhausenparks lagen zahlreiche Leichen oder Teile davon aufgehäuft auf der Straße. So einen Anblick kannte Marlene nicht. Ihr wurde es übel.

Bis zur Unterführung, die unter der Hauptstrecke der Eisenbahn zwischen Essen und Duisburg hindurchführte, ging alles gut. In der Unterführung standen jedoch noch mehr verlassene Fahrzeuge herum, als es bisher auf ihrem Weg der Fall gewesen war. Doris, die vor Marlene herfuhr, verlangsamte ihr Tempo nicht im Geringsten und donnerte in den kleinen Tunnel hinein. Weit kam sie nicht. Es rumste fürchterlich, als sie gegen eines der dort stehenden Fahrzeuge knallte und ihr Auto verkeilte. Es ging nicht mehr nach vorne und auch nicht mehr zurück.

Marlene stoppte ihren Wagen noch vor der Einfahrt zur Unterführung. Währenddessen öffnete Doris die Fahrzeugtür, stieg aus und ging zum Kofferraum. Sie suchte nach ihren dort verstauten Utensilien.

»Komm schnell hier herüber. Da kannst du nicht bleiben. In meinem Auto bist du sicher«, rief Marlene ihr durch das inzwischen geöffnete Autofenster zu.

Doris reagierte überhaupt nicht, sah noch nicht einmal herüber. Sie öffnete die Heckklappe und wühlte, tiefgebeugt über dem Kofferraum, darin herum.

Marlene glaubte ihren Augen nicht zu trauen. Aus der Unterführung heraus quollen immer mehr dieser Schlurfer, die sich gierig grunzend der ahnungslosen Doris näherten.

»Pass auf!«, rief Marlene und drückte zur Warnung auf ihre Hupe.

Damit erzielte sie aber nur einen einzigen Effekt - noch mehr Bestien wurden auf sie aufmerksam.

Doris schien das nicht im Entferntesten zu kümmern. Immer noch suchte sie etwas in ihrem Kofferraum.

»Um Gottes Willen, dreh dich endlich um und komm rüber«, versuchte es Marlene erneut mit lauter Stimme.

Jetzt endlich reagierte Doris und drehte sich um. Da griff ihr schon der erste Untote an die Schulter. Doris zuckte zusammen. Deutlich zeichnete sich der Schrecken auf ihrem Gesicht ab. Sie riss sich los, schaute voller Angst zu Marlene herüber und wollte sich gerade in Bewegung setzen, da griffen weitere knochige Hände nach ihr. Doris zappelte wild und wollte sich abermals losreißen, da biss ihr eine der Kreaturen in die linke Flanke. Blut spritze und Doris schrie, wie eine Motorsäge, die auf Stahl traf.

Marlene erschauderte und dachte eine Sekunde daran, ihrer Freundin zur Hilfe zu eilen. Schnell und mit erschütternder Klarheit stelle sie fest, wie völlig sinnlos das gewesen wäre. Es hätte auch ihr Leben gekostet. So blieb Marlene nichts anderes übrig. Sie musste zusehen, wie Doris endgültig niedergerissen wurde und die Meute der Bestien sich daran machte, sie in Stücke zu reißen. Doris' Schreie erstarben alsbald.

Marlene konnte, wie alle anderen auch, aus dem Parkhaus heraus, aus dem sie mit Doris vor nicht langer Zeit geflohen waren, selber einen Blick auf eine der umliegenden Straßen werfen. Da beobachtete sie bereits Teile des Unwesens, welches die Untoten trieben. Auch kannte sie die Erzählungen von Marc und Fritz, die zuvor mit den Schlurfern direkt aneinandergeraten waren. Trotzdem fehlte ihr bisher jegliche Vorstellungskraft darüber, was der Ausbruch der Epidemie – oder worum es sich sonst auch immer handelte – tatsächlich bedeutete. Jetzt bekam sie eine erste Idee davon.

Marlene wendete sich von der grausigen Szene ab. Fürchterliche Angst wühlte in ihr. Befanden sich ihr Ehemann und ihre Kindern in Sicherheit? Was würde aus ihr werden und aus ihren Freunden aus dem Parkhaus? Wie sollte es weitergehen?

Marlene fuhr in westliche Richtung davon. Sie würde einen anderen Weg nach Hause finden müssen.

(5)

Am frühen Morgen saß mir Fiona immer noch beleidigt gegenüber.

»Finde ich echt super, Marc. Du willst ohne mich gehen. Warum möchtest du mich nicht mitnehmen?«

»Die Frage hast du mir mindestens schon zehnmal gestellt und ich habe sie dir bereits zehnmal beantwortet.«

Ich spürte, wie mir der kalte Schweiß über den Rücken lief und drückte ein Lächeln aus meinem Gesicht. Vor nicht mehr als einer Stunde stritten wir um das Thema schon einmal.

»Hier auf Königstein ist es sicher. Ich will dich nicht in Gefahr bringen. Du weißt es selber. Im Elbtal tauchen immer größere Schlurfer-Gruppen auf«, argumentierte ich.

»Deine Mutter und erst recht mein Vater kommen alleine nicht mehr so richtig zurecht. Wer soll sich denn um die Beiden kümmern?«, machte ich ihr ein schlechtes Gewissen, »sie brauchen dich.«

»Du hast ja recht mit deinen Argumenten«, sagte Fiona, dachte allerdings das Gegenteil.

»Lass uns lieber ein paar Klamotten zusammenpacken. Ich nehme einen kleinen Rucksack mit, meinen Tapezierigel, meine Zwille und zwei Messer. Und ich frage Rosi nach der Polizeipistole, die ich ihr damals gegeben habe.«

Wortlos packten Fiona und ich meine Plörren zusammen. Es wurde langsam Zeit. Die anderen warteten bestimmt schon. Nach einer innigen, intimen Verabschiedung begaben wir uns Hand in Hand in den

Innenhof der Festung, an die Stelle, von der ein Tunnel in Richtung Ausgangstor abzweigte.

Fiona sprach die Gründe meines Wegganges ohne sie nicht mehr an. Das beruhigte mich. Fiona begriff schnell.

Alle anderen Bewohner warteten tatsächlich schon und das große Herzen zur Verabschiedung befand sich bereits in vollem Gange. Ich mochte diese Abschiedszeremonien nicht. Am liebsten wäre es mir gewesen, wenn wir sofort gegangen wären.

»Komm bald wieder, mein Junge«, rief mir mein Vater zu.

Fiona schaute zu mir hinüber. Selbst Granit wäre bei diesem Anblick geschmolzen. Jetzt wollte ich mich am liebsten umdrehen und hierbleiben. Doch dazu war es zu spät. Daran war nicht mehr zu denken.

Unser Plan bestand darin, erst einmal zu Fuß etwas Abstand zwischen uns und die Festung zu bringen. In Struppen, einem kleinen Örtchen gute vier Kilometer entfernt, wollten wir uns ein Fahrzeug organisieren und dann den kürzesten Weg über die Autobahn wählen.

Ich weiß nicht, wie es meine Freunde empfanden, mir ging es verdammt schlecht. Nach mehr als drei Monaten verließ ich zum ersten Mal die Festung und musste wieder damit rechnen, von den Untoten angefallen zu werden. Ein Blick in die Gesichter meiner Gefährten verriet mir, auch sie fühlten sich nicht glücklich. Uns allen – mittlerweile auch Fritz - war jedoch bewusst, dass wir unbedingt herausbekommen mussten, wie es mit der Welt und somit mit uns stand. Handelte es sich bei der Festung Königstein um unsere letzte Station oder bestand doch eine Möglichkeit in unser altes Leben zurückzukehren?

Den Zugangsweg zur Festung und die dahinter verlaufende Bundesstraße passierten wir ohne einer der Bestien zu begegnen. Wir verhielten uns so leise es ging.

Mit einem Blick nach links und rechts in die Landschaft verschaffte ich mir Klarheit. Es würde mit der Fahrerei nicht so einfach werden. Die Natur feierte längst große Erfolge damit, die von den Menschen versiegelten Flächen zurückzuerobern.

Mitten im Wald vor dem Ort Struppen legten wir unsere erste Pause ein und verzerrten die Butterbrote, die uns die auf der Festung Zurückgebliebenen mitgegeben hatten. In Zukunft würden wir uns Lebensmittel suchen müssen. Ich beobachtete meine Mitreisenden.

Dem langen Fritz steckte ein langes Küchenmesser im Gürtel und er trug darüber hinaus eine alte Streitaxt mit sich. Die stammte aus dem Zeughaus der Festung. Die geschickt an seinem Rucksack befestigte Axt konnte er in Windeseile ziehen. Genau die richtige Waffe für den Riesen.

Der dicke Eddi führte einen Sportbogen mit sich, den er bei Paula vom Laubnerhof geliehen hatte. Er konnte ganz gut damit umgehen. Unzählige Pfeile ragten aus seinem Rucksack hervor.

Eugen war der Einzige von uns, der keinen Rucksack auf seinem Rücken trug. Er hängte sich eine kleine Reisetasche um. Typisch Eugen, dachte ich, umständlich wie immer. Eine Bewaffnung konnte ich bei ihm nicht ausmachen, wusste aber, dass er mindestens zwei oder drei Messer oder Dolche mitführte.

Mir wurde es beim Anblick dieser Truppe des Grauens etwas mulmig. Der Gedanke, wieder die Untoten erschlagen zu müssen, bereitete mir Angst. Immerhin handelte es sich bei ihnen nach wie vor um Menschen.

15 Minuten später brachen wir wieder auf. Schon nach wenigen Metern verspürte ich ein Kribbeln im Nacken, gerade so, als wenn jemand direkt hinter uns herschleichen würde. Knackte da nicht ein Ast? Ich wirbelte herum. Nichts außer Wald. Hatten die Kollegen denn nichts gehört? Ich drehte mich wieder nach vorne. Fritz befand sich nicht mehr bei uns. Eddi und Eugen marschierten aber ohne darauf zu achten weiter.

»Ähh, was ist los?«, flüsterte ich dem direkt vor mir gehenden Eugen ins Ohr.

»Pst«, antwortete der nur und begann, „das Wandern ist des Müllers Lust" zu summen.

Vorsichtshalber zog ich meinen Tapezierigel aus dem Gürtel und bereitete mich darauf vor, um mich schlagen zu müssen. Ich begann zu frieren. Na ja, kein Wunder zu dieser Jahreszeit. Bei dem Gedanken bemerkte ich, in welchen zerrissenen Klamotten wir steckten. Es wurde langsam Zeit, für uns und für unsere Freunde auf der Burg, neue Kleidung zu besorgen und von unserem Ausflug mitzubringen.

Wieder ein Knacken hinter mir und ein kurzer, spitzer Aufschrei.

(6)

Marlene weinte leise vor sich hin. Der Tod von Doris und erst recht die Art und Weise ihres Endes trafen sie bis in Mark. Sie fühlte sich alleine gelassen und dies bereitete ihr die größte Angst. Wie würden sich da ihre Kinder fühlen. Sie hoffte, ihre Sprösslinge würden sich gemeinsam mit ihrem Mann in einem sicheren Unterschlupf aufhalten.

Langsam, ganz langsam rollte Marlenes Auto die Ruhrallee hinunter. In ihrem Rückspiegel sah sie kleine Horden von Untoten, die eine Zeit lang hinter ihr her trotteten, dann aber wieder das Interesse an ihr verloren. Gerade jetzt schlurften eine alte Frau und zwei junge Männer – soweit man das in den angeschlagenen Gesichtern noch erkennen konnte – unmittelbar an ihrer Stoßstange die Straße entlang. Sie streckten ihre Hände aus und gaben ein fürchterliches Grunzen und Gegröle von sich. Das übertönte selbst den Motor des Fahrzeuges. Die entsetzte Marlene konnte den Blick nicht von der alten Frau lassen.

Da gab es einen Stoß und ein lautes Klatschen erfüllte das Fahrzeug. Unbemerkt hatte sich eine dieser Kreaturen auf das Auto zubewegt und Marlene wich nicht aus. Sie fuhr ungewollt und ohne zu bremsen die Bestie über den Haufen. In dem Schreck riss Marlene das Steuer des Wagens nach links und krachte gegen einen verlassen stehenden knallroten BMW.

Jetzt erreichten auch die alte Frau und die beiden jungen Männer Marlenes Auto und schlugen auf dieses grunzend ein. Marlene roch den süßlichen, fauligen Gestank, der den Geruch der immer noch im Auto liegenden vergammelten Leberwurst noch überlagerte.

Beherzt setzte Marlene das Auto zurück, die drei Figuren kamen zu Fall, was Marlene nicht kümmerte. In Panik geraten? Die Gefahr bestand nicht. Marlene hatte sich immer und überall im Griff.

Jetzt noch links auf die Westfalenstraße und dann immer geradeaus und sie würde in Essen-Freisenbruch vor ihrer Wohnung stehen. Und was dann?

Das Haus, in dem Marlene mit ihrer Familie lebte, stammte von Anfang des letzten Jahrhunderts. Zwei Weltkriege konnten es nicht zerstören. Jetzt parkte Marlene ihr Fahrzeug unmittelbar davor. Deutlich erkannte sie sämtliche eingeschlagene Scheiben in der unteren Etage. Scherben lagen auf dem Bürgersteig. Blut klebte an der Hauswand, viel Blut. Auf den drei Treppen zur Haustür saß ein verrottender, menschlicher Kadaver aufrecht an die Tür gelehnt.

Marlenes Wohnung befand sich in der zweiten Etage.

Runde 100 Meter entfernt schlich eine Gruppe von Untoten, mindestens zehn, eher 15 Personen extrem langsam die Straße entlang. Marlene blieb gottlob unbemerkt. Wenn sie sich beeilen würde, wäre sie längst ihm Haus, bevor die Meute sie erreichen konnte.

An einem Fenster in der dritten Etage auf der Marlenes Wohnung gegenüberliegenden Straßenseite patschte ein Untoter mit der flachen Hand ohne Unterlass an die Scheibe und schaute gierig zu ihr hinunter. Marlene konnte er entdecken, den Ausgang zur Straße allerdings noch nicht finden.

Marlene kannte den Mann. Es handelte sich um den Vater eines Freundes ihres Sohnes. Verzweifelt suchte sie nach dem Haustürschlüssel und fand ihn schließlich in ihrer Handtasche. Jetzt schnell die Fahrzeugtür auf. Und als Marlene diese wieder zuschlug, erkannte sie sofort ihren Fehler.

Auch wenn sich Autotüren heutzutage leise schließen ließen, reichte das Geräusch aus, um alle Schlurfer der Umgebung zu alarmieren – auch die drei Figuren, die nur wenige Meter entfernt zwischen anderen Fahrzeugen herumlungerten.

Nahmen die untoten Kreaturen erst einmal Witterung auf, versetzte sie das zwar nicht in ein rasendes Tempo, doch durchaus in eine erhöhte Geschwindigkeit – dies immer in Abhängigkeit zur ihrem jeweiligen Verletzungs- und Verwesungszustand.

Marlene rannte. Doch knochige Hände griffen schon nach ihr.

(7)

Ich traute meinen Augen nicht. Da kam der lange Fritz aus dem Wald. In der rechten Hand hielt er seine Streitaxt und unter dem linken Arm hing eine zappelnde Person, eine Frau, die ihrerseits einen Streitflegel – einen 60 Zentimeter langen, massiven Holzstiel, an dessen Ende eine lange Kette die Verbindung zu einer dornenbesetzten Eisenkugel herstellte – festhielt. Die Frau protestierte lauthals, machte aber keinerlei Versuche, ihre schwere Waffe gegen Fritz einzusetzen.

Vor uns stehend setzte Fritz die Frau auf ihre Beine und ich schaute direkt in die Augen von Fiona.

»Was soll das denn? Was machst du denn hier? Jetzt muss ich dich zurückbringen.«

»Vergiss es. Ich kann dich nicht alleine gehen lassen. Sehe das bitte endlich ein.«

In Fionas Stimme lag Bestimmtheit, Verzweiflung und durchaus etwas Liebe. Genau diese Kombination kochte mich weich.

Ich schaute der Reihe nach in die Gesichter meiner Gefährten und sah ihre Zustimmung.

»Na gut, dann lasst uns gehen.«

Dann würden wir eben zu fünft auf die Reise gehen. Und wenn ich ehrlich zu mir selber sein sollte, gefiel es mir, Fiona bei mir zu wissen. Ich nahm sie bei der Hand und wir marschierten weiter.

Bald lichtete sich der Wald und die ersten Häuser des Dorfes tauchten vor uns auf. Hier herrschte völlige Stille. Wir vernahmen kein sonst übliches Gestöhne von den Schlurfern und sahen niemanden – gerade so, wie wir es von der Festung aus, die wir von hier aus noch sahen, beobachten konnten.

»Sichere sehen sie uns jetzte mit die Feldstecher«, meinte unser Italiener, den alle den dicken Eddi nannten, und er winkte mit beiden Armen.

Der Ort Struppen lag wie ausgestorben da. Keine Menschen, keine Untoten. Nach und nach durchsuchten wir ein Haus nach dem anderen und trugen das zusammen, was wir finden und gebrauchen konnten.

Zwei Büchsen Ölsardinen, zehn Pakete Nudeln, eine Dose Eierravioli, drei Tüten Kartoffelchips, mehrere Pakete Kekse und ein halber Kasten Mineralwasser – keine schlechte Ausbeute, wenn man bedenkt, dass viele Lebensmittel in den Schränken und Kühlschränken inzwischen verdorben waren.

Plötzlich störte das Geräusch eines anspringenden Motors die Stille. In der mittlerweile ruhig gewordenen Welt ein Höllengeräusch.

»Hey, was ist das denn?«, jubelte Fritz erfreut.

Eugen, der sich vor der Durchsuchung der Häuser abgesetzt hatte, fuhr jetzt mit einem besonderen Exemplar des IFA W50 die Straße entlang und kam vor uns zum stehen. Das Fahrzeug, ein Lastkraftwagen aus DDR-Zeiten, verfügte über eine 10-sitzige Fahrerkanine und eine schwenkbare Schneeräumschaufel vor der Motorhaube. Damit würden wir zwar laut, aber sicher fahren können und unter anstürmenden Schlurfern ziemliches Unheil anrichten.

»Vollgetankt, was für ein Glück«, jubelte Eugen vom Fahrersitz herunter.

Zehn Minuten später saßen wir, alle unsere Sachen sicher verstaut, im Führerhaus und fuhren in Richtung Pirna davon.

Keine weiteren zehn Minuten vergingen und Eugen stoppte das Fahrzeug abrupt.

»Das ist ja wie eine schwarze Wand«, beobachtete Fritz.

»Das sinte viele mehr als Hunderte«, fügte Eddi hinzu.

Über ein Feld liefen hunderte, vielleicht tausende Untote direkt auf uns zu. Eine solche große Horde hatten wir bisher nie zu Gesicht bekommen. Die Gruppen wurden immer größer. Schon seit Monaten stellten wir das fest. Wir führten das darauf zurück, dass immer mehr Schlurfer, die zunächst in den Gebäuden festhingen, einen Weg hinaus entdeckten. Jetzt sahen wir das Ergebnis. Und wir hörten es. Das Gejaule und hungrige Grunzen aus Unmengen Kehlen schwoll zu einem alles übertönendes Geheule an, als die Meute uns entdeckte.

»Nach links«, rief ich Eugen zu.

Das Stoppelfeld auf der rechten Seite verwandelte sich ebenfalls in eine sich auf uns zu bewegende Bande.

Auch von der anderen Seite tauchten jetzt Schlurfer auf, zum Glück aber nicht so viele wie von den anderen Seiten. Das Gaspedal durchgedrückt donnerte der W50 jetzt auf diese Kreaturen zu. Sie besaßen gegen unsere Schneeräumschaufel nicht den Hauch einer Chance. Ein oder zwei Dutzend endgültig Tote ließen wir zurück und der W50 fuhr gottlob schnell genug, um der nachrückenden Horde leicht zu entkommen.

»Wenn die nach Königstein kommen...«, sagte Fiona nachdenklich und voller Sorge.

»Die kommen da nicht hoch, egal wie viele das sind.«

Allen saß der Schreck im Nacken. Das konnte ich bei einem erneuten Blick in die Gesichter meiner Mitreisenden feststellen. Es bestand eben doch ein Unterschied zwischen der Situation, in einer sicheren Festung zu sitzen und von Berg hinabzuschauen und der, sich den Untoten direkt gegenüberzusehen.

Ich warf einen zweiten Blick auf Eugen. Das war schon eine komische Type. Nicht lange bevor wir damals Königstein erreichten, lernten wir ihn kennen und hielten ihn alle schnell für einen seltsamen Vogel. Mal zeigte er sich zu Tode betrübt, um eine Sekunde später himmelhochjauchzend wie ein kleines Kind umherzuspringen. Viel von seiner Vergangenheit erfuhren wir nicht von ihm. Wir kannten sein Alter, 46 Jahre, und wir wussten, er arbeitete bevor die Katastrophe über uns alle hereinbrach als Elektroingenieur in der Nähe von Dresden. Das war schon alles. Aber egal wie bekloppt Eugen auch daherkam, man konnte sich auf ihn ohne Wenn und Aber jederzeit verlassen.

Jetzt schoss unser Gefährt, von Eugen gesteuert, über eine enge Landstraße gen Westen. Wir wollten die Autobahn erreichen und auf ihr die großen Städte Pirna und Dresden, in denen wir besonders viele Untote vermuteten, so gut es ging umgehen.

»Seht euch diese Rauchsäule an«, störte Fritz die Stille und wies in Richtung Westen.

»Die hätten wir von Königstein auch sehen müssen, haben wir aber nicht. Das kann noch nicht lange brennen«, meinte Fiona.

»Das müsse wir herausbekomme, vielleichte isse da der Flieger gestürzte«, gab Eddi seine Meinung ab.

»Das kann nicht sein«, sagte Eugen, »der ist in eine ganz andere Richtung geflogen und nicht zurückgekommen.«

»Dein Wort in Gottes Ohr«, erwiderte ich.

Hoffentlich erlosch da nicht gerade der letzte Funken unserer Hoffnung, dachte ich und verspürte in mir eine gesteigerte Unruhe. Der Wunsch, doch ein anderes Leben zu finden, als es uns Königstein bot, wuchs in mir unaufhaltsam von Tag zu Tag.

(8)

Marlenes Angreifer und Marlene selbst kamen auf den Stufen zur Haustür, direkt neben der dort bereits sitzenden Leiche, zu Fall. Der widerliche Schlurfer lechzte danach Marlene zu beißen. Sabber lief seine Mundwinkel hinab. Doch Marlene gelang es ihre linke Hand um den Hals des Untoten zu legen und ihn auf Distanz zu halten. Weitere klebrige Flüssigkeiten triefen dem Untoten aus dem Mund. Dabei stieß er gierige, gurgelnde Laute aus. Verzweifelt sah sich Marlene um. Ewig würde sie nicht die Kraft aufbringen können, den Angreifer mit ausgestrecktem Arm auf Abstand zu halten.

Von Rechts rückte jetzt die Meute von Schlurfern heran, die Marlene vorhin schon am Ende der Straße hatte ausmachen können. Ihr würden noch zwanzig oder dreißig Sekunden verbleiben, bevor sie sich auf sie werfen und ihr den Rest geben würden.

Links, was war links? Nichts! Marlene geriet nun doch mehr und mehr in Panik. Das Gegröle der anrückenden Untoten wurde immer triumphaler und derjenige, der über Marlene gebeugt lag, grunzte ebenfalls siegesgewiss.

Da, der Tote auf der Treppe geriet in Marlenes Blickfeld. Steckte da nicht ein Kugelschreiber in seiner Jacke? Marlene angelte nach dem Stift und bekam ihn tatsächlich zu fassen. Mit einem Ruck stieß sie dem Untoten über ihr den Schreiber in die weiche Schläfe. Dieser riss seine trüben Augen weit auf und sackte, nun endgültig tot über, Marlene zusammen.

Da hasteten auch schon die ersten Bestien aus der Meute heran und versuchten Marlene zu erwischen.

Der Gestank, den sie verströmten, drang unerträglich in ihre Nase. Doch diesmal zeigte sich Marlene schneller und vor allem geschickter als zuvor. Bei dem Versuch den Schlüssel ins Schloss der Haustür zu schieben, zitterte sie nicht. Selbst darüber verwundert, öffnete Marlene die Tür und warf sie rechtzeitig hinter sich zu. Ihre enttäuschten Verfolger hämmerten mit ihren Fäusten gegen die Haustür, vergebens.

Marlene lehnte sich neben dem blechernen Briefkasten an die Wand und atmete tief durch. Eine Sekunde kam ihr der Gedanke, nach Post zu sehen. Dann verwarf sie den lächerlichen Gedanken schnell wieder.

Schließlich lag das im Dunkeln liegende Treppenhaus hinter ihr. Endlich stand sie vor ihrer Wohnungstür. Nun wurden Marlene doch die Knie weich. Sie zitterte heftig am ganzen Körper. Wer oder Was würde sie hinter der Tür erwarten?

Wieder steckte sie einen Schlüssel in ein Türschloss und lauschte vorsichtig ins Wohnungsinnere, bevor sie den Schlüssel drehte. Hörte sie da etwas?

Die Tür schwang auf und Marlene betrat die weiß gestrichene Diele ihrer Wohnung. Sah doch alles aus wie immer.

Die Tür zum alten, blau gekachelten Badezimmer rechts stand offen. Der Toilettendeckel in dem leeren Raum lehnte hochgeklappt am Spülkasten. Wie oft muss ich es noch sagen, dachte Marlene. Es fühlte sich alles so normal an. Trotzdem traute sie sich nicht, nach ihrer Familie zu rufen. Irgendeine dunkle Vorahnung hielt Marlene davon ab.

Niemand befand sich in der Küche und niemand im Zimmer der Tochter. Deren Kleidung lag genauso übereinandergeworfen auf dem Stuhl neben dem Bett, wie vor ein paar Tagen auch.

Die letzte Tür, die zum Wohnzimmer, stand nicht offen. Wen jemand von ihrer Familie sich hier aufhalten sollte, dann musste er sich hinter dieser Tür befinden. Aber warum kam dann niemand in den Flur? Man musste sie doch längst gehört haben.

Plötzlich klopfte etwas unregelmäßig von innen gegen die Tür des Wohnzimmers. Marlene beschlich ein komisches Gefühl. Das hörte sich so an, als ob jemand mit der flachen Hand gegen die Tür patschte. Und das, was da patschte, stöhnte dabei. Ohne Zweifel befand sich hinter dieser Tür ein Schlurfer.

Jetzt wäre es sicher an der Zeit gewesen, die Wohnung wieder zu verlassen. Doch Marlene musste nun unbedingt wissen, wer da im Wohnzimmer...

Schweren Schrittes holte sie sich aus der Küche das größte Küchenmesser, das sie in ihrem Messerblock finden konnte. Mit dem Fleischmesser in der Hand stand sie nun wieder vor der Tür zum Wohnzimmer ihrer Wohnung.

Wenn sich hinter der Tür ein Schlurfer aufhielt, dann schien es Marlene sehr wahrscheinlich, dass es sich um ihren Mann oder um eines ihrer Kinder handeln würde. Und sie würde diese Kreatur so oder so töten müssen, wollte sie selber überleben. Eine grausliche Vorstellung.

Langsam, ganz langsam griff Marlene nach der Türklinke und drückte diese nach unten.

Nachdem sie die Tür einen Spalt geöffnet hatte, drängte sofort eine blassgraue Hand durch den Spalt. Marlene begriff es sofort. Es handelte sich um die Hand eines Untoten und um die Hand ihres Ehemannes, wie sie unschwer am Ehering zu erkennen vermochte. Tränen schossen ihr in die Augen und sie drohte den Halt zu verlieren. Doch trotz allen Elends um sie herum und auf dieser Welt – Marlene wollte leben.

Sie wusste es selbst nur zu gut, ihr bisher geführtes Leben wirkte auf Außenstehende eher durchschnittliches. Doch momentan konnte sie sich nicht im Geringsten vorstellen, wie sich ihr Leben zukünftig entwickeln würde. Aber jetzt aufgeben, darin bestand keine Option.

Marlene riss die Tür mit einem Ruck auf. In Bruchteilen von Sekunden erblickte sie zuerst ihre beiden Kinder, die im hinteren Teil des Raumes offensichtlich tot und mit fürchterlichen Wunden übersät, auf dem Boden lagen und dann die irren Augen ihres Mannes, der hungrig den Mund öffnete und einem gurgelnden Laut den Weg bahnte.

Traurig, unendlich traurig stach Marlene mit ihrem Messer zu. Immer wieder und solange, bis sich ihr Mann nicht mehr regte und ein Beobachter auch nicht mehr hätte sagen können, ob es sich bei dem Stück Fleisch am Boden um einen Mann oder eine Frau handelte.

Apathisch, mit Blutspritzern übersät und immer noch das bluttriefende Messer in der Hand saß Marlene auf dem alten, ehemals weißen Flokati-Teppich, der zwischen der Leiche ihres Mannes und ihren toten Kindern lag.

Draußen wurde es erst dunkel und dann bereits wieder hell, doch Marlene rührte sich nicht. Sie saß einfach nur da und starrte ins Leere.

Ein unbeteiligter Zuschauer des Szenarios im Wohnzimmer wäre unweigerlich zu dem Schluss gekommen, dass sich diese Frau nie wieder bewegen würde.

(9)

Nils wurde kürzlich noch von einem guten Freund „du alter Lebemann" geschimpft. Das traf ihn. Vor sieben Jahren verkaufte er die Firma, die einst sein Vater gründete. Dadurch verdiente er eine unüberschaubare Menge Geld. Nie mehr würde er in seinem Beruf als verbeamteter Lehrer arbeiten müssen. Stattdessen lebte Nils in Saus und Braus. Konnte er denn etwas dafür, diese Gelegenheit geboten bekommen und genutzt zu haben?

Ein Lebemann, also ein Playboy, der würde doch zum Beispiel das Geld mit vollen Händen hinausschmeißen und viele Frauen um sich scharen. In Nils' unmittelbarer Nähe befand sich nicht ein einziges weibliches Wesen. Außer Mutter und Oma, die ihn bis zu deren Tod liebten und hegten, änderte sich das in 45 Jahre nicht grundlegend. Wie immer weilte er mal wieder alleine hier, auch in diesem Urlaub.

Ja, es gab eine kurze Liebschaft mit einer Kollegin. Nils unterrichtete Geschichte und Kunst an einem Gymnasium in seiner Heimatstadt. In dieser Eigenschaft pflegte er aus rein beruflichem Interesse engen Kontakt zu einer Lehrerin, die Erdkunde und Physik lehrte. Die Frau fand Gefallen an Nils und so geschah was geschehen musste. Eine zufällige Begegnung im Physiksaal endete in wilder körperlicher Vereinigung. Drei Monate dauerte die heftige Beziehung, dann wechselte die Lehrerin die Schule und damit auch ihren Partner. Es dauerte zwei Jahre bis Nils den Verlust überwinden konnte. Seitdem sehnte er sich nach einer Frau und ihrer Nähe, wusste aber gar nicht recht, was wer tun sollte, um eine zu finden.

So widmete sich Nils seinen immer zahlreicher werdenden Hobbys. Geocaching, Segeln, Tennis, Fliegen – teure Beschäftigungen, die Nils' Zeit in Anspruch nahmen.

In diesem Sommer fiel seine Wahl auf das Reiseziel Zypern. Die Insel erlangte unter leidenschaftlichen Fans des Geocachings Berühmtheit durch die Cyclops Caves. Diese wollte Nils erforschen, um dann anschließend mit einer kleinen Yacht noch ein paar Runden auf dem Mittelmeer zu drehen.

Nils bezog sein Hotel in Protaras. Heute ging es endlich los. Er würde zum ersten Mal die Höhlen besuchen und er freute sich riesig darauf. Die Wetterberichte zeigten aufgeregt eine große Teile Mittel- und Südeuropas bedeckende Wolke, die auf das Mittelmeer heraus und in Richtung Afrika zog und sich in Richtung Osteuropa ebenfalls ausbreitete. Doch bis die da sein würde, befände er sich schon längst in den Höhlen. Hätte sich Nils die Zeit genommen, die kompletten Nachrichten anzuhören, hätte er die Unruhe des Hotelpersonals verstanden, das aufgeregt durch die Lobby lief.

Nils' Plan ging tatsächlich auf. Vor der Höhle setzte ein ganz feiner Sprühregen ein, der sich eher wie Honigtau auf die Felsen legte. Zu diesem Zeitpunkt erforschte Nils bereits mit vollem Herzen die Ecken und Winkel der Caves.

Drei Stunden später, die Sonne schien schon wieder erbarmungslos und mit voller Kraft auf die karge Erde rund um die Höhlen, machte sich Nils auf den Weg in Richtung der nahe gelegenen Ortschaft. Nicht weit vom Strand entfernt lag das Schiff, eine fast 13 Meter lange Motoryacht, das er im Hafen von Larnaca recht günstig für drei Monate anmieten konnte.

Lebensmittel, Wasser, Kleidung für mehrere Monate – alles befand sich schon an Bord. Nils würde herüberschwimmen und ab ging die Fahrt.

Für seinen Weg am Strand entlang räumte sich Nils ausreichend Zeit ein. Er wollte den Pfad und die Aussicht aufs Mittelmeer sowie auf die verschiedenen Buchten unterwegs genießen. Wie menschenleer es hier war? Nicht eine einzige Seele tauchte auf. Das versetzte Nils zwar in Erstaunen, er machte sich darüber allerdings keine weiteren nennenswerten Gedanken.

(10)

Es sollte vier Tage und vier Nächte dauern, in denen Marlene regungslos dasaß. Dann ganz plötzlich kam Leben in die Person, deren Familie auf so grausame Art und Weise ausgelöscht wurde. Doch dieses Schicksal teilte sie mit vielen anderen Familien im Land.

Marlene richtete sich auf, drehte sich einmal langsam und bedächtig um die eigene Achse, schritt forschen Schrittes zur Tür und verließ den Raum. Nie wieder würde sie dieses Zimmer betreten.

Was hatte Marc gesagt? In fünf Tagen am Stadion? Sicher sagen, wie viele Stunden oder Tage sie so dahockte, konnte Marlene nicht. Allerdings mahnten sie alle Sinne zur Eile. Sie sollte ihr Tempo steigern, um ihre Kollegen aus dem Parkhaus nicht zu verpassen, soviel stand fest. Die Menschen dort würden nun so gut es ging ihre Familie ersetzen müssen.

Marlene packte einige Habseligkeiten zusammen – Kleidung, ein paar noch genießbare Lebensmittel sowie ein Fotoalbum mit Bildern ihrer Lieben. Das Wichtigste aber, so dachte Marlene, sollten ihr die Waffen sein. Neben dem schon benutzten Küchenmesser entschied sich Marlene für ein Hackbeil mit kurzem Kunststoffstiel und für einen der Golfschläger ihres Sohnes, ein Siebener-Eisen.

Vom Zimmer ihrer Tochter aus schaute Marlene auf die Straße hinab. Da unten stand immer noch unversehrt ihr Auto. All zu viel Benzin befand sich nicht mehr im Tank, aber für 100 Kilometer würde das sicher noch reichen. Die Horden Untoter hatten sich auf der Suche nach neuer Beute verzogen. Nur ein paar

Jungs in königsblauen Sporttrikots kamen die Straße herunter. Sicherlich befanden die sich gerade auf dem Weg ins Stadion der Nachbarstadt, als sich ihr Leben, aber sicher nicht ihr Dasein, für immer änderte. Marlene lächelte süffisant.

Im Keller des Hauses suchte sie ihr altes Kochbuch, in das sie alle Backrezepte schrieb, von denen sie jemals hörte und ohne die sie nie für längere Zeit das Haus verließ. Irgendwo musste doch auch noch die Sammlung von Streichholzheftchen sein, die von ihrem Mann stammte.

35 Minuten später saß Marlene in ihrem Auto. Die drei sportbegeisterten Schlurfer waren bereits von dannen gezogen und der Weg zum Stadion schien frei – dachte sie.

Marlene betrachtete ihre Stadt oder vielmehr das, was von ihr übrig geblieben war. Hier und da brannte es lichterloh. Andernorts hinterließ das Feuer ausgebrannte Ruinen. Es stank nach kaltem Qualm. Autos standen kreuz und quer verteilt auf der Straße, so dass Marlene nur langsam vorwärts kam. In einigen Fahrzeugen saßen noch Menschen. Teilweise bis zur Unkenntlichkeit verändert, rappelten sie an den Türen der Fahrzeuge. Marlene wusste, dass es sich dabei um Untote handelte, die ihren Hunger stillen wollten. Motorräder, Fahrräder, Motorroller und Kinderwagen lagen herum. Nirgendwo tauchte eine Menschenseele, eine noch lebende Menschenseele auf. Die obersten Etagen des Essener Rathauses standen in Flammen. Überall klebte Blut an den Wänden der Häuser und auf den Straßen. Widerlich, dachte Marlene und begann, ein Lied zu pfeifen, welches sie früher immer gemeinsam mit ihren Kindern sang. Vermutlich war es besser für sie, diesen Zusammenbruch der Zivilisation nicht mehr erleben zu müssen.

Marlene erinnerte sich an ihre Gefährten aus dem Parkhaus. Alle brachen sie mit so viel Hoffnung auf, ihre Verwandtschaft zu finden und die Katastrophe gemeinsam mit ihnen bewältigen zu können. Marlene wünschte sich, dass nicht alle so alleine sein würden, wie sie es jetzt gezwungenermaßen sein musste.

Bottroper Straße auf Höhe von M1, dem Gelände, auf dem früher die größte Maschinenbauhalle der Lokomotiv- und Waggonfabrik Krupp stand, die dem Gelände auch ihren Namen gab. Jetzt stieg von dort schwarzer Rauch auf. Nur noch wenige Kilometer und Marlene würde das Stadion erreichen – den Standort, den sie und ihre Freunde aus dem Parkhaus zum Treffpunkt vor Tagen erkoren hatten. Hier wollten sie sich treffen und gemeinsam überlegen, wie es weitergehen könnte. Marlene wusste, sie war spät dran. Aber bestimmt würden ihre Freunde noch auf sie warten.

Beinahe mit quietschenden und sie damit verratenden Reifen kam Marlene zum stehen. Sofort schaltete sie das Abblendlicht aus. Die gesamte Straße vor ihr sah aus wie ein Ameisenhaufen. Überall Untote, die in einer riesigen Meute in Richtung Stadion wanderten. Tausende hungrige Kreaturen suchten nach Nahrung.

Marlene wusste nicht, wie lange sie diesmal so dasitzen musste. Der abgenagte Fingernagel ihres rechten Zeigefingers zeugte von langen Minuten und die Heerscharen an Schlurfern verstopften immer noch die Straße vor ihr. Ein Durchkommen schien unmöglich. Schwerer aber noch wog die Tatsache, dass diese Meute in Kürze über die Lebenden am Stadion herfallen würde und sie, Marlene, diese nicht warnen könnte.

Frustriert wendete Marlene so bedächtig wie möglich ihr Fahrzeug. Jetzt musste sie einen Umweg nehmen.

So schnell es der Verkehr dieser Tage zuließ, steuerte Marlene ihr Fahrzeug durch die Straßen. Gehetzt von dem Gedanken, die letzten Menschen in ihrer Nähe könnten von der riesigen Herde auf der Bottroper Straße überfallen werden, steuerte sie um die herumstehenden Autos herum. Hoffentlich würde sie nicht zu spät kommen. Angstschweiß bildete sich auf ihrer Stirn und der Himmel begann vor Marlenes Augen zu flimmern.

Die nächste Straße rechts und dann noch ein Stückchen weiter, dann müsste man das Stadion doch schon bald sehen können.

»Verdammt«, rief Marlene aus voller Kehle.

Direkt vor ihr standen vier oder fünf ineinander verkeilte Fahrzeuge, darunter ein LKW. Es musste ein fürchterlicher Unfall gewesen sein, der sich offensichtlich genau dann ereignete, als die Katastrophe über die Stadt kam. Marlene erkannte keine Lücke, die sie mit ihrem Auto hätte nutzen können. Die grässlich aussehende Figur, die mit herabhängendem rechten Arm und nur noch einer Kopfhälfte auf sie mit heraushängender Zunge zu trottete, sah sie nicht.

(11)

Nils schipperte jetzt bereits seit vierzehn langen Wochen durchs Mittelmeer und genoss die Einsamkeit immer noch aus vollen Zügen. Da der Wind heute heftiger als erwartet aufgefrischte, wollte er sich die aktuelle Wetterlage vom türkischen Wetterzentrum in Anamur einholen – bei den seiner Meinung nach besten Wetterfröschen des gesamten Mittelmeerraums.

Nils warf stolz einen Blick auf sein Funkbetriebszeugnis, welches auf dem kleinen runden Tisch der Kajüte lag. Er schaltete die UKW-Seefunkanlage ein und dreht an den Knöpfen. Nichts außer Rauschen konnte er dem Lautsprecher entlocken. Nils drehte am Suchknopf - weiter und weiter. Ein anderes Resultat erzielte er dabei nicht. Da musste etwas nicht stimmen.

»Pan Pan... Pan Pan... Pan Pan...«, erinnerte sich Nils an seine Prüfung, die ihm am Ende das Funkbetriebszeugnis bescherte.

»Pan Pan... Pan Pan... Pan Pan...« musste gesendet werden, sobald sich die Besatzung eines Schiffes in Gefahr befand. Niemanden per Funk erreichen zu können, das bedeutete durchaus Gefahr für Schiff und Besatzung. Oder nicht?

»Pan Pan... Pan Pan... Pan Pan... all stations...all stations... all stations... this is Makarios... Makarios...Makarios... ZY1640 209 314155, no radio contact with all stations, require immediate help.«

Nils sorgte sich. Trug er zu dick auf? In einem richtigen Notfall steckte er ja nicht gerade. Sei's drum. Nils wiederholte den Funkspruch drei weitere

Male auf diversen Frequenzen – nichts, keine Antwort, nur Rauschen.

Nils untersuchte sein Funkgerät so gut er es vermochte. Nichts, das Gerät funktionierte tadellos.

Gab es Grund genug einen Hafen anzulaufen? Irgendetwas musste doch da passiert sein. Zumindest irgendeine Antwort von irgendeinem Schiff oder sonst irgendein Funkspruch.

Die nächsten beiden Stunden versuchte Nils weiterhin sein Glück – vergebens. Er suchte den Horizont mit seinem Feldstecher ab – nichts. Kein einziges Schiff konnte er ausmachen.

»Doch da. Wenn das kein Segel ist«, murmelte Nils laut vor sich hin.

Nils erkannte eine kleine, blaue Jolle, die für ihre Seetüchtigkeit viel zu weit weg von der Küste auf dem Meer trieb. Erleichtert steuerte er seine Yacht in die Richtung, in die auch die Jolle trieb. Nach einer Weile konnte er den Inhalt des Bootes besser erkennen. Mindestens eine Person saß in dem Bötchen. Trotzdem wirkte es auf Nils so, als ob das Schiffchen führerlos und ohne Ziel den Wellen des Mittelmeeres folgte.

30 Minuten später befand sich Nils nur noch wenige hundert Meter von der Jolle entfernt. Die Person auf dem Boot rührte sich nicht. Da fiel Nils der merkwürdige Geruch auf, der in der Luft lag und der an seinen Nasenschleimhäuten zu kleben schien. Nils konnte das nicht richtig zuordnen – faulige Kokosnuss oder doch eher ranzige Mandarinen?

»Hallo, hallo, sie da!«

Keine Antwort. Ist denn die ganze Welt verrückt geworden, dachte Nils.

»Hallo, hören sie mich nicht? Hallo.«

Jetzt erhob sich die Person in der Jolle ganz bedächtig. Nils erkannte einen mittelgroßen Mann in zerrissener Kleidung. Sein Hemd hing nur noch in Fetzen an seinen Schultern und die ehemals blaue Jeans glich eher einem zerfetzten Segel als einer Hose. Und überall klebte Blut an dem Mann, getrocknetes Blut.

Jetzt befand sich Nils direkt neben dem Mann und dem Bötchen. Der drehte sich nun um und Nils erschauderte. Sein Blick in leere Augen und eine verzerrte Fratze ließ Nils zurückweichen. Der Mann riss seinen Mund auf und gab grölende Laute von sich. Dabei streckte er seine wie verkrampft wirkenden Arme aus. Der modrige Geruch, von dem Nils nun wusste, woher er stammte, wurde immer penetranter.

Nils benötigte einige Sekunden. Dann packte er das Ruder seiner Yacht und schwenkte nach Links weg. In diesem Augenblick packte das Geschöpf aus der Jolle die Reling der Yacht und schaffte es trotz seines erbärmlichen Zustands, sich auf die Yacht zu ziehen. Ein triumphales Geheul entwich dabei seinem Mund. Nils erstarrte vor Angst.

Keinerlei Funkverbindung, dann diese blutrünstige, widerliche Kreatur, was sollte das bedeuten?

Geistesgegenwärtig packte Nils eines von zwei Bootsmannmessern, die immer neben dem Ruder lagen. In seiner Panik schleuderte er das Messer und traf den Angreifer mitten in den Hals. Seltsamerweise hielt diesen das aber in keiner Weise auf. Der Getroffene stapfte unbeeindruckt von der schweren Verletzung weiter voran.

Ein zweiter und letzter Versuch. Nils warf sein letztes Messer zielgenau und traf die Kreatur diesmal mitten ins Gesicht. Das Wesen ruderte wild mit beiden Armen und fiel dann rücklinks von Bord. Nils atmete hörbar auf, um sich im nächsten Augenblick selbst übergebend über die Reling zu beugen.

Mit Verzweiflung in den Augen sah er sich um. Zitternd griff er zum Ruder und steuerte seine Yacht in Richtung Larnaca. Dort mietete er dereinst das Schiff, dahin wollte er es zurückbringen. Und dann nichts wie ab nach Hause. Schöne Urlaubsgefühle? Das gehörte wohl der Vergangenheit an.

Nils musste den kleinen Hafen nicht weit vom Flughafen ansteuern. Da befand sich die Mietstation. Der Stadt selber und den Stränden wollte er keine Aufmerksamkeit mehr schenken. Für dieses Jahr hatte er mit Zypern endgültig abgeschlossen. Trotzdem schien es ein Ding der Unmöglichkeit, den Hafen anzusteuern und dessen Umgebung völlig auszublenden.

Kurz vor 16 Uhr lag besagter Hafen direkt vor Nils. Links davon, keine zwei Kilometer entfernt, befand sich der internationale Flughafen der Stadt direkt am Meer. Diesen wollte Nils so bald wie möglich aufsuchen und umgehend die Insel verlassen.

Unmittelbar an den Hafen schloss sich ein kleiner Strand an, an dem sich Sommertags viele Menschen tummelten. Auch heute verhielt sich das nicht anders. Nur handelte es sich nicht um badebegeisterte Urlaubsgäste, sondern um eine Meute von gut 15 oder 20 Schlurfern, die ihr Unwesen am Strand bereits getrieben hatten und nun satt und tatenlos herumstanden.

Nils beachtete die Gruppe nicht und steuerte auf die Hafeneinfahrt zu. Ausschau haltend nach einem freien Anlegeplatz schipperte er in die zweite Reihe der hier liegenden Boote. Nils hüstelte leicht. Sein Asthma bronchiale machte ihm zu schaffen. Das Wetter verschlechterte sich und eine nassfeuchte Luft hing über dem Meer.

Da, ein Liegeplatz. Nils lotste die Yacht an ihren Platz, schnappte sich seinen Rucksack und wuchtete den Rollkoffer mit seinen sonstigen Sachen auf den Pier. Sein erster Weg würde ihn zum Hafenmeister führen und dann würde er bei der Polizei Anzeige erstatten, von seinem Erlebnis mit der blauen Jolle berichten und, sofern es die Polizei zuließe, sich zum Flughafen fahren lassen und Heim fliegen. Auf die Idee, die Polizei könnte eine Untersuchung einleiten und er dürfte die Insel zunächst nicht verlassen, kam der manchmal naive Nils erst einmal nicht.

Nils griff nach seinem Handy. Sein Neffe sollte ihm vom Flughafen in Deutschland abholen. Ich halt es hier bald nicht mehr aus, dachte er. Jetzt besaß sein Mobiltelefon keinen Empfang mehr.

Genervt schulterte Nils seinen Rucksack und zog den Rollkoffer über das holprige Pflaster hinter sich her. Das verursachte erheblichen Lärm, der in der seltsamen Stille, in der kein anderes Geräusch die Luft durchdrang, über den gesamten Hafen schallte. Die Gruppe Schlurfer am Strand direkt nebenan reckte interessiert die Köpfe.

Nils erreichte die Eingangstür der Hafenmeisterei und rappelte an der verschlossenen Tür. Die Untoten vom Strand setzten sich in Bewegung.

»Hallo«, rief Nils laut, trat zwei Schritte zurück und blickte die Hauswand empor.

»Ist hier niemand?«

Langsam wurde es ihm zu bunt. Er schaute sich wütend um. Keine Menschenseele weit und breit.

Aus einem sich in der Nähe befindlichen Café kamen gurgelnde Geräusch.

Ah, das ist jemand, dachte Nils und steuerte auf das Café zu.

Zwei blaue Augen beobachteten aus sicherer Entfernung sein Treiben. Das vierzehnjährige Mädchen, das sich in dem Restaurant links von Nils' Standort verschanzt hatte, drehte sich um.

»Der tut so, als ob er von nichts wüsste. Latscht da rum, mach einen Höllenlärm und hetzt uns alle Bestien der Umgebung auf den Hals.«

Voller Angst blickte ein kleiner Junge, gerade mal sieben Jahre alt, zu ihr auf.

»Was sollen wir jetzt machen?«

»Das ist der erste Lebende, den wir seit Mamas und Papas Tod sehen. Wir müssen den herholen.«

Der Kleine begann zu weinen.

»Sei nicht traurig«, tröstete ihn seine große Schwester, »wir kommen irgendwie nach Hause und Opa und Oma kümmern sich um uns.«

Ann-Kathrin musste selber schlucken. Sie dachte daran, wie die Bestien ihre Eltern anfielen und in Stücke rissen und sie und ihr Bruder sich in letzter Sekunde in dieses Restaurant retten konnten. Seitdem lebten sie, nur in Bikini und Badehose gekleidet, von den immer spärlicher werdenden Lebensmitteln, die ihnen vom Vorratsschrank in der Küche geboten wurden.

Jetzt erschien dieser Fremde hier und der könnte ihre Rettung bedeuten.

Die Meute vom Strand erreichte soeben den Straßenabschnitt vor dem Hafen und Nils erreichte das Café, aus dem nach wie vor grölende Laute klangen.

An-Kathrin erkannte die prekäre Situation, in der dieser Mann vor dem Café steckte. Sie musste jetzt handeln, oder es wäre zu spät.

Ann-Kathrin öffnete vorsichtig die Tür, trat hinaus und sah sich um. In unmittelbarer Nähe befand sich keine dieser Bestien.

»Hallo sie da. Kommen sie hierher. Schnell, so schnell sie können«, rief Ann-Kathrin und ruderte mit den Armen.

Und tatsächlich wurde Nils auf das Mädchen aufmerksam.

»Endlich, da ist jemand«, murmelte er.

Gemächlich, einen letzten Blick auf das Café werfend, machte sich Nils auf den kurzen Weg. Ein Grölen, Gurgeln und Jaulen aus der anderen Richtung schreckte ihn auf. Die Meute vom Strand erreichte ihn jede Sekunde. Nils blickte in Gesichter, deren Ausdruck dem des Mannes auf der blauen Jolle so sehr ähnelte. Er erschrak.

»Rennen sie«, rief da das Mädchen.

Nils griff den Rollkoffer und setzte sich in Bewegung. Er rannte. Nach weinigen Metern wurde er langsamer – immer langsamer. Sein Asthma setzte ihm zu. Selbst die ihn verfolgenden Schlurfer konnten auf höhere Geschwindigkeiten kommen.

Nun wurde auch die Tür des Cafés aufgestoßen und drei weitere Kreaturen machten sich auf die Verfolgung von Nils. Nils ließ den Rollkoffer los. Jetzt ging es nur noch ums nackte Überleben.

Meter um Meter schleppte er sich voran. Die Atemluft wurde ihm immer enger. Seine Bronchien zogen sich zusammen und pfeifende Geräusche entwichen seinen Lungen.

Der Nils am Nahesten kommende Schlurfer streckte bereits seine knochigen Hände nach ihm aus. Der ehemals wohl als Tourist die Insel besuchende junge Mann in Bademantel und Gummischlappen, fuhr sich mit der Zunge über die blutig zerrissenen Lippen. Gleich würde er sich an Nils laben können.

Nils wurde noch langsamer. Hustenanfälle erschütterten seinen gesamten Körper. Die in ihm aufkeimende Panik verbesserte seinen körperlichen Zustand nicht. Das Ende vor Augen, füllten sich Nils' Augen mit Tränen.

Jetzt griff der Untote hinter ihm zu.

(12)

Erneut einen Umweg fahren, fragte sich Marlene und seufzte. Dann würde sie ganz sicher zu spät zum Stadion kommen. Dann blieb ihr nur noch eine einzige Hoffnung. Konnten ihre Freunde aus dem Parkhaus rechtzeitig vom Stadion fliehen?

Niederrhein sagte Marc damals. Wollten sie nicht dahin? Marlene würde zunächst einmal dafür sorgen müssen, die Nacht sicher zu verbringen. Morgen dann würde sie zum Stadion fahren und feststellen, ob ihre Freunde da gewesen waren und ob sie noch leben würden. Dann würde sie sich zum Niederrhein aufmachen und sie suchen. Was sollte sie auch sonst tun?

Wieder wendete Marlene ihr Fahrzeug. Niedergeschlagen schaute sie in den linken Außenspiegel. Ein klatschendes Geräusch drang an ihr Ohr. Doch außer einem Schlurfer, dem jemand über den Kopf gefahren sein musste und dessen rechter Arm komisch verdreht dalag, sah sie nichts.

Marlene wusste nicht recht, wo sie die Nacht sicher verbringen konnte. Am liebsten wäre es ihr gewesen, auf einem Flachdach hoch über den Straßen zu übernachten. Die laue Witterung würde ein Kampieren unter freiem Himmel durchaus zulassen.

Nahe am Kaiser-Wilhelm-Park fand Marlene, was sie suchte. Drei Etagen und ein Flachdach. Ein Schild an dem weiß verputzen Gebäude wies auf ein Alten- und Pflegeheim hin. Marlene hoffte inständig, im inneren des Gebäudes nicht mehr auf Untote treffen zu müssen.

Sie sicherte ihr Fahrzeug so gut es ging, nahm ihre Lebensmittel, ergriff ihre Bewaffnung und schritt schnellen Schrittes auf die Eingangstür zu.

Diese fand sie zum Glück unverschlossen vor. Marlene betrat ein krankenhausähnliches Foyer, an dessen hinterem Ende eine gemauerte Empfangstheke stand. Niemand ließ sich blicken.

Durch eine breite Glastür begab sich Marlene in das Treppenhaus. Breite Steintreppen führten nach oben und unten. Es roch nach Formaldehyd und ein leiser Wind pfiff über die gekachelten Stufen. Irgendwo weiter oben musste eine Tür offen stehen.

Ohne auf Widerstände zu treffen, erreichte Marlene die oberste Etage. Von hier aus musste es einen Weg aufs Dach des Gebäudes geben. Vorsichtig betrat sie eine langgestreckte Diele, von der nach links und rechts Türen abzweigten. Dahinter befanden sich bestimmt die Zimmer der Insassen des Heims. Zwei der Türen standen auf.

Achtsam näherte Marlene sich der ersten der beiden Türen und schaute, bereit zum Kampf, hinein. Im Bett lag eine alte Frau, offensichtlich tot aber von unzähligen Bissen ihrer untoten Mitbewohner gezeichnet. Ein widerlicher Anblick, von dem sich Marlene schnell abwendete. Von den beißenden Insassen fand sich keine weitere Spur.

An der zweiten offenen Tür blieb Marlene erneut und mit abscheulicher Vorahnung stehen.

»Nah Kindchen«, sagte da ein alte, krächzende Stimme hinter ihr.

Marlene drehte sich hastig um. Mitten im Gang stand eine alte Dame. Durch die offene Tür des ersten Zimmers drang Licht in den Gang. Marlene konnte die Frau gut erkennen. Die gebeugte Figur der alten

Dame stütze sich auf einen schwarzen Gehstock. Sie trug helle Schuhe mit einem kleinen Absatz. Eine ältliche aber ordentliche weiße Bluse und beiger Rock kleideten sie gut. Auf dem weißbehaartem Haupt der alten Frau thronte ein ausladender Hut, wie Marlene ihn nur aus dem Fernsehen kannte, wenn über Pferderennen in England berichtet wurde.

»Holst du mich ab, mein Kind?«, sagte die alte Dame nun mit liebevoll klingender Stimme.

»Sie abholen?«, fragte Marlene ihrerseits jetzt verwirrt.

»Aber ja, die anderen sind doch alle bekloppt geworden. Hier kann ich doch nicht mehr länger bleiben. Ich habe schon alles gepackt.«

»Wer sind sie denn überhaupt?«, fragte Marlene, um irgendwie Struktur ins Gespräch zu bringen.

»Ich bin Hedwig. Aber das wissen sie doch. Oder hat ihnen mein Sohn meinen Namen etwa nicht genannt.«

Dabei lachte die Alte ungläubig und winkte Marlene zu sich herüber.

»Jetzt ist es aber schon viel zu spät. Wir fahren morgen, mein Kind. Du kannst bei mir schlafen.«

Marlene hielt den Mund und folgte der Alten, die ihre Hand ergriff und sie in eines der Zimmer zog.

In dem spärlich aber doch wohnlich eingerichteten Raum wies die alte Dame Marlene einen der Stühle zu. Dann verriegelte sie die Tür, nahm den Hut vom Kopf und schleuderte ihn achtlos aufs Bett. Dann setzte sich ebenfalls an den Tisch.

»Hier hören uns die anderen nicht. Jetzt mal unter uns Kleine, sieht das über all so aus, da draußen? Habe selbst schon drei oder vier von den Bestien erschlagen und ich bin es leid, immer die doofe Oma zu spielen.«

Marlene schaute Hedwig mit großen Augen an.

»Ich dachte...«, sagte Marlene und zeigte entgeistert in Richtung Tür.

»Nur Schau, Kleine«, lachte Hedwig herzhaft.

(13)

Manchmal trifft jemanden das Pech bis ins Mark, manchmal aber auch das Glück. Heute kam Nils in den Genuss, letztendlich einen Tag zu erleben, an dem er nur überlebte, weil ihm ein unverschämtes Glück mitten ins Gesicht lachte.

Der erste Untote, der gerade gierig nach Nils griff, stolperte bei diesem Versuch über ein Überbleibsel seines menschlichen Daseins, nämlich über die Badelatschen, die er trug. Die Kreatur schlug lang hin und die hinter ihm herankommen ersten beiden Schlurfer stürzten über ihn.

Das reichte Nils, um seinen knappen Vorsprung ins Ziel zu retten. Ann-Kathrin schlug die Tür hinter ihm zu und der kleine Marvin half seiner Schwester die Tür zu verrammeln. Von außen drang wütendes Gejohle an ihre Ohren.

Nils schaute sich schnaubend und völlig entkräftet im düsteren Raum des mediterranen Restaurants um, hustete erneut und blickte dann in die hoffnungsvollen Gesichter der beiden wartenden Kinder.

»Was ist hier los? Wer seid ihr denn? Wo sind die anderen und wo sind eure Eltern? Wir müssen die Polizei rufen? Sprecht ihr Deutsch? Wo kommt ihr her?«, sprudelte es nur so aus Nils hervor.

Ann-Kathrin schaute in Nils' gerötetes Gesicht und Marvin riss ungläubig den Mund auf.

»Wissen sie denn nicht, was hier passiert ist?«

»Ich bin gerade mit dem Schiff gekommen und weiß von nichts. Was ist denn geschehen?«

Die Jugendliche erzählte Nils davon, dass sie in Hannover wohnten, hier mit ihren Eltern Urlaub machten und gerade den ersten Tag am Strand verbringen wollten. Sie berichtete, wie sie und ihr Bruder in der Betonröhre am Strand spielten und wie die Wolke aufzog, die den leichten Nieselregen brachte. Dann besserte sich das Wetter nach kurzer Zeit wieder und Ann-Kathrin griff ihren Bruder und zog ihn hinter sich her. Lachend kamen sie aus der Röhre hervor und sahen erschrocken, wie direkt vor ihren Augen, eine Meute sich seltsam bewegender Figuren ihre Mutter angriffen und sich in sie verbissen. Sie beobachteten, wie ihr Vater der Mutter helfen wollte und ebenfalls von der Horde zu Boden gezerrt wurde. Überall spritzte Blut. Schließlich wendete sich der erste Angreifer ihnen zu. Da packte Ann-Kathrin ihren zur Salzsäule erstarrten Bruder erneut und rannte mit ihm zu diesem Restaurant. Unterwegs beobachteten sie weitere Szenen, die aus einem schlechten Horrorfilm stammen konnten. Seitdem warteten sie hier auf Hilfe und litten die ganze Zeit unter grässlicher Angst und der Trauer um ihre Eltern.

Von woher die Angreifer kamen, warum sie sich so verhielten, wie sie sich verhielten und warum ihre Eltern und sie und ihr Bruder nicht auch zu solchen Kreaturen mutierten, konnte sich Ann-Kathrin nicht erklären.

Nils hörte dem jungen Mädchen entgeistert zu. Sein Entsetzen wuchs von Sekunde zu Sekunde. Schließlich berichtete er mit stockender Stimme von seinen eigenen Erlebnissen auf See.

»Was machen wir jetzt?«, fragte der kleine Marvin schließlich mit weinerlicher Stimme.

Ann-Kathrins Bericht belebte die schlimmen Erinnerungen an den fürchterlichen Tod seiner Eltern erneut.

Nils überlegte eine Weile lang. Die türkische Wetterstation meldete sich nicht, obwohl er sie mehrfach anfunkte. Hier schien auch niemand zur Hilfe kommen zu können. Sein Schiff würde es bis Deutschland nicht schaffen können und die ausreichende Ausrüstung dazu fehlte sowieso. Zum Flughafen, so hieß die einzige Lösung.

»Wir müssen zum Flughafen nach Larnaca. Der ist nicht so weit weg von hier.«

»Was machen wir denn da? Kannst du etwa fliegen?«

»Ja, tatsächlich«, antwortete Nils, »ich habe einen Flugschein, auch für die großen Kisten. Wir müssen nur eines finden, das aufgetankt ist. Dann fliege ich euch sicher nach Hause zu eurer Oma und eurem Opa.«

Nils zeigte sich selber nicht von dieser Vorhersage überzeugt. Die Kinder wollte er jedoch nicht enttäuschen oder weiter verängstigen. Seine eigene Angst beschäftigte ihn schon genug. Zudem befand sich kein weiterer Erwachsener hier. Er, Nils, trug die Verantwortung und insgeheim fühlte er Erleichterung darüber, nicht mehr alleine zu sein.

»Wie kommen wir denn zu dem Flughafen«, fragte der kleine Marvin.

»Zu Fuß. Wir packen alle Lebensmittel zusammen, die wir finden können. Da vorne liegen Rucksäcke, die nehmen wir. Dann hauen wir ab, durch die Hintertür. Bis zum Flughafengebäude brauchen wir keine 20 Minuten.«

Die beiden Kinder schienen froh zu sein. Endlich geschah etwas, was man positiv einschätzen konnte. Die Zwei füllten hastig die Rucksäcke und Nils suchte in der Küche. Was konnte er bloß als Waffe benutzen?

Kampflos würde er sich nicht ergeben wollen, wenn sein Asthma ihn wieder am schnellen Wegrennen hindern sollte.

45 Minuten später öffnete Ann-Kathrin vorsichtig die Hintertür und schaute mit einem Auge heraus. Die Straße lag ruhig vor ihr, die Sonne schien grell und nirgendwo entdeckte sie eine dieser Kreaturen. Ein ekliger Gestank lag wie Nebel über der Straße.

Nach weiteren fünf Minuten standen Nils, Ann-Kathrin und der kleine Marvin mit dem Rücken zur Wand auf der Straße und lauschten. Die beiden Kinder trugen Rucksäcke und Nils hielt eine große geschmiedete, eiserne Schöpfkelle und ein kleines Messer in den Händen.

Die Straße entlang, bis zum nächsten Kreisverkehr und dann links. So lautete der ebenso einfache wie gefährliche Plan.

»Auf geht's«, gab Nils das Startzeichen und die kleine Gruppe bewegte sich schüchtern die Straße entlang.

Der kleine Marvin hielt sich die Nase zu. Ann-Kathrin ging vorgebeugt, da sie den schwersten Rucksack trug und Nils blickte aufmerksam nach links und rechts. Hinter ihnen rottete sich die Meute erneut zusammen.

(14)

»Nirgendwo ist es anders als hier«, sagte Marlene und erzählte ihre ganze Geschichte. Hedwig hörte zu und ging zwischendurch zum kleinen Kühlschrank, holte Brot, Butter und Wurst heraus und bereitete Schnittchen. Wie beim Kaffeeklatsch, dachte Marlene.

Die familienlose Hedwig ihrerseits befand sich im Kellergeschoß zur Massage und Fangopackung, als die Katastrophe Essen heimsuchte. Der Fango wurde kälter und kälter, doch niemand erschien, um Hedwig von der Packung zu befreien. Schließlich entledigte sich Hedwig selber davon, griff ihren Stock und strebte ihrem Zimmer zu. Dem Masseur würde sie ordentlich Bescheid stoßen.

Auf der Treppe kam ihr der alte Olaf entgegen, der ebenso so viele Jahre zählte wie sie. Hedwig mochte den Zimmernachbar nicht sonderlich, weil er ständig davon berichtete, wie toll sich seine Familie um ihn kümmerte. Um Hedwig kümmerte sich niemand. Diesmal hatte Olaf aber keine Familiengeschichte auf Lager, sondern nur ein furchterregendes Röhren, irre Augen und einen aufgerissenen, zahnlosen Mund. Mit letzterem versuchte er nach Hedwig zu schnappen. Diese legte alle Abneigung sowie ihre Wut über den Masseur in die Ohrfeige, die sie dem armen Olaf verpasste. Der fiel die letzten Stufen hinab und starb endgültig.

Die auch über sich selbst entsetzte Hedwig suchte nach weiteren Insassen und Bediensteten des Hauses und fand nur Kreaturen, die ihr nach dem Leben trachteten. Sie zog sich auf ihren Gang zurück, erschlug zwei Nachbarinnen in ihren Zimmern und nahm deren

Lebensmittel. In den weiteren Tagen beobachtete sie aus dem Fenster hinaus das blutige Treiben auf der Straße. Ihre verriegelte Zimmertür öffnete sie erst, als sie Marlene hörte und zu dem Schluss kam, hier müsse es sich um einen lebenden Menschen handeln.

Später, nach allen Erzählungen und Geschichten, weinten die beiden Frauen gemeinsam. Plötzlich rissen sie Motorengeräuschen auf der Straße aus ihren Gedanken.

Im gelben Abendlicht hielt ein weißer VW-Golf direkt vor dem Haus. Dem Fahrzeug entstiegen drei düster dreinschauende Männer so um die 30 Jahre alt.

Der mit der Glatze besaß offensichtlich das Kommando.

»Los Leute, rein ins Haus. Jeder eine Etage. Horst, du nach ganz oben, Jimmy, eine Etage tiefer und ich bleibe Parterre. Und wenn noch jemand lebt, keine Gefangenen.«

Die Glatze lachte, öffnete den Kofferraum des Golfs und brachte einen Spaten zum Vorschein. Jimmy griff sich einen Baseball-Schläger und Horst bewaffnete sich mit einer batteriebetriebenen Nagelschusspistole.

Marlene sah Hedwig alarmiert an.

»Was jetzt? Der findet uns doch hier.«

»Ruhig Blut, Kindchen«, antwortete Hedwig und bewegte sich zügig zu einer edelholzfurnierten Kommode.

Gelsenkirchener Barock, dachte Marlene, der die wuchtige Kommode schon beim Betreten des Zimmers ins Auge fiel.

Hedwig rüttelte an der oberen Schublade und verursachte damit Geräusche, die in den Zeiten absoluter Stille in jedem Winkel des Hauses zu hören gewesen sein mussten. Schließlich ließ sich die Schublade öffnen. Was Hedwig jetzt aus dieser zutage förderte, ließ Marlene verwundert aus der Wäsche schauen. Das hätte sie der alten Dame nie zugetraut. Marlene beschlich das Gefühl, besser nicht zu fragen, woher die beiden schweren Schrotflinten stammten, die Hedwig listig blickend vor sich hielt.

»Ausreichend Munition ist auch da. Jetzt heizen wir den Kerlen ein«, meinte Hedwig und übergab eine der Flinten an Marlene.

»Los, los, wir müssen uns beeilen. Sonst erwischen die Kerle noch Karla aus der Ersten.«

»Karla aus der Ersten? Wer ist das denn?«

»Die zweite Überlebende hier. Ich hätte dir davon schon noch erzählt.«

Hedwig guckte unschuldig drein und Marlene lächelte. Dies war nicht der richtige Zeitpunkt um zu streiten.

Marlene schaute ihre Waffe hilflos an.

»Aufklappen, Patronen rein, zuklappen, zielen und abdrücken. Ist ganz einfach Kindchen.«

Da erschallte ein ohrenbetäubender Schrei durch das Haus, der in einem gurgelnden Laut endete. Marlene zuckte zusammen und Hedwig kniff wütend die Augen zusammen.

»Das war Karla«, erklärte sie knapp, sah zur Tür, die in den Gang führte und drehte sich wieder zu Marlene, »die Untoten der Etage sind auch schon wieder auf den Beinen.«

Kehlige Laute und schlurfende Geräusche von mehreren Personen drangen durch die geschlossene Tür. Eine Nagelschusspistole verbreitete ihre ploppenden Töne. Horst befand sich bereits in der Etage.

»Ha, ha, kommt nur ihr traurigen Figuren«, donnerte es durch den Gang, »ich putze euch alle weg.

Marlene und Hedwig standen derweil mit ihren geladenen Schrotflinten hinter ihrer Zimmertür und wussten nicht recht, was sie unternehmen sollten.

Nach wenigen Minuten wurde es still auf dem Gang. Horst schien die armen Kreaturen erledigt zu haben. Dann erschallte ein krachender Knall, gerade so, als ob jemand eine im Schloss befindliche Tür mit einem Fußtritt aufsprengen würde.

»Nah? Irgendjemand hier?«, hörten die beiden Frauen Horst schwadronieren, »ich ballere euch um.«

Einmal Plopp, ein zweites Mal, dann hörte man wieder nichts, bis Horst erneut loslegte.

»Scheiße, nur Untote. Gibt's hier keine Lebenden? Macht viel mehr Spaß die abzuknallen.«

Wieder wurde eine Tür aufgetreten.

»Noch zwei Türen, dann ist der hier«, bemerkte Hedwig, »und dann schieße ich dem Tier den Kopf runter.«

Marlene irritierte die Wortwahl der alten Dame, freute sich aber insgeheim, in dieser Situation eine solche burschikose Partnerin an ihrer Seite zu wissen.

Eine nächste Tür flog aus den Angeln. Wieder ploppte es zweimal. Dann stand Horst vor der Tür der beiden Frauen.

Horst hob sein rechtes Bein, holte aus und landete seinen rechten Stiefel direkt unterhalb der Türklinke neben dem Schloss. Mit einem Krachen flog die Tür auf und nur eine Sekunde später krachte es erneut. Diesmal nur viel lauter. Hedwig zielte mit ihrer Schrotflinte kurz und drückte dann sofort ab. Horsts Kopf, oder besser die Reste davon, wurden zurückgestoßen und die Wand hinter ihm mit Körperflüssigkeiten besprenkelt. Hedwig warf der Rückstoß der Waffe um. Sie landete auf ihrem Allerwertesten, sah zu Marlene und lachte laut.

Puh, dachte Marlene, wohlwissend, dass auch die beiden Freunde von Horst den Schuss der Schrotfinte gehört haben mussten. Wie schnell man doch hartherzig werden kann. Vor ein paar Tagen lebte sie noch ein bescheidenes und durchschnittliches Leben. Sie liebte ihren Ehemann und ihre beiden Kinder und übte einen ganz normalen Beruf aus. Kurze Zeit später geriet ihre Welt vollkommen aus den Fugen, ihre Familie lebte nicht mehr und sie lachte, wenn Menschen erschossen oder Untote erschlagen wurden.

Doch jetzt verfügten die beiden Frauen nicht über genug Zeit, sich mit dieser Wahrheit auseinanderzusetzen. Aus den unteren Etagen schallten eindeutige Geräusche an ihre Ohren.

»Da oben ist was passiert, Das war nicht Horsts Wumme, die knallt anders.«

»Ah, wer soll das dann gewesen sein? Dem haue ich den Spaten zwischen die Augen. Wenn die Horst erwischt haben, dann mach ich die kaputt.«

Die schweren Schritte der beiden Männer hallten Sekunden später durchs Treppenhaus.

Marlene wurde nervös. Hedwig hingegen lud ruhig ihre Flinte nach und lächelte, was Marlene noch ein Stück nervöser werden ließ.

»Dann wollen wir es den beiden Schwachköpfen mal zeigen«, tönte sie lauthals und schritt auf den Gang.

Marlene machte dicke Backen und folgte ihr. Das Bild, das sich ihnen am Zugang zum Treppenhaus bot, wirkte unecht und wie aus einem schlechten Horrorfilm. Die Glatze und Jimmy schlugen mit ihrem Baseballschläger und dem Spaten auf fünf oder sechs Untote ein, die sich auf sie stürzen wollten. Die ehemals weißen Wände schimmerten rot und weitere Bestien drängten aus dem Gang nach. Dazu stöhnten die Kreaturen hastig und die beiden Männer schrien im Blutrausch.

Hedwig verharrte einen Augenblick, dann feuerte sie ihre Flinte zweimal kurz hintereinander ab. Marlene schaute kurz zu Hedwig herüber, kniff dann ihre Augen zusammen und drückte ebenfalls ab. Die Geräusche der einzelnen Schüsse wuchsen zu einem einzigen Grollen an und erfüllten das komplette Gebäude mit einem einzigen, alles übertönenden Knall. Einige der Untoten brachen zusammen, andere wurden getroffen, ließen sich davon aber keineswegs beeindrucken und stürmten weiterhin auf die beiden Männer ein. Andere Untote drehten sich zu Hedwig und Marlene um, die wiederum alle Hände voll zu tun hatten, ihre Flinten rechtzeitig erneut zu laden. Ein paar Schrotkugeln fanden ihren Weg bis zu Jimmy. Die vier oder fünf Treffer auf seiner linken Wange nahm dieser im Kampfgetümmel und voller Adrenalin gar nicht wahr.

Wieder donnerten die Flinten der beiden Frauen, wieder brachen Untote zusammen und plötzlich herrschte Totenstille.

Sämtliche Untoten lagen am Boden, nur Hedwig und Marlene auf der einen und Jimmy und die Glatze auf der anderen Seite standen noch aufrecht. Letzteres fiel Jimmy augenscheinlich schwer. Wieder hatten ihn Kugeln aus den Flinten der Frauen getroffen.

Marlene wusste, die laute Ballerei würde die Schlurfer aus der gesamten Umgebung anlocken und bald würde es hier nur so vor ihnen wimmeln.

»Wo ist Horst?«, schrie da die Glatze, »habt ihr Flintenweibe ihn etwa umgelegt?«

Bei diesen Worten hob er seine Waffe und stürmte voran. Marlene fingerte aufgeregt in einer Tasche ihrer Kleidung herum. Sie suchte nach neuen Patronen für ihre Flinte. Die Glatze kam näher. Da donnerte der nächste Schuss durch den Gang. Die wohl mit Schrotgewehren gut vertraute Hedwig hatte ihre Waffe sofort wieder geladen und nun auf die Glatze gerichtet. Ein weiterer unschöner Anblick eines tödlich getroffenen Menschen grub sich unauslöschlich in Marlenes Gehirn ein.

Jimmy glotzte wie zur Salzsäule erstarrt zu Hedwig herüber und bemerkte die Bestie, die von unten die Treppe hochgeschlichen kam, nicht. Geradezu herzhaft biss diese Jimmy in die knochige Schulter und zerrte daran. Der Gebissene schrie auf, riss sich los, schleuderte herum und schlug mit aller Kraft auf den Kopf des Angreifers ein.

Nach verrichteter Arbeit sank Jimmy auf die Stufen der Treppe und schaute verwirrt zu den beiden Frauen herüber. Marlene griff in diesem Augenblick an Hedwigs Gewehr und drückt es nach unten. Hedwig zielte gerade auf den armen Jimmy.

»Lass ihn, der ist sowieso erledigt.«

Ohne einen weiteren Blick für den armen Jimmy zwängten sich die beiden Frauen an dem Mann vorbei, die Treppe hinab und dem Ausgang entgegen. Weg hier, hieß die Devise. So bekamen die beiden nicht mit, wie sich Jimmy zurücklegte, die Augen schloss und starb. Nur Sekunden später zitterte der ganze Körper des toten Jimmys so, als ob ihn jemand an den Füßen gepackt hätte und hin und her schleuderte. Und schlagartig öffnete Jimmy wieder seine

Augen. Diese zeigten aber nicht mehr ihr ehemals strahlendes Blau, sondern schauten trübe in die Welt. Der eben noch lebende Jimmy verwandelte sich in kürzester Zeit in einen Untoten. Und dieser Untote machte sich hungrig an die Verfolgung der beiden Frauen.

Die wiederum standen derweil auf der Straße am geöffneten Kofferraum von Marlenes Auto. Warum Hedwig auf die Idee kam, die Flinten in den Kofferraum zu legen, konnte Marlene später nicht mehr sagen.

Marlene stand an der Fahrertür und Hedwig an der Beifahrertür. Da kam der Untote Jimmy aus der Haustür gestürzt und bewegte sich stöhnend auf Hedwig zu.

»Schnell, ins Auto«, rief Marlene.

Doch Hedwig reagierte vollkommen anders, so, wie man es nicht hätte erwarten können. Sie sah zu Marlene herüber, nickte traurig wie zum Abschied, breitete beide Arme aus und stürmte schnellen Schrittes Jimmy entgegen.

»Nein!«, schrie Marlene so laut sie konnte.

Doch ihr Ruf kam bereits zu spät. Hedwig traf Jimmy. Es war das Letzte, was die alte Dame lebend tat.

Marlene wendete sich ab. Tränen füllten ihre Augen. Sie verstand nicht, was die alte Dame bewegte, sich so das Leben zu nehmen.

Jimmy, immer noch hungrig, drosch wild auf die Windschutzscheibe von Marlenes Fahrzeug ein. Es wurde Zeit für Marlene. Sie startete den Wagen und fuhr langsam, und ohne noch einmal nach Hedwig zu schauen, davon. Ein letzter Blick in den Rückspiegel bestätigte ihre Vermutung. Große Gruppen von

Schlurfern bewegten sich auf das Gebäude, vor dem sie eben noch stand, zu. Der Lärm lockte sie an.

Wieder alleine und mit dem Gefühl elender Verzweiflung im Herzen, suchte Marlene einen ruhigen Platz, an dem sie das Fahrzeug abstellen und verrammeln konnte. Sie musste sich ausruhen und wenn es gelänge, schlafen.

Denn morgen, ja morgen würde sie nach ihren Freunden am Stadion suchen.

(15)

»Wir müssen rennen«, rief der kleine Marvin.

Eine bunte Truppe von Untoten, Einheimische in landesüblicher Kleidung und Touristen in Badewäsche, rotteten sich am Ende der Straße zusammen und machten sich auf die Verfolgung der kleinen Gruppe um Nils.

Nils wusste nur zu gut, dass er sich nicht in der Lage befand, den Weg bis zum Flughafen rennend zurückzulegen. Wenn jetzt nicht...

Da erblickte er links am Straßenrand einen Piaggio Ape, ein kleines dreirädriges Fahrzeug mit einer Pritsche. Tolle Knatterkiste, hört sich an wie eine Nähmaschine, dachte Nils. Ann-Kathrin steuerte schon auf das Fahrzeug zu. Sie selber dachte, lass bloß den Schlüssel stecken und Marvin versuchte bereits, die Pritsche zu erklimmen.

Die blutrünstige Meute hinter ihnen bewegte sich nicht schnell, aber stetig. Viel Zeit würde den drei Flüchtenden nicht bleiben.

Marvin saß auf der Pritsche, Ann-Kathrin auf dem Beifahrersitz und Nils betätigte den tatsächlich vorhandenen Zündschlüssel. Was für ein Glück, dachte er dabei. Dann gab der Motor doch keinen Ton von sich.

In der Sekunde wurde im Haus hinter dem Piaggio die Tür aufgerissen und ein schwarzhaariger Mann im grauen Anzug rannte heraus.

»Yardim, yardim, help me.«

Zeitgleich erkannte Nils die Misere. Der Piaggio würde sie nicht von hier fort und in Sicherheit bringen können.

»Raus aus dem Wagen, runter von der Pritsche. Das Ding fährt nicht.«

» Lütfen bana yardımcı olun«, schrie der Mann im grauen Anzug angsterfüllt und wedelte mit den Armen.

Marvin sprang von der Pritsche, die anderen stiegen aus dem Fahrzeug und das Chaos schien sie alle zu erfassen.

» Bu dünyanın sonu«, rief der Schwarzhaarige.

»Sie kommen, sie kommen«, schrie Ann-Kathrin.

»Wohin? Was schreit der? Wer kommt?«, verlor Nils die Fassung.

Nur einer blieb ruhig, Marvin. Der schaute sich um und runzelte die Stirn.

»Wir müssen rennen«, meinte der Kleine wieder und ging mit gutem Beispiel voran.

Nils und Ann-Kathrin setzten sich ebenfalls in Bewegung. Nur der Mann im grauen Anzug sank auf die Knie, schaute gen Himmel und verschränkte die Hände zum Gebet.

» Babamız olacak, senin yapılacaktır, senin Egemenliğin gelsin, senin adın kutsal kılınsın...«

Sekunden später fiel die Meute über ihn her und riss ihn in Stücke. Er gab dabei keinen Laut von sich. Die anderen rannten weiter um ihr Leben.

Was für eine Begegnung, dachte Nils schaudernd. Wer mag das gewesen sein?

»Weiter, weiter«, schrie Ann-Kathrin.

Nils bemerkte derweil schmerzhaft seine sich mehr und mehr zusammenziehenden Bronchien und die schon wieder enger werdende Atemluft.

»Da ist der Kreisverkehr«, rief Marvin, dem die Rennerei gar nichts ausmachte.

»Dann links«, keuchte Nils.

Sein Blick fiel auf einen stabilen Maschendrahtzaun. Hinter diesem klebten drei Untote mit aufgerissenen Mäulern und gierten geräuschvoll nach ihnen. Zum Glück befanden sich die Kreaturen nicht in der Lage, das kleine Törchen im Zaun zu öffnen. Jegliche Intelligenz und das komplette menschliche Wesen schien ihnen offensichtlich abhanden gekommen zu sein. In ihren seelenlosen Körpern steckten nur noch blutgierige Tiere.

Und plötzlich standen die kleine Gruppe Flüchtender selber vor einem hohen Zaun. Endlich, der Flughafen lag unmittelbar vor ihnen.

Jetzt musste schnell gehandelt werden. Viel Zeit würden ihnen die anrückenden Schlurfer nicht geben, um den Zaun des Flughafens zu überwinden.

Nils suchte in seinen Taschen und Marvin rüttelte am Zaun. Doch Ann-Kathrin zog gelassen eine Zange hervor, die im Piaggio lag und die sie vorsichtshalber eingesteckt hatte. Dreimal drückte sie die Zange und im Maschendraht klaffte ein kleines Loch. Nils griff sich Marvin und half ihm, hindurch zu schlüpfen. Der miefige Gestank, der die sich nähernden Bestien ankündigte, wurde stärker.

Wieder drückte Ann-Kathrin die Zange.

»Das reicht für dich. Los, durch da«, befahl Nils.

»Nein, ich mach weiter.«

»Das kannst Du von innen auch. Denk an deinen Bruder.«

Geschickt schlängelte sich Ann-Kathrin durch den Spalt im Zaun und beeilte sich, dass Loch auf eine ausreichende Größe für Nils zu erweitern. Der von den Schlurfern ausströmende Gestank wurde noch penetranter.

»Wir treffen uns am Hauptgebäude«, rief Nils und rannte nach rechts weg.

In Nils nagten Zweifel. Den Weg bis zum Hauptgebäude konnte er keinesfalls rennend zurücklegen. Schon jetzt musste er immer wieder hüsteln. Die beiden Kinder befanden sich da schon längst nicht mehr in Nils' Blickfeld. Ob es ihnen gelingen konnte, sich bereits in Sicherheit zu bringen oder ob auf dem Flughafengelände ebenfalls die Kreaturen Jagd auf sie machten, wusste er zu diesem Zeitpunkt nicht.

Die Atemluft wurde für Nils immer enger. Seine Bronchien sangen Halleluja. Sein in solchen Situationen obligatorischer Griff in die rechte Hosentasche ging ins Leere. Er besaß kein krampflösendes Spray mehr.

Das mehrere hundert Meter lange Flughafengebäude, dessen gewölbtes Flachdach das Sonnenlicht silbern schimmernd zurückwarf, befand sich bereits in Sichtweite. Doch Nils' Schritte wurden kürzer, seine Bewegungen langsamer. Die Schlurfer hinter ihm witterten bereits ihre Chance und holten auf.

Dreimal rettete ihm bereits das schiere Glück das Leben und die ihn angreifenden Bestien gingen jedes Mal leer aus. Nils konnte sich nicht vorstellen, ein viertes Mal ein solches Glück haben zu können. Gleich würden sie ihn haben und in ihm breitete sich Angst aus. Nicht vor dem nahenden Ende, welches er natürlich fürchterlich bedauerte. Viel mehr quälten ihn die grässlichen Schmerzen, die er fürchtete zu erleiden, wenn sie über ihn herfielen und ihre Zähne in ihn vergruben. Die Aussicht, möglicherweise nicht sofort zu sterben und dann selber wie ein Scheusal durch die Gegend schlurfen zu müssen, raubte Nils zusätzliche Kraft.

Er schaute sich eilig um und da befanden sie sich schon auf Armlänge hinter ihm, erreichten ihn beinahe.

Nils Widerstand brach. Er blieb einfach stehen. Traurig blickte er dem an der Spitze der Verfolger herantaumelnden Schlurfer direkt in seine ausdruckslosen Augen. Höchstens noch zehn Meter, dann würde der aschfahle Untote mit seinen schlackernden Armen und der grauenhaften, blutenden Wunde an der linken Hüfte ihn ergreifen und dann...

Nils sehnte sich die längst zu schwer gewordene und weggeworfene Schöpfkelle zurück.

(16)

Das imposante Stadion der Stadt Essen schimmerte in der aufgehenden Sonne in rot und weiß. Schlurfer konnte Marlene weit und breit nicht ausmachen. Lebende Menschen sah sie ebenso wenig.

Langsam fuhr sie ihr Auto auf den Parkplatz vor die Geschäftsstelle von Rot-Weiss Essen. Rechts, am Rande des großen Besucherparkplatzes, lag ein eingedrückter Zaun, so, also ob ein schweres Fahrzeug ihn niedergewalzt hätte. Ganz hinten, vor der nächsten Absperrung am Ende der Tribüne, stand ein verlassener Opel Cascada. Die Tür zur Geschäftsstelle stand offen.

Zehn Minuten später konnte sich Marlene sicher sein. Ihre Freunde waren hier. Alles deutete auf einem hektischen Aufbruch hin. Blut aber, was auf einen Kampf oder auf Verletzungen hingewiesen hätte, konnte Marlene nirgendwo finden, auch nicht an dem Cascada neben dem eingedrückten Zaun. Am nächsten Zaun, den Marlene von hier aus sehen konnte, hing ein zappelnder Schlurfer auf den Zaunspitzen. Ja, das alles schien eindeutig zu sein. Ihre Freunde hielten sich hier auf, mussten aber flüchten. Marlene erinnerte sich voller Furcht an die riesige Herde von Schlurfern, die sie sozusagen von hinten sah, als sie vor kurzem vergeblich versuchte, das Stadion zu erreichen.

Marcs Worte von der Flucht zum Niederrhein – daran dachte Marlene erneut. Was blieb ihr anderes übrig. Sie würde versuchen, der Spur weiter zu folgen. Alleine hier zurückbleiben stellte keine Alternative dar. Ja, wenn Hedwig noch leben würde, dann vielleicht – aber so?

Nach ihrem Aufbruch dauerte es gar nicht lange und Marlene erreichte die Anfänge der Stadt Bottrop. Die Gebäude um den Bahnhof herum schienen einem fürchterlichen, alles verzehrenden Brand zum Opfer gefallen zu sein. Letzter Qualm stieg aus den verkohlten Ruinen hoch. Mehrere Fahrzeuge, ein LKW und vier PKWs, standen auf der Straße herum. Eines dieser Autos bot ein besonders beängstigendes Bild. Augenscheinlich schafften es Schlurfer ins Fahrzeuginnere vorzudringen. Dann machten sie sich wohl über die dort sitzenden Personen her. Ob es sich um Männer oder Frauen handelte und wie viele Personen sich im Auto befanden, konnte nicht mehr zweifelsfrei festgestellt werden. Marlene kämpfte mit ihrem Brechreiz und wendete sich hastig ab.

Ein paar Kreaturen lungerten auf den Bürgersteigen links und rechts herum. Die störten Marlene nicht weiter, die ihre Fahrt in Richtung Norden fortsetzte.

»Links oder rechts?«, fragte sich Marlene laut.

Sie kannte sich in Bottrop überhaupt nicht aus und wählte aus dem Bauch heraus den Weg nach links. Nach einer Weile machte die Straße einen kleinen Knick wieder nach links. Am Horizont, am Ende der Straße, erblickte Marlene den beeindruckenden Förderturm einer Zeche.

Unmittelbar hinter Marlenes Fahrzeug füllte sich die Straße unbemerkt mit neugierigen Kreaturen. Machte der Lärm ihres Motors sie aufmerksam? Marlene zuckte bei einem Blick in den Rückspiegel zusammen. Erschrocken stellte sie die mittlerweile Unmengen von Schlurfern auf der Straße fest. Wo kamen die plötzlich alle her? Das konnte unmöglich der Motorenlärm verursacht haben. Aus den kleineren

Straßen links und rechts strömten ebenfalls Massen von Untoten auf Marlenes Weg. Marlene gab Gas.

Und dann erkannte sie es. Oben am Förderturm der alten Zeche vor ihr, direkt oberhalb der vier großen Räder, über die Stahlseile die Förderkörbe hielten, hing eine metallene, mit großen, schweren Buchstaben versehene Verkleidung. Marlene konnte die Buchstaben „P" und „H" des Zechennamens noch gut erkennen. Wie an einem seidenen Faden hing diese Verkleidung da und ab und an schlug sie, vom Wind erfasst, gegen den ebenfalls metallenen Förderturm. Das erzeugte einen Radau zum Ohrenzuhalten und zog die untoten Geschöpfe aus weiter Entfernung an, wie Kuhmist die Fliegen.

Vor dem Eingangstor der Zeche ging es nur noch nach links und rechts. Marlene wollte sich schnell für eine Richtung entscheiden, bekam aber keine Chance mehr dazu. Die Straße zu beiden Seiten verstopften unzählige Untote, die alle ihre gierigen Köpfe nach der Lärmquelle reckten.

Schon wieder so eine Riesenmeute, dachte Marlene bitter.

Geradeaus, auf den Hof der Zeche, geradewegs dem Schlurfer-Magnet entgegen, so hieß Marlenes einzige Überlebenschance.

Marlene überfuhr zwei Untote, einen dritten kickte ihr Auto zur Seite weg. Das nächste Hindernis, eine rot und weiß gestrichene Schranke hielt Marlene ebenso wenig auf, wie der dahinter von Menschenhand aufgebaute Parcours von Fahrzeugen, Werkzeugen und allerhand undefinierbarem Zeug.

Doch das änderte sich schlagartig. Urplötzlich tauchte eine Figur vor der Windschutzscheibe des Fahrzeugs auf und fuchtelte aufgeregt mit den Armen.

Marlene hatte alle Mühe, das Auto rechtzeitig zum Stehen zu bringen. Fast wäre der Mann, der so blitzartig aus dem Nichts auftauchte, ihr nächstes aber ungewolltes Opfer geworden.

»Aussteigen und flottemangs hierrüber«, rief eine dunkle Männerstimme.

Marlene, die in den vergangenen Tagen mehr als einmal eine Zeit lang einfach sitzen blieb, besann sich jetzt eines Besseren. Sie öffnete die Fahrertür, griff nach ihren Sachen und folgte dem Mann flott ins Innere eines mit roten Klinkern versehenen Gebäudes.

Jetzt stand Marlene ihrem neuen Gefährten gegenüber und staunte nicht schlecht. Der Mann trug die helle Arbeitskleidung der hiesigen Bergleute. Ein gelber Sicherheitshelm thronte auf seinem Kopf. Der Bergmann, der in etwa so alt wie Marlene sein musste, wirkte genauso so groß wie kräftig. Rote Haare lugten unter seinem Helm hervor und er trug einen ebenso roten Dreitagebart. Stahlblaue Augen lächelten Marlene aus einem leicht geröteten Gesicht an.

»Mensch Ische, da freu ich mir. Dachte schon, ich bin der letzte Mensch aufe Welt und müsste mir allene von dannen schleichen. Ich bin übrigens der Willi.«

»Ich heiße Marlene und sie können mir glauben, ich bin noch viel glücklicher als sie.«

»Die Zeiten für dat Siezen sind doch wohl vorbei, wat?«, lachte Wille, »wo kommße denn her? Tun noch andere leben? Wat ist überhaupt passiert?«

Marlene erzählte Willi ihre schlimmsten Erlebnisse so rasch wie möglich. Ihr als unwichtig erscheinende Einzelheiten ließ sie weg. Willi hörte die gesamte Zeit aufmerksam und ohne Marlene zu unterbrechen zu. Nur in seinen Augen konnte man ablesen, wie sich seine Gefühlswelt regte. Aus anfänglichem Interesse wurde zunächst Neugierde, dann Besorgnis und schließlich schiere Aussichtslosigkeit und Verzweiflung.

»Dann sind se bei mich zuhause wohl auch alle hin«, sagte er mit verzweifeltem Unterton.

»Wo sind deine Leute?«

»In Kirchhellen, meine Eltern und meine Schwester. Und noch ne Hand voll Kumpels. Hab ich ja Massel, dat ich kene Blagen hab, so wie du.«

»Wir sollten lieber nachschauen gehen«, versuchte Marlene zu trösten.

»So lange dat Schild da oben gegen dat Fördergerüst donnert, kommen wer hier nich wech. Rund um dat Jelände hängen Unmengen von den Viechern herum und et werden immer mehr. Nen paar Kumpels ham dat ausprobiert. Jetzt stehen se entweder untot mit die anderen draußen herum oder füllen deren Mägen.«

»Gibt es denn keinen anderen Weg?«

Durchdringend starrte Willi Marlene an.

»Es gäbe enen. Dazu gehört ne Menge Traute. Viel Traute. Allene hätte ich mir nich getraut. Zu zweit kann et klappen.«

»Was denn? Spann mich doch nicht auf die Folter«

»Et gibt enen engen Verbindungsweg von hier zu den Stollen neun und von dort könn wer zu den Stollen zehn. Und dat liegt direkt unter Prosper V.«

»Prosper was?«

»Prosper V, so nennse den Schacht inne Kirchhellener Heide, en paar Kilometer nördlich von hier. Da könn wer aufsteigen«

»Der ist doch bestimmt ganz tief. Wie sollen wir denn da hochsteigen?«

»Die Teufe, ich mein die Tiefe«, lächelte Willi sanft, »die liegt bei gute tausend Meter. Dat Notstromaggregat funzt da bestimmt noch. Da fahren wer ganz einfach mit den Förderkorb hoch.«

»Und wenn da genauso viel...«

»Erst ma müssen wer dahinkommen. Dann sehen wer weiter.«

»Du bist Bergmann und kennst dich aus. Was soll so schwer sein, dass du es nicht alleine gewagt hast?«, versuchte Marlen eine kritische Frage.

»Wie die Seuche losbrach, fing gerade die Mittagsschicht los, nach unten zu fahren. Ich hab dat mit meine eigenen Augen gesehen. 50 Mann standen im Korb. Und die haben dat voll abgekriegt. Jetz warten die als Untote da unten auf uns.«

»Immer noch weniger, als die Tausend da draußen«, zeigte Marlene Mut.

»Knorke. Dann statten wer dir aus mit Helm und so und dann geht et los in dat Schlamassel.«

Marlene fühlte sich nicht ganz wohl bei der Sache. In einen Zechenschacht einfahren – ok. Mit Hilfe eines erfahrenen Bergmanns durch irgendwelche Stollen laufen – auch noch vorstellbar. Dort aber von 50 Untoten gejagt zu werden?

Doch ein anderer Ausweg blieb wohl nicht. Vor die Tür, keine Chance. Ohne Lebensmittel hier bleiben und abwarten, auch keine Chance.

Dann eben ab in den Schacht!

(17)

Fett? Das war gar kein Ausdruck. Unansehnliche 165 Kilogramm, verteilt auf eine Größe von 1,71 Metern - Stávros bot das bedauerliche Beispiel eines unbeweglichen Kolosses, der genauso breit wie hoch wirkte und über nicht bedeutend mehr Beweglichkeit verfügte, als der Fernseher in seinem Zimmer.

Vor Tagen schon fiel zuerst ein regionales Fernsehprogramm nach dem anderen aus, bevor seine Spielekonsole ihren Geist aufgab – Stromausfall. Ein Blick aus dem Fenster brachte dem 45jährigen Stávros Gewissheit. Diesmal handelte es sich nicht um einen der üblichen kurzen Ausfälle. Selbst der Flughafen gegenüber zeigte nicht mehr die generelle Beleuchtung der Gebäude und Rollfelder. Zum Glück verfügte Stávros über einen gehörigen Vorrat an Kartoffelchips, Schokolade und Cola. Zudem war Mamas Rente, die auch Stávros' Leben finanzierte, rechtzeitig überwiesen worden. Was sollte also passieren?

Von seinem Fenster zur Straße heraus beobachtete Stávros, wie eine Nachbarin über den Postboten herfiel, ihm in den Hals biss und dem dadurch Zusammenbrechenden anschließend die Zähne mitten ins Gesicht schlug. Da wähnte er sich als Zeuge eines Mordes. Die Nachbarin kam ihm schon immer komisch vor.

Als sich der zwölfjährige Sohn des Bäckers an der Ecke zur besagten Nachbarin gesellte und sich seinerseits im Oberschenkel des armen Postboten verbiss, merkte Stávros, dass sehr viel mehr nicht stimmte, als er zu nächst annahm.

Von Links die Straße herauf näherte sich eine Gruppe von Touristen, die soeben gelandet sein mussten. Hungrig grunzend zeigte der an der Spitze dieser Gruppe schlurfende Tourist mit dem Zeigefinger auf ein Fenster in der zweiten Etage eines alleine stehenden Hauses. Das Haus stand schräg gegenüber und störte Stávros' unverstellten Blick auf den Flughafen. Stávros zuckte heftig zusammen. Der Untote zeigte auf das Haus, in dem seine Mutter wohnte und alle ihm Folgenden strömten durch die offen stehende Tür des Gebäudes.

Fassungslos starrte Stávros auf das Haus, unfähig, sich zu bewegen. 20 Minuten später verließen die Schlurfer grölend und blutbefleckt das Gebäude. Am Fenster der mütterlichen Wohnung klebte Blut.

Seitdem zogen eine Menge Tage ins Land. Immer wieder blickte Stávros zum Fenster hinaus. Ab und an zogen Untote vorbei. Lebende Menschen sah er nicht.

Die Angst vor der Welt draußen, die Trauer um den offensichtlich grausamen Tod seiner Mutter und die eigene Unfähigkeit, der Sache auf den Grund zu gehen, beschäftigten Stávros Tag um Tag. Er wusste nicht, was da vor sich ging, aber er ahnte es. Die Welt würde nie mehr so sein, wie früher.

Heute würde er sich langsam aber sicher herauswagen müssen. Sein Bestand an Lebensmitteln ging zur Neige. Die letzte jetzt leere Chips-Tüte lag auf dem Wohnzimmertisch neben einer halben Tafel Schokolade. Vorsichtig lugte Stávros zum Fenster hinaus. Wenn jetzt keine dieser Gestalten auftauchen würde, dann würde er...

Da! Was war das? Ein immer langsamer werdender, schwer atmender Mann, verfolgt von einer Horde dieser Bestien, kam die Straße entlang. Jetzt blieb er stehen und drehte sich den Unmenschen zu. Die würden ihn zerreißen.

Stávros, der seiner Mutter nicht helfen konnte, musste in den Folgetagen die Grausamkeit des Alleinseins ertragen. Er mutmaßte seit Wochen, der letzte Mensch auf der Welt zu sein und jetzt stand da dieser Mann. Zu zweit würden sie...

Stávros riss das Fenster auf und schrie.

Nils glaubte in den letzten Sekunden seines Lebens Stimmen zu hören. Was Sauerstoffmangel doch mit einem anstellen konnte. „Wallezäsou" sagte da jemand zu ihm in einer fremden Sprache. „Wallezäsou", was sollte das bloß bedeuten. Nur noch ein paar Meter.

»Anoigo tin pórta«, rief Stávros und schleppte seinen unförmigen Köper zur Zimmertür und die Holztreppe hinab.

Die Treppe ächzte unter dem Gewicht. Stávros gewann den Eindruck, noch nie so schnell gewesen zu sein. Ein Griff nach der Klinke der Haustür und schon sprang die Tür auf.

»Párete edó«, schrie Stávros erneut.

Schon wieder dieses „Wallezäsou" dachte Nils, drehte sich jetzt aber doch zu der Stimme um.

Ein fetter, mit beiden Armen wedelnder Mann mit krausem Haar und eine offene Tür. Neuer Lebensmut erwachte in Nils.

Doch da griff der erste Schlurfer schon zu.

(18)

Willi, das Kind eines Bergmannes und einer Hausfrau, verlebte eine glückliche Kindheit in einer Zechenhaussiedlung in Essen-Vogelheim – sozusagen im Schatten des Stadions von Rot-Weiss Essen. Sein Vater übte den ausgesprochen angesehenen Beruf des Steigers auf der Zeche Emil Emscher aus.

In seinem Freundes- und Bekanntenkreis nannten sie Willi früher nur das Raubein. Kräftig gebaut, ging er aus jeder Auseinandersetzung mit anderen Kindern als Sieger hervor. Und schon bald mieden ihn die Kinder, die nicht zu seinen Freunden zählten - wechselten die Straßenseite oder verließen die Spielplätze, wenn er auftauchte. Der gefürchtete, kleine Boss aller Kinder der Siedlung hieß Willi.

Das änderte sich auch nach Willis 14. Geburtstag nicht. Unter den Jugendlichen stellte der breitgebaute Rothaarige nach wie vor das Maß aller Dinge dar. Diejenigen, die nicht zu seinen Freunden zählten, fürchteten ihn immer noch. Seinen Freunden konnte er mit seiner Art imponieren und sie konnten sich auf ihn verlassen. Man konnte Willi vieles vorwerfen. Keine Schlägerei, keine Verteidigung des Territoriums seiner Bande und kein Angriff auf die Jugendlichen anderer Straßenzüge gingen ohne ihn an vorderster Stelle über die Bühne. Niemals ließ er einen der Seinen im Stich, zu keiner Zeit ließ er einen Kumpel zurück und keinesfalls wich Willi selbst zurück, bevor der letzte seiner Freunde abhauen konnte. Nie belog Willi seine Kollegen und nie sprach er hinter ihrem Rücken über sie. Das brachte ihm bei den Jungs ein hohes Ansehen ein. Loyalität schrieb Willi groß.

Mit den Mädchen klappte das nicht so einfach wie mit den Jungs. Seine feuerroten Haare mochten nicht alle jungen Frauen, die er mochte und seine direkte und kompromisslose Art verhinderte so manche tiefere Beziehung.

Willis beruflicher Werdegang zeichnete sich durch die Tätigkeit seines Vaters früh ab. Auch er würde Bergmann werden und das von ganzem Herzen. Untertage arbeiten, davon träumte Willi bereits als er noch in kurzen Hosen Cowboy und Indianer spielte.

In Bottrop erfüllte sich dieser Traum. Seine Eltern zogen nach verrichtetem Lebenswerk auf ihr Altenteil nach Kirchhellen, auf einen kleinen Bauernhof. Willi zog mit. Der Vorteil eines kurzen Weges zu seiner Zeche überzeugte ihn. Willi erlernte den Beruf des Bergmanns von der Picke auf mit Haut und Haaren. Und auch dort, auf der Zeche, schätzen ihn die Kumpel ob seiner kompromisslosen Loyalität zu ihnen und zu seinem Arbeitgeber.

Diese Loyalität trug letztendlich dazu bei, dass Willi sich noch auf der Zeche befand, als Marlene eintraf und nicht schon längst, wie viele andere auch, das Weite suchte. So einfach den Arbeitsplatz verlassen, kam für Willi nicht infrage. Beim Anblick der Frau wusste er es dann sofort. Für sie würde er ab jetzt die Verantwortung tragen. Nun saßen sie im Aufzug und sausten in die Tiefe.

Das Geräusch, welches ein herabsausender Fahrstuhlkorb in einem Zechenschacht verursacht, weckt Tote auf. Das zumindest dachte Marlene während sie mit Willi die Fahrt hinab wagte. Unter normalen Umständen wäre ihr das nicht weiter aufgefallen. Jetzt aber bereitete ihr der Lärm die größten Sorgen. Das mussten die Bestien im Schacht doch mitbekommen.

»Bestimmt ham wer Glück und die Viecher sind innem anderen Korb stecken geblieben«, versuchte Willi Marlene vergeblich zu beruhigen.

Noch 70 Meter, noch 50. Immer tiefer sank der Korb in die Dunkelheit hinein.

»Ist da unten alles dunkel?«

»Na klar, wir ham grade genug Strom fürn Fahrstuhl. Aba wir ham die Funzeln am Helm.«

Willis tiefe Stimme beruhigte Marlenes Nerven. Er wusste offensichtlich, welchen Weg er beschreiten wollte und er wirkte wie ein Mann der Tat, der kompromisslos zupackte. Marlene lächelte schüchtern in die Dunkelheit hinein. Zum Glück konnte Willi die leichte Röte ihrer Wangen nicht sehen.

Mit einem Ruck, der Marlene zusammenzucken ließ, kam der Fahrkorb schließlich zum Stehen. Absolute Stille machte sich breit. Willi blickte nach rechts und die kleine Lampe an seinem Helm beleuchtete das direkt vor ihnen liegende Areal. Wenige Meter weiter führten zwei Gänge in die Schwärze. An den Decken hingen Ketten und Rohre, deren Funktion Marlene nicht ergründen konnte. Über den staubigen Boden verliefen eng beieinander liegende Schienen, die in beide Gänge führten. Und alles, wirklich alles, bedeckte schwarzer Staub.

Marlene atmete auf. Die Gänge stellten sich als groß genug heraus, um aufrecht in ihnen gehen zu können. Ihre Befürchtungen, auf allen Vieren kriechen zu müssen, bestätigten sich gottlob nicht.

»Wo sind se, die Paselacken?«, meinte Willi und drehte sich aufgeregt um die eigene Achse.

Doch es regte sich nichts. Den zweiten Förderkorb konnte man von hier aus nicht sehen. Willi deutete Marlene ihm zu folgen und strebte dem Gang zu, der nach links abging.

Dies schien der Startschuss für die lauernden Schlurfer gewesen zu sein. Plötzlich setzte ein Gestöhne und Gegröle ein, der den beiden Flüchtenden das Blut in den Adern gefrieren ließ. Eine Truppe von untoten Bergleuten schleppte sich im Lichtkegel der beiden Helmlampen auf Marlene und Willi zu und der Abstand zu ihrer Beute war alles andere als groß.

Willi fand zuerst seine Fassung wieder.

»Los komm, wir müssen uns verziehen.«

Er packte Marlene an der Hand und zog sie rasch hinter sich her in den zur anderen Seite abgehenden Gang. Marlene atmete tief durch. Zu ihrer Erleichterung kam sie zu der sicheren Erkenntnis, dass diese langsam schlurfenden Bergleute sie niemals einholen könnten. Doch kurze Zeit später drosselte Willi sein Tempo.

»Ich hab dich noch nich allet erzählt. Wer wissen nich, ob dat die einzigen Scheusale hier inne Gänge sind.«

»Was?«, schrie Marlene angsterfüllt.

»Die Mittagsschicht von dem Schacht neun war vielleicht schon eingefahren. Dat weiß ich nich genau.«

Jetzt erreichten die Schlurfer hinter ihnen den engeren Gang und drängelten hinein. Ein paar Bergleute kamen dabei zu Fall, andere traten ohne Rücksicht zu nehmen auf und über sie. Ihr Gejohle schwoll an.

Auf einmal regte sich auch etwas von der anderen Seite des Stollens. Dasselbe Gedrängel, dieselben Geräusche und derselbe Gestank.

Marlene sah Willi fassungslos an. Das bedeutete mit Sicherheit ihr Ende. Doch zu Marlenes Verwunderung blieb der Bergmann völlig gelassen und suchte im Lichtkegel seines Helmlichts die schwarze Wand des Ganges ab.

(19)

Ein dumpfes Klacken erfüllte die Luft. Der Schlurfer direkt vor Nils riss die Augen weit auf und fiel wortlos um. Wieder ein Klacken. Die nächste Bestie sank zu Boden. Mit jedem weiteren Klacken stanzten weitere Projektile Löcher in die Köpfte der Angreifer.

Der an der offenen Haustür stehende Stávros sah einen mit Tarnanzug bekleideten Mann, der durch ein Loch im Zaun am Flughafen kroch und ein Gewehr mit Zielfernrohr und Schalldämpfer hochhielt. Der blonde Mann grinste breit.

»Ich hab nur noch 200 Schuss für meine Sauer 404, dann kann ich die Repetierbüchse wegwerfen.«

Ohne ein weiteres Wort rannte der Blonde an Nils im Glück vorbei und steuerte direkt auf Stávros zu.

Nils, der nicht daran zweifelte, sein Glück nun endgültig aufgebraucht zu haben, folgte so schnell er konnte.

Stávros machte den Weg frei und Sekunden später stand das ungleiche Trio in Stavros` Wohnzimmer.

»Danke, danke für alles«, begann Nils das Gespräch.

»Keine Ursache«, erwiderte der Blonde.

»Den katalavaíno léxi«, mischte sich Stávros ein.

Eine Zeit lang blickten sich die Männer ratlos an.

»Ich bin Bernhard«, sagte nun der Blonde, »und zum Glück spreche ich Griechisch.«

Bernhard sagte etwas zu Stávros, was Nils nicht verstand.

Der alleinstehende und ehemalige Auswanderer Bernhard arbeitete als Sicherheitsfachkraft für den

Flughafenbetreiber in Larnaca. Er befand sich alleine in der Waffenkammer des Wachpersonals. Den immer schriller werdenden Stimmen, die aus dem Flughafengebäude herüberschallten, schenkte er zunächst keine Bedeutung. Doch dann wurde es immer lauter und aus den rufenden Stimmen wurden Schreie. Dummerweise griff er sich nur die eine Waffe und etwas Munition, verschloss die Tür zur Waffenkammer und suchte nach den Ursachen des Chaos. Mit Mühe und Not entkam er dabei den Untoten, die schon das gesamte Flughafengebäude bevölkerten. Eine Rückkehr zur Waffenkammer wurde ihm von einer Meute dieser Bestien unmöglich gemacht, die ihn fast an der Tür zur Kammer erwischten. Er versteckte sich mit zwei großen Kanistern Wasser und zwei Kartons mit Ravioli-Konserven in einer Garage. Schließlich gingen die Lebensmittel zur Neige und der Hunger trieb ihn hinaus. Da fiel sein Blick auf den seinem Ende entgegensehenden Nils.

Lange dauerte es nicht bis Stávros, Bernhard und Nils sich über die jüngste Vergangenheit ausgetauscht hatten. Stávros erzählte von seiner Mutter, Bernhard von seinen Erlebnissen auf dem Flughafen und Nils von seinem Segeltörn und den beiden Kindern, die sich jetzt irgendwo auf dem Flughafengelände aufhielten.

Nils, wieder mit freiem Atem, dachte kurz nach und präsentierte seinen Plan.

»Ich brauche ein Flugzeug und dann bringe ich die beiden Kinder nach Deutschland.«

Bernhard, der bereits von Nils' Flugkünsten wusste, fand die Idee durchaus reizvoll.

»Hier bleiben können wir auf jeden Fall nicht. Dann kann ich auch wieder nach Hause gehen und mein Glück in Deutschland versuchen. Was ist mit dir Stávros?«

Stávros, der geduldig auf die Übersetzungen von Bernhard wartete, zeigte sich zwar nicht begeistert, wusste aber, dass ihm keine anderen Möglichkeiten offen blieben. Im Alleinbleiben sah er keine Option.

»Na dann los.«

Bepackt mit den letzten, spärlichen Lebensmitteln, die Stávros übrig gelassen hatte, machte sich die kleine Truppe vorsichtig auf den Weg. Nur über die Straße und durch das Loch im Zaun. Das schien einfach zu sein.

Bernhard ging voran und hielt sein Gewehr schussbereit. Die beiden ihm folgenden Männer besaßen dagegen keine vergleichbaren Waffen. Sie führten Küchenmessern mit sich.

Eine illustre Truppe, die sich da langsam über die Straße schob. Vorneweg der durchtrainierte, blonde Bernhard, gekleidet in Camouflage. Dahinter der monströs dicke Stávros in seiner Trainingshose und dem viel zu kleinen T-Shirt. Und schließlich Nils, daherkommend wie ein Seemann in weißen Hosen und weißem Hemd und schon wieder nach Luft schnappend. Die neue Welt brachte Typen zusammen, die sich früher keines Blickes gewürdigt hätten.

Die Schlurfer, die vorhin noch auf der Straße herumgelungerten, wurden nicht mehr gesehen. Stávros bekam Schwierigkeiten bei dem Versuch, durch das Loch im Zaun zu schlüpfen. Seine Unbeweglichkeit und die Enge des Durchlasses sorgten für etliche Kratzer, die er davontrug.

Bernhard kannte den Flughafen gut und er wusste, an welcher Stelle die bereits aufgetankten Flugzeuge stehen würden.

»Dahinten die drei Dinger, die müssten es sein«, wies er auf eine Stelle zwischen Abfertigungsgebäude und Startbahn.

»Können wir sicher sein, dass dort keine Bestien mehr drin sind?«, fürchtete Nils den nächsten Kampf.

»Ich bin mir ziemlich sicher, dass die leer sind. Passagiere sind da eh nicht drin und die Besatzungen der Flugzeuge wurden aufgefordert auszusteigen, als das Chaos losbrach. Ich habe die Durchsage noch gehört.«

Stávros murmelte etwas in griechischer Sprache, was Nils nicht verstand und machte sich auf den Weg zu den Fliegern.

Wo sind bloß die Kinder? Ohne die kann ich nicht weg, dachte Nils und blickte nervös in die Runde.

»Nils!«, rief da die ihm wohlbekannte Stimme von Ann-Kathrin.

An einem der drei Flugzeuge standen Marvin und Ann-Kathrin und winken herüber.

Der Schreck fuhr Nils durch alle Knochen. Vor Freude, Nils wiederzusehen, achteten die beiden Kinder nicht auf den hinter ihnen heranschlurfenden Untoten. Bevor Nils sie darauf aufmerksam machen konnte, packte dieser Marvin bereits und wollte seine Zähne in das Fleisch des Jungen schlagen.

Stávros stammelte etwas, was sich wie ein Gebet anhörte und Ann-Kathrin schrie wie am Spieß. Marvin blieb noch nicht einmal mehr die Zeit zu schreien. Mit weit aufgerissenen und vor Angst starren Augen blickte er dem Tod in die Augen.

(20)

»Hier geht et rein!«, rief Willi voller Begeisterung.

Er trat gegen eine Holzverschalung in der Tunnelwand. Diese zerbrach mit einem lauten Krachen und dahinter tat sich ein weiterer dunkler, nicht einzusehender Tunnel auf. Marlene zögerte keinen Augenblick und kroch hinein, stellte zu ihrem Leidwesen jedoch fest, dass die Größe des Tunnels soeben zum Kriechen auf allen Vieren reichte. Nun denn, es gibt Schlimmeres, dachte sie.

Willi folgte ihr rasch. Beide zweifelten nicht daran, dass auch die Schlurfer hinterherkämen. Deswegen drehte sich Willi nach guten zehn Metern um. Auf Händen und Knien kroch da einer der blutgierigen, ehemaligen Bergmänner hinter ihnen her. Er trug noch immer seinen weißen Helm. Die Grubenlampe daran konnte er aber nicht mehr bedienen. Sie blieb dunkel.

»Mist«, sagte Willi laut.

Er erkannte den Bergmann.

»Dat is der Henning aus meine Straße.«

Willi wartete bis Henning ganz nahe bei ihm gurgelnd anhielt und seine trüben Augen hungrig auf das lebende Stück Fleisch vor ihm richtete.

»Et tut mich leid, Henning«, sagte Willi leise und stach mit seinem alten Schrämspieß unbarmherzig zu.

Hennig gab einen letzten undefinierten, pfeifenden Laut von sich, sackte auf die Brust und verstopfte fortan den Tunnel. Die ihm nachfolgenden Gestalten mühten sich vergebens. Sie schafften es nicht an ihm vorbei zu robben. Ewig konnte diese Barriere allerdings nicht halten. Willi und Marlene würde es hoffentlich genug Zeit einräumen, einen beruhigenden Abstand zu den Schlurfern aufbauen zu können.

Nach mehreren hundert Metern schmerzten Marlene heftig die Knie.

»Ich glaube ich kann nicht mehr.«

»Die Hälfte ham wer schon. Mach jez kene Fisematenten. Wir müssen weiter.«

»Ich muss die Knie mal entlasten. Eine kurze Pause muss drin sein.«

Marlene streikte und drehte sich auf der Seite. Im Lampenschein von Willis Leuchte sah sie, wie verschmutzt sie beide doch aussahen. Schwarzer Staub bedeckte ihre Kleidung, ihre Haare und ihre Haut.

»Richse dat? Die kommen schon wieder näher. Wir können nich länger rumeiern. Los, los!«

Unter immer stärker werdenden Schmerzen kroch Marlene mutig voran. Willi folgte ihr.

»Autsch«, stöhnte Marlene.

»Wat denn?«

»Ach nichts. Ich stoße nur immer mit dem Kopf gegen die Decke. Zum Glück habe ich den Helm.«

Wenn ich jetzt nicht bald wieder aufrecht gehen und die Knie durchstrecken kann, dann werden meine bereits blutigen Knie endgültig ihren Dienst versagen, dachte Merlene.

»Schneller, gib Gummi. Ich will nicht wieder einen Kumpel auf die Omme kloppen«, drängelte Willi hinter ihr, der das Gefühl nicht loswurde, dass ihm bereits ein- oder zweimal jemand an den Stiefel gefasst hatte.

Toller Kumpel bist du, dachte Marlene und fragte sich ungerechterweise, ob Willi der richtige Gefährte in diesen Zeiten sein würde.

Marlene konnte später nicht mehr sagen, wie sie die nächsten Meter bewältigte. Plötzlich aber tat sich vor ihr eine Holzverschalung auf, ebenso wie die, die Willi vorhin auf der anderen Seite eintrat.

»Los, schmeiß dir dagegen«, schrie Willi und Marlene erkannte durchaus den panischen Unterton ihn seiner Stimme.

Sie zögerte keinen Augenblick. Es gab ein lautes Krachen und Marlene fiel durch die so geschaffene Öffnung in einen ebenso schwarzen, wie größeren Gang.

Sie kugelte durch den Sturz auf dem Boden des Ganges herum. Dabei verspürte Marlene an ihrem rechten Ohr einen Luftzug. Der rührte von einer Spitzkacke her, die sie nur um Haaresbreite verfehlte. Die dadurch auf den Boden aufschlagende Spitzhacke erzeugte dabei einen metallisch klingenden Schall. Im selben Augenblick rutschte Willi durch den Durchlass und kam auf seinen Füßen zum Stehen.

Wieder hob der Angreifer seine Spitzhacke, holte aus und schlug erbarmungslos zu.

Es macht unschöne Geräusche, wenn eine geschwungene Spitzhacke mitten in den Kopf eines Menschen getrieben wird. Marlene erschauderte bei dem Klang. Mit Sicherheit würde dies zukünftig zu den Dingen gehören, die sie niemals vergessen würde.

Willi stand mit aufgerissenen Augen neben ihr und starrte auf den Kopf des Schlurfers, der selbigen gerade durch den Schachtaufgang gesteckt hatte. Das, was von dem Schädel und Körper des Untoten nach der Spitzhacken-Attacke übrig blieb, versperrte nun den nachdrängelnden Bestien den Zugang zum größeren Tunnel.

Der Bergmann, der für dieses Blutbad verantwortlich zeichnete, hielt seine Spitzhacke jetzt gesenkt und blicke aus Augen, die ebenso irre wie die der Schlurfer trübe aussahen, zu Marlene und Willi herüber.

»Bis du von Schacht neun?«, brach Willi das Schweigen.

»Sie sind einfach überall«, folgte die knappe, mit irrer Stimme vorgetragene Antwort.

»Komm! Reiß dir zusammen, Wir müssen weg hier«, versuchte es Willi erneut.

»Sie sind einfach überall.«

In die tot aus dem engen Schacht hängende Kreatur kam Bewegung. Die nachrückenden Schlurfer versuchten sie aus dem Tunnel zu schieben.

»Wat is denn los mit dich? Willze hier rumhängen? Hasse einen anne Klatsche?«

»Sie sind einfach überall.«

Der Tote aus dem Schacht fiel in den Tunnel. Ätzender Geruch machte sich augenblicklich breit.

Der verwirrte Bergmann grunzte etwas Unverständliches und hob seine Spitzhacke.

»Komm Marlene, der hatse nich mehr alle.«

Willi tippte Marlene auf die Schulter und beide rannten den Tunnel hinaus. Sie bewegten sich so schnell es das Licht der leichten Funzel an Willis Helm zuließ.

Hinter ihnen kroch ein Schlurfer nach dem anderen aus dem kleinen Tunnel und die Spitzhacke versah ihren blutigen Dienst. Doch irgendwann wurde der Andrang der Untoten zu groß.

»Sie sind einfach überall«, schrie der Bergmann mit letzter Inbrunst.

Dann wurde es still.

Eine Sekunde lang zweifelte Marlene daran ob es überhaupt Sinn machte, weiter zu rennen. Dann besann sie sich eines Besseren.

»Wir sin ganz inne Nähe vom Schacht neun.«

»Können wir da nicht nach oben steigen?«

»Ich glaube, dat dat kene gute Idee is.«

Ohne Anzuhalten hastete Willi weiter. An einer Weggabelung, an der vier Gänge zusammenliefen, wendete er sich nach links. Aus allen Richtungen drang eindeutiges Gestöhne an Marlenes Ohren. Es hörte sich so an, als ob hunderte Untote hinter ihnen her wären. Und so war es auch.

Marlene schwitzte stark und die Qualität der Luft ließ ebenfalls zu wünschen übrig. Wäre es doch besser gewesen, es über der Erde zu versuchen? Schlagartig sehnte sie sich nach ihrer toten Familie.

Im nächsten Tunnel offenbarte sich ihnen die gesamte Größe der sie umgebenden Katastrophe. Eine Gruppe von Bergleuten musste hier einer anderen Gruppe von untoten Bergleuten in die Hände gefallen sein. Ein grässlicher Anblick, der Marlene und Willi erschaudern ließ. Auf diese Art verbreitete sich das Desaster über alle Stollen und auch Bergleute, die nicht direkt dem Drama ausgesetzt waren, fielen später diesem zum Opfer. Einige von ihnen wurden getötet, andere wurden selbst zu Schlurfern und suchten in den Gängen und Tunneln blutgierig nach weiteren Lebenden.

Ein Schrei, der dem Quieken eines abgestochenen Schweines glich, riss Marlene aus ihren Gedanken. Willi blieb umgehend stehen.

»Dat kam von da vorne.«

Vorsichtig tasteten sich Willi und Marlene Stück für Stück weiter. Willi hielt seinen Kopf so, dass seine

Helmleuchte die nächsten Meter im Stollen beleuchtete.

Urplötzlich tauchte im Schein der Lampe der Rücken eines Bergmanns auf, der sich tief über eine am Boden liegende Person beugte. Der Lichtkegel scheuchte ihn auf und er dreht sich den beiden zu.

Trübe Augen, ein blutverschmiertes Gesicht, dazu der erbärmliche Gestank.

Wann findet dieser Albtraum endlich sein Ende?, dachte Marlene.

Der von hinten kommende Lärm signalisierte weitere Gefahr. Weit mehr als ein Schlurfer näherte sich der Szenerie.

Marlene stand wie angewurzelt da. Ein Kribbeln lief über ihren Rücken und sie verspürte ein leichtes Ziehen, gerade so, als ob die gierigen Hände eines Schlurfers sie bereits begrabschen würden.

Willi hingegen prustete hörbar ein und aus. Dann schob er sein Kinn leicht vor, holte aus und donnerte der Bestie vor ihnen seinen Schrämspieß vor die Schläfe.

Undefinierbare Flüssigkeit spritzte auf und ohne einen Laut von sich zu geben, sank das erbarmungswürdige Geschöpf zu Seite.

»Zieh nich sonne Fleppe. Komm!«

Marlene folgte Willi wortlos. Die Kälte, die ihren Körper umfasste, blieb.

Ein dunkler Stollen folgte dem nächsten. Mal umkreisten sie irgendwelche Gerätschaften. Dann überkletterten sie Werkzeuge und Kohlebrocken. Marlene schmeckte den Staub, der auf ihren trockenen Lippen klebte.

Stunden vergingen und das gurgelnde Grunzen der sie verfolgenden Gestalten wurde nicht leiser. Am

Rande völliger Erschöpfung blieb Willi schließlich stehen.

»Dat is et.«

Wieder befanden sie sich an einer Weggabelung, von der mehrere Stollen abgingen. Ein im Kegel von Willis Licht matt glänzender Aufzug und eine große, stählerne Treppe taten sich vor ihnen auf.

»Ob der noch geht?«, wollte Marlene wissen.

»Wir nehmen die Stiege«, entschied Willi.

Kaum erreichten sie die erste Etage der frei stehenden Treppe, füllte sich der Raum unter ihnen mit den sie verfolgenden blutdurstigen Geschöpfen.

»Da is der Schalter«, triumphierte Willi, »jez packen wir dat!«

Willi betätigte besagten Schalter, riss die Tür zum Fahrstuhlkorb auf und zerrte Marlene hinein. Gerade konnte er die Tür hinter sich wieder schließen, da griffen die ersten Hände ins Drahtgestänge des Fahrstuhls. Zu spät, der Korb setzte sich in Bewegung und beförderte Marlene und Willi dem Tageslicht entgegen.

Hoffentlich warten da oben nicht schon die nächsten Figuren auf uns, dachte Marlene, froh der Dunkelheit entronnen zu sein.

(21)

Klack, klack!

Ein Geräusch, welches unter normalen Umständen Bedrohlichkeit ausgestrahlt hätte, wirkte jetzt wie eine Befreiung.

Noch ehe der Untote seine Zähne in Marvins Körper vergraben konnte, trafen zwei Projektile die Stirn des Angreifers. Der Kopf wurde zurückgeschleudert und die Kreatur starb endgültig.

Ann-Kathrin sank auf ihre Knie und weinte bitterlich. Stávros hörte nicht auf zu beten und Bernhard lud seine Waffe durch. Zeit zum Verweilen blieb allerdings nicht.

Nils stürmte vor und griff sich den tränenüberströmten Marvin, der immer noch wie unter Schock dalag.

»Ich sorge dafür, dass so etwas nie wieder passiert. Das verspreche ich dir, mein Junge.«

Bernhard sicherte mit wachsamem Blick die Umgebung und der dicke Stávros half Ann-Kathrin auf die Beine.

Ganz in der Nähe führte eine Gangway vom Flugfeld in ein mehrmotoriges Flugzeug.

»Das ist eine British Aerospace 146. Wenn die vollgetankt ist, schaffen wir es bis nach Hause.«

Nils betrat zuerst die Maschine. Vorsichtig wendete er sich nach links zum Cockpit. Tatsächlich befand sich niemand mehr hier. Das Flugzeug gehörte ihnen.

Bernhard betrat zuletzt die Maschine. Zuvor entfernte er einen Bremsklotz am Vorderrad des Flugzeugs. Er entriegelte die Gangway und verschloss die schwere Zugangstür.

Eine Zeit lang herrschte spürbare Anspannung im Flugzeug. Konnte Nils tatsächlich so eine Maschine in die Luft bringen? Bis zum nächsten Tag würde die Beantwortung der Frage auf sich warten lassen. Es wurde langsam dunkel. An einen schnellen Start konnte jetzt sowieso nicht mehr gedacht werden. Nils und Bernhard beschlossen, sich jeweils in eine der Sitzreihen zu legen, um Kraft für den nächsten Tag zu tanken.

»Sie ist voll. Wir können starten«, verkündete Nils am nächsten Morgen über die Lautsprecheranlage.

Derweil prüfte Stávros die Versorgungslage mit Getränken und Lebensmitteln.

Ein spürbarer Ruck ging durch die Maschine und die Turbinen fuhren hoch. Dabei erzeugten sie ein rauschendes, nahezu pfeifendes Getöse, welches weithin zu hören sein musste. Die Köpfe von Hunderten von Schlurfern reckten sich neugierig in Richtung Flughafen. Die Schnellsten von ihnen setzten sich bereits in Bewegung. In wenigen Augenblicken würde es hier von Bestien nur so wimmeln.

Bedächtig rollte die Maschine an. Marvin, Ann-Kathrin und Stávros machten es sich auf den Sitzen in der Kabine bequem. Stávros kümmerte sich rührend um die Kinder und teile seine letzte Tüte Chips mit ihnen, die sie sich zu Cola aus der Bordküche schmecken ließen. Wie auf einem Flug in den Urlaub, dachte Bernhard, der die Szene beobachtete und sich dann ins Cockpit zu Nils verzog.

Aus dem Flughafengebäude taumelten die ersten Schlurfer aufs Rollfeld. Weiter hinten, am Ende der

Startbahn, schaffte es eine Horde, den Zaun einzudrücken. Unmengen von Schlurfern in Badekleidung schoben sich nun von Strand auf das Flughafengelände.

»Mensch, das war einfacher als ich gedacht habe«, frohlockte Nils.

»Noch sind wir nicht oben«, antwortete Bernhard besorgt.

Sein Blick fiel auf die immer größer werdenden Meuten, die sich der Maschine unaufhaltsam näherten.

Nils hingegen fuhr das Flugzeug auf die Startposition, lächelte siegesgewiss zu Bernhard hinüber und drückte den Gashebel zwischen ihnen nach vorne. Die Turbinen heulten noch lauter auf und das Ungetüm setzte sich in Bewegung. Ein oder zwei Schlurfer wurden durch das anrollende Flugzeug zu Boden gerissen und bevor die heranstürmende Meute für das Fahrwerk ein Problem werden konnte, hob sich die Maschine in die Lüfte.

Hunderte von hungrigen Köpfen verfolgten die Flugbahn der Maschine mit ihren leblosen Augen.

Nachdem das Flugzeug eine für Nils angenehme Flughöhe erreichte, schaltete er das Funkgerät an. Ebenso wie auf seinem Boot, gab das Gerät keinen Mucks von sich.

Nils rechnete mit sieben Stunden Flug. Die Flughöhe wählte er so, dass ihnen seiner Meinung nach ein ausreichend informativer Blick auf die Erde möglich blieb. Schließlich half ihnen vermutlich zunächst keine der Radarstationen und kein Flugfunkdienst. Nils vollführte eine langgezogene Linkskurve und brachte die Maschine in Richtung Nordwesten. Der Kompass in den Fluginstrumenten funktionierte gottlob.

Nils plante, sich an Landmarken zu orientieren. Es hoffte, sie aus der Luft identifizieren zu können. Die türkische Küste und Istanbul hoffte er zu erkennen. Das sollte kein Problem darstellen. Dann würde man weitersehen. Bestimmt würden sie ja dann schon Kontakt zu mitteleuropäischen Radarstationen bekommen können.

(22)

Mit einem Ruck kam der Fahrkorb zum Stehen.

Vorsichtig öffnete Willi die Tür und lugte hinaus. Alles schien ruhig zu sein. Der Gang und die dahinterliegenden Kauen wirkten so, als ob nichts geschehen wäre.

Marlene folgte Willi, der dicht vor ihr herging, in die Kauen. Links und rechts der Wände standen lange Bänke vor grün lackierten Spinden.

Willi blieb vor einer der Bänke stehen und konnte nicht mehr an sich halten. Plötzlich saß er da und weinte. Er weinte so bitterlich, dass Marlene nicht anders konnte und es ihm gleicht tat. Der große, gewaltig aussehende Bergmann und die kleine Frau lagen sich in den Armen und es brach alles heraus, was sich im Zuge der Katastrophe aufgestaut hatte.

Nach einer Weile erfasste Willi ein heftiges Zittern. Er wischte sich mit dem Handrücken über das von Kohlestaub verschmierte Gesicht, stand auf und wendete sich erneut dem Fahrkorb zu. Dann öffnete er den Sicherungskasten links neben dem Korb, griff hinein und riss Verkabelungen und Sicherungen mit einem Ruck heraus.

»Verrecken solln se da unten!«

»Komm«, wirkte Marlene beruhigend auf ihn ein, nahm Willi bei der Hand und zusammen – noch ein Stück mehr zusammengeschweißt – verließen sie das Gebäude.

Die Strahlen der Sonne, die wärmend auf ihre Haut trafen, ließen sie aufatmen. Neuer Mut erfasste die beiden Überlebenden

»Nur noch die Straße geradezu runner, dann ham wer dat Haus von meine Familie erreicht«, frohlockte Willi.

Angenehme Temperaturen, Sonnenschein, kein Mensch – weder tot noch lebend – zu sehen. Es hätte friedlich wirken können, wären da nicht die zwei Gestalten gewesen, die gemächlich die schmale Straße hinaufschlichen. Beide schmutzig, von Kohlenstaub bedeckt.

Langsam näherten sie sich der nächsten Besiedlung. Alte Bauernhäuser standen links und rechts der Straße. Marlene rann Schweiß die Stirn hinab und hinterließ kleine helle Furchen im Schwarz des Kohlenstaubs.

»Gleich sin wer da.«

Willi ließ in der Freude, bald zuhause zu sein und in der Sorge um seine Eltern jegliche Vorsicht vermissen und schritt aufrechten Hauptes in der Mitte der Straße.

Marlene roch ihn, den Gestank des Todes, der über die Häuser hinweg waberte.

»Willi, pass auf!«

Marlene hatte Doris direkt nach ihrer Abfahrt aus dem Parkhaus verloren. Dann fand sie ihre tote und halbtote Familie vor. Schließlich starb die alte Hedwig. Und jetzt Willi?

Ein lautes Poltern riss Marlene aus ihren dunklen Vorahnungen.

»Dat sind se, sie tun leben!«, schrie Willi und rannte los.

Marlene ließ sich von Willis Euphorie nicht anstecken und kauerte sich zunächst voller Vorsicht in den Straßengraben. Von hier wollte sie das Geschehnis beobachten.

Eine Weile geschah absolut nichts. Dann tauchte Willi plötzlich wieder auf. Doch er erschien nicht alleine. Eine Manschette lag um seinen Hals an deren Ende ein langer Stiel befestigt war. Am Ende dieses Stils tauchte eine zwielichtig dreinschauende Figur auf, die den Willi am Stiel durch die Gegend bugsierte.

»Los! Vorwärts du dumme Sau. Glaubst wohl dich hier ungestraft anschleichen zu können, was?«

Der Mann am Ende des Stiels führte Willi zu einem Verschlag hinter dem Haus, der wie ein alter Schweinestall aussah. Zum Glück blieb Marlene unentdeckt, die sich so klein wie möglich machte.

Willi, eigentlich doch ein Baum von einem Kerl, wehrte sich nicht. Tränen füllten seine Augen und liefen seine Wangen hinab. Da musste etwas Schlimmes geschehen sein. Der Typ öffnete zuerst die Tür zum Verschlag, löste dann die Manschette an Willis Hals und stieß diesen hinein.

Marlene blieb weiterhin unbeachtet. Bedächtig schlich sie im Schutz der Bäume und Sträucher links neben der Straße um die Bauerhäuser herum. Mit gebührendem Abstand wollte sie die Szenerie länger beobachten, Pläne schmieden und Willi befreien. Zwischen zwei Bäumen und drei dichten Wacholderbüschen fand Marlene einen Standort, von dem sie die Häuser einsehen konnte. Jetzt hieß es sich gedulden.

Was machte sie eigentlich hier? Sollte sie nicht irgendwo in Sicherheit sein? Ungefragt warf sie das Schicksal in diese neue Welt und jetzt fühlte es sich bald so an, als ob sie nie in einer anderen gelebt hätte. Gedankenverloren lag Marlene zwischen den Büschen und wartete.

Einen Augenblick lang tat sich nichts. Dann öffnete sich die Tür zum Haupthaus. Drei Männer und eine Frau verließen das Haus. Auf einem früher mal weißen Betttuch trugen zwei der Männer etwas Blutiges. Es sah so aus...

Nein, das konnte nicht sein - völlig unmöglich.

Die Vier steuerten auf ein Fenster der gegenüberliegenden Scheune zu und öffneten es. Zwei der Männer schleuderten nun nach und nach blutige Stücke durch das Fenster. Im Inneren der Scheune schwoll ein Gejaule an. Marlene erkannte sofort, um was es sich dabei handelte.

»Die füttern Schlurfer. Ich glaub' es nicht«, murmelte sie laut, »Wenn das der Fall ist, dann muss das Fleisch auf dem Bettlaken frisch sein.«

Marlene bemerkte einen Geschmack in ihrem Mund, der sie an eine gammelige Salami erinnerte. Sollte das Fleisch etwa von... Das konte nicht sein.

Nach verrichteter Arbeit wendeten sich die vier Gestalten wieder dem Haupthaus zu. Lachend und laut diskutierend achteten sie dabei nicht auf ihre Umgebung. Sie mussten sich sehr sicher fühlen.

Marlene warf einen scharfen Blick auf die Frau. Sie gehörte zu den Frauen, bei denen die meisten Männer auf die Knie sinken möchten, um Gott zu danken, dass sie ein Mann waren. Selten zuvor sah Marlene eine so schöne Frau, die sich dazu auch noch ungeheuer feminin bewegte. Sie schien die Befehle zu geben und die drei Männer fraßen ihr aus der Hand.

Bei diesen drei Männern handelte es sich um Kerle mittleren Alters und durchschnittlichen Aussehens. Einzig und allein ihre brutalen Gesichtsausdrücke wirkten erschreckend.

Jetzt, nachdem die Typen etwas näher kamen, konnte Marlene auch verstehen, was auf dem Hof gesprochen wurde.

»Morgen können wir den dicken Bergmann verfüttern. Dann ist nichts Frisches mehr da«, sagte einer der Männer.

»Das macht nichts. Für heute reicht noch das Fleisch der Kinder. Morgen schlachten wir dann den Bergmann und übermorgen wird sich was finden lassen«, erwiderte die Frau sorglos, »Hauptsache wir halten die da drinnen am Leben.«

Ihre Stimme passte zu ihrem Äußeren, das was sie sagte nicht.

Marlene überwand ihr Schaudern. Die Herrschaften auf dem Hof verfütterten tatsächlich lebende Mensch – oder das, was von ihnen übrig blieb – an die Untoten. Warum sie das taten, konnte Marlene nicht ergründen. Es war ihr aber auch egal. Jetzt zählte nur die Befreiung von Willi. Und durch ihren Kopf wirbelten schon die ersten Ideen.

Marlene galt als gute Schülerin. Insbesondere Chemie zählte zu ihren Lieblingsfächern. Ihre Vorliebe für dieses Fach und ihre Experimentierfreudigkeit kamen ihr jetzt zugute. Die vier Säcke Blaukorn-Dünger, die an der Hauswand des Haupthauses aufgestapelt lagen, fielen Marlene schon vorhin ins Auge. Etwas davon entfernt lagen fünf Gaskartuschen für einen Brenner. Mit der richtigen Energieeinwirkung auf die Kartuschen und der richtigen Anordnung der Säcke mit Kunstdünger sollte ihr doch ein gewaltiges Feuer gelingen. Damit könnte sie genug Verwirrung anstiften, um Willi zu befreien und zu fliehen.

Mit Beginn der Dunkelheit schlich sich Marlene zum Haus. Vier der fünf Gaskartuschen positionierte sie zwischen die Dünger-Säcke. Die letzte Kartusche legte sie vor den Säcken ab, stapelte kleine Äste um diese und steckte das Holz mit Streichhölzern an, die sie in ihrer Hosentasche mit sich trug. Ein Teil aus der Sammlung von Streichholzheftchen ihres Mannes, die sie früher so belächelte, fand nun doch noch eine gute Bestimmung. Der heiße Sommer sorgte für extrem trockenes Holz. Es brannte wie Zunder.

Marlene zog sich schnell in ihr Gebüsch zurück. Jetzt hoffte sie für die Leute im Hause mit ihrem kleinen Feuerchen für gebührende Ablenkung gesorgt zu haben.

Tatsächlich aber entfachte Marlene ein Inferno. Die erste Kartusche zerbarst mit einem lauten Zischen und sendete einen heißen Strahl aus einem Gemisch von Gas und Feuer direkt auf die anderen Kartuschen. Diese zerbarsten ebenfalls. Der mittlerweile entzündete Kunstdünger und das brennende Gas bildeten nun ein hochexplosives Gemisch und es dauerte nur Sekunden, bis eine Detonation die Stille zerriss, die Kilometerweit zu hören gewesen sein musste.

Marlene erschrak. Sämtliche Schlurfer der Umgebung würden sich in diesem Moment auf den Weg hierhin machen. Und dabei handelte es sich bei weitem nicht um das Einzige, was Marlene einen Schrecken ins Gesicht zauberte. Der Rauch lichtete sich gemächlich und gab die Sicht auf die Zerstörungen frei. Das komplette Bauernhaus existierte nicht mehr - von der Explosion einfach weggefegt. Nur ein paar in Flammen stehende Grundmauern und zum Glück der Verhau, in dem sich Willi befand, standen noch.

Einer der drei Männer, die Willi gefangen hielten, lag völlig verkohlt im Eingang des Hauses. Seine Kleidung qualmte. Ein anderer Mann lag mit aufgerissenem Mund angelehnt an die hintere Hauswand. Auch er lebte nicht mehr. Von dem dritten Mann fehlte jede Spur.

Willi, der zunächst seinen eigenen Schock überwinden musste, rappelte sich auf. Er wollte die Gelegenheit nutzen. Die Explosion spielte ihm in die Karten. Er trat die Tür seines Verschlags mit einem einzigen Tritt ein.

Vor der Tür traf er auf die Frau, die ihn gefangen hielt. In zerrissener Kleidung, zerzaustem Haar und verwirrtem Gesichtsausdruck stand sie vor ihm und starrte ihn an. Vergebens versuchte sie etwas zu sagen.

Willi blickte sich kurz um, griff eine Holzbohle, die auf dem Boden lag, mit beiden Händen und schmetterte diese der Frau mit all seiner Kraft gegen den Kopf.

»Verrecke! Verrecke! Verrecke!«, stieß er außer sich bei jedem Schlag hervor.

Willis vierter Hieb beendete das Leiden der Frau.

Marlene erschrak erneut - diesmal ob des brutalen Ausbruchs ihres Freundes.

»Willi, hierrüber!«

»Nee Marlene, komm hier, dat is der richtige Wech.«

Willi verschwand hinter dem Verschlag, in dem er bis eben noch gefangen saß. Sekunden später erschien er mit einem Motorrad, einer KTM Super Duke auf der Straße.

»Nun mach schon.«

»Willi, die Frau?«, zeigte Marlene immer noch entsetzt auf Willis Opfer.

»Ich habe hier mit meine Familie gewohnt. Die Schweine ham meine Eltern und meine Schwester an die Untoten im Stall verfüttert. Ich hab dat mit eigene Augen gesehen als ich da rein bin. Die ham nix Besseres verdient.«

Mit den Worten drehte sich Willi um. Er würde darüber nicht mehr sprechen wollen.

Marlene verstand Willi nur zu gut. Sie nickte bedächtig und setzte sich hinter ihn auf das Motorrad und Willi gab Gas.

(23)

Ein erster kleiner Schock fuhr Nils in die Knochen. Das Flugzeug näherte sich in dem Augenblick der türkischen Küste. Nach Nils' Kalkül sollte die Maschine auf türkisches Festland zwischen Antalya und Alanya treffen. Wenn seine Berechnungen stimmten, dann brannten beide Städte lichterloh.

»Das ist nicht normal«, meinte Bernhard, der die Brände ebenfalls sah.

In seinen Augen spiegelte sich der flackernde Feuerschein wieder.

»Wir sagen den Kindern lieber nichts davon.«

Von den hinteren Sitzen drang das Gelächter von Stávros und den beiden Kindern nach vorne, die ausgelassen miteinander spielten. Besorgt blickte Nils zu Bernhard hinüber.

»Wenn`s in Deutschland auch so ist? Was machen wir dann?«

»Ich weiß auch nicht. Das kann gar nicht sein. Oder?«

Bernhard schraubte den Verschluss seiner Wasserflasche verzweifelt auf, um ihn dann wieder zuzudrehen. Nils gab sich größte Mühe dabei, den Kurs der Maschine zu halten. Demnächst sollten Bursa und Istanbul auftauchen.

»Ganz schön hell dahinten am Horizont. Muss Istanbul sein. Versuch doch mal, ob das Funkgerät geht, Bernhard.«

»Das Licht flackert so seltsam. Ich glaub da brennt's auch. Und das ist keine dunkle Wolke da oben. Das ist Rauch.«

Trotzdem betätigte Bernhard die Knöpfe am Funkgerät. Die einzigen Geräusche, die er dem Gerät entlocken konnte, hießen Rauschen und Knistern auf allen Kanälen.

Nils brachte das Flugzeug in den Sinkflug. 200 Meter Flughöhe sollten reichen und ihnen einen Blick auf die Umgebung ermöglichen.

Das Bild, welches sich ihnen dann bot, ließ ihre letzten Hoffnungen wie Salzstangen zwischen Daumen und Zeigefinger zerbröseln. Die links auftauchende blaue Moschee, eine der berühmten Sehenswürdigkeiten Istanbuls, lag in Trümmern. Ein abgestürztes Flugzeug hatte die große Kuppel durchschlagen und dabei drei der fünf Minarette niedergerissen. Die beiden anderen Minarette ragten wie abgebrochene Streichhölzer in den Himmel.

»Die Altstadt brennt. Ich kann die Hagia Sophia nicht sehen«, meinte Nils.

»Das ist nicht die brennende Altstadt. Da steht nichts mehr.«

Nils wendete das Flugzeug leicht nach rechts.

»Da die Bosporus-Brücke. Flieg so tief wie möglich.«

»Ich bin doch kein Kunstflieger«, lachte Nils.

»Da... da laufen doch irgendwelche Figuren auf der Brücke. Ich kann nicht erkennen, ob die... flieg langsamer!«

»Langsamer? Das geht nicht.«

»Flieg noch mal zurück.«

»Einen Teufel werd ich tun. Tut mir leid. Unser Treibstoff reicht mit Mühe und Not bis nach Deutschland. Ich hab den beiden Kindern versprochen, dass ich sie dahinbringe. Basta. Was interessieren mich da die Türken.«

Plötzlich stand Ann-Kathrin im Cockpit.

»Was ist mit den Türken? Ich habe das Feuer gesehen.«

»Ach nichts. Wir sind uns nur nicht sicher, ob hier alles in Ordnung ist oder nicht.«

»Vielleicht hätten wir doch lieber auf Zypern bleiben sollen«, warf Bernhard mit überraschend weinerlicher Stimme ein.

»Ach was Junge. Wir müssen nach Hause. Meine Oma hat immer gesagt, dass ich nach vorne schauen soll. Diejenigen, die zurückblicken, stolpern über den Stein der vor ihnen liegt. Genau daran halte ich mich jetzt. Setz dich wieder zu den anderen, Ann-Kathrin.«

Mit diesen Worten zog Nils die Maschine steil nach oben und steuerte nach Nordwesten.

30 Minuten später drängelten sich Stávros und Marvin ins Cockpit.

»Habt ihr auch Langeweile?«, fragte Nils genervt.

»Nein, schaut mal, Stávros kann Deutsch. Sag mal was, Stávros!«, freute sich Marvin ein Loch in den Bauch.

»Meiin Name iist Stávros, iich biin 181 Zentiimeter groß, wiiege 75 Kiilo, habe keiinen Bliinddarm mehr und biin Nassrasiierer«, schaute sich Stávros stolz um, »iich freue miich, nach Deutschland zu Opa und Oma zu kommen.«

»Na ja, Hauptsache ihr habt Spaß«, bemerkte Nils und lachte ebenfalls.

Nils freute sich innerlich wie ein Schneekönig über die Entwicklung des Jungen. Er schaffte es sich zu entspannen und die schrecklichen Ereignisse auf Zypern mehr und mehr zu verdrängen. An diesem schönen Erfolg besaß auch Stávros seine Anteile. Hoffentlich würden sie bald die Großeltern der Kinder finden. Dass auch Istanbul in Schutt und Asche lag, beunruhigte ihn allerdings und ließ ihn am Erfolg seiner Mission zweifeln.

In gut zwei Stunden sollte Budapest auftauchen, ihr nächstes Ziel. 20 Minuten später flögen sie dann über Wien. Spätestens dann bekämen sie einen ersten Eindruck von der Lage in Mitteleuropa.

(24)

In den nächsten Wochen, vielleicht auch Monaten – so genau wussten sie das nicht – fuhren Marlene und Willi ziellos durch die Gegend. Mal trieb es sie nach Süden, mal nach Osten. Die Flucht vor großen Gruppen von Schlurfern, die Suche nach Lebensmitteln, Wasser und Schlafplätzen und die vergebliche Suche nach anderen lebenden Menschen, wechselten sich täglich ab.

Geräuscharm und leer, so sah es in Deutschland derzeit aus. Kurz nach ihrer Abfahrt aus Kirchhellen fanden sie eine Möglichkeit, sich zu waschen und neue Kleidung anzuziehen. Mittlerweile befand sich diese aber auch schon wieder in einem jämmerlichen Zustand und sah so aus, als ob man sie aus einem Müllcontainer gezogen hätte. Marlenes Haare wuchsen wie die eines jungen Mädchens und Willis roter Bart erinnerte an König Drosselbart. Die gemeinsamen Erlebnisse, die gemeinsame Trauer um die Familien und die sie umgebende ständige Gefahr schweißten sie zusammen und sorgte dafür, dass sie sich näher kamen.

»Ich hab Hunger«, flüsterte Marlene ihrem Willi von der Rückbank des Motorrads aus ins Ohr.

»Dahinten, anne Kreuzung, da stehn drei Häuser. Wir könn gucken, ob wer wat finden.«

Langsam steuerte Willi sein Motorrad die Straße hinauf. Dichter Wald umgab die Straßenkreuzung vor ihnen sowie die dortigen Häuser. Bereits die letzten Kilometer säumte dieser Wald die Straße. Das Gelände zeigte sich hügelig. Sie mussten sich in irgendeinem der deutschen Mittelgebirge befinden.

Keine Menschenseele und kein Schlurfer hielten sich hier auf. Auch der laute Motor des Motorrades zog keine Untoten an. Ein gutes Zeichen.

Die kleine Ansammlung von Häusern entpuppte sich als ehemaliges Feriendorf. Weiche Betten hofften darauf, wieder einmal von jemandem genutzt zu werden. Doch davor stand der Hunger.

Der Eingang zum Gasthaus der Anlage, einem zweistöckigen Gebäude, lag direkt an der Straße. Vorsichtig schob Willi die Tür auf und schlüpfte hinein. Marlene folgte ihm auf dem Fuße. Vor ihnen tat sich ein großer Raum mit mehreren Tischen und einer großen Holztheke auf der rechten Seite auf.

Der Raum wirkte so, als ob gestern noch Publikum hier gefeiert hätte. Willi griff nach den Schnapsflaschen. Die konnte man immer gebrauchen. An das Bier, welches die gasbetriebene Zapfanlage mit einem lauten Zischen noch hergab, traute er sich dann doch nicht heran. Marlene fand einen halben Kasten Cola, doch etwas Essbares fand sich nirgendwo.

Vom Schankraum aus gingen zwei weitere Türen ab. Willi horchte in die Stille hinein. Auf der anderen Seite der Tür regte sich nichts. Oder doch? Röchelte da nicht jemand?

Marlene bereite sich derweil auf eine schnelle Flucht vor. Einen oder zwei Schlurfer würden sie abwehren können. Würden mehr als zwei Untote hinter der Tür lauern, stünden sie vor einem nicht zu bewältigenden Problem.

Willi drückte vorsichtig die Türklinke herunter, um dann die Tür mit einem Ruck aufzureißen.

Zu ihrer Erleichterung stiegen in dem leeren Raum lediglich gurgelnde Laute aus einem Abfluss empor.

Willi lachte laut, besann sich jedoch schnell eines Besseren und hielt sich die Hand vor den Mund. Sie wussten ja noch nicht, was sich hinter der zweiten Tür verbarg.

Marlene legte die Hand auf die Klinke. Schweiß lief ihr über die Stirn. In den letzten Wochen hatte sie unzählige solcher Situationen erlebt. Sie konnte sich nicht daran gewöhnen und geriet noch immer ins Schwitzen.

Ruckartig riss Marlene die Tür mit der linken Hand auf. In der rechten Hand hielt sie wie jedes Mal ihr Messer, welches sie hoch über den Kopf schwingend bereithielt. Doch diesmal rutschte es ihr im entscheidenden Moment aus der schweißnassen Hand. Polternd schlug es auf den Boden. Marlene bückte sich sofort. Im selben Augenblick schlug etwas aus dem Zimmer kommend auf ihren Nacken. Gedankenschnell warf sich Marlene neben ihr Messer zu Boden. Zugebissen hatte das, was sie im Nacken angriff noch nicht. Also bestand noch Hoffnung. Ein Griff nach dem Messer, herumgewirbelt und zugestochen. Das sollte den Angreifer außer Gefecht setzen.

Und so kam es tatsächlich. Der Angreifer lag nun dort, wo sich eben noch Marlene befand. Diese schaute mit einer gewissen Panik in den Augen zu Willi herüber. Doch anstelle eines ebenfalls vor Sorgen aufgelösten Gefährten sah Marlene geradewegs in sein zu einer lachenden Fratze verzogenes Gesicht.

Jetzt erst wurde es Marlene bewusst. Etwas an der Situation stimmte nicht. Der Angreifer verströmte keinen ekelhaften, süßlichen Gestank und gab keine stöhnenden Laute von sich. Marlene drehte sich um. Auf dem Boden lag eine nackte Schaufensterpuppe, aus deren Brust Marlenes Messergriff herausragte.

Die ansonsten leere Kammer, deren Tür soeben geöffnet wurde, hatten die ehemaligen Bewohner als Abstellkammer genutzt.

Marlene setzt sich auf einen der Tische. Der Schock steckte ihr doch ordentlich in den Knochen.

»Dat hätte och noch schlimma kommen können«, feixte Willi.

»Ja, aber zu essen haben wir jetzt immer noch nichts. Ich habe Hunger.«

»Haste da draußen dat Schild nich gespinst?«

»Was für ein Schild?«

»Josephskreuz stand da dran. Da gibbet bestimmt och ne Kneipe oder so wat.«

»Dann komm, lass uns dahinfahren«, bat Marlene.

Gesagt, getan. Kurz danach saßen die Beiden wieder auf dem Motorrad und steuerten den engen Weg zum Josephskreuz an, der durch den Wald auf den Hügel nach oben führte.

Tanken muss ich auch bald wieder, dachte Willi und klopfte mit dem Zeigefinger vergeblich auf die Tankanzeige.

Nach der letzten Biegung des Weges bekam Willi freien Blick auf das 38 Meter hohe Kreuz.

»Bo hey, da is dat Ding. Dat is ja gewaltig«, rief er entzückt aus.

»Das ist ja gebaut wie der Eifelturm. Und hinaufgehen kann man auch.«

»Von oben könn wer gucken, wo wer uns befinden tun.«

»Ich hab Hunger, Willi. Da rechts ist doch ein Imbiss«

»Dat dauert nur fünf Minütchen.«

»Gut, dann geh du auf den Turm, ich suche etwas zum beißen.«

Ein enges Metalltor führte zu einer ebensolchen Treppe.

»Guck mal, größtes Doppelkreuz vonne Welt steht auf dat Schild.«

»Ich gehe essen.«

Fünf Etagen höher bestaunte Willi alleine die ungeheure Weitsicht. Marlene verschwand derweil mit der gebotenen Vorsicht im kleinen Restaurant neben dem Turm.

Dat is der Harz, dachte Willi und las die an der Brüstung angebrachten Orientierungsschilder.

Klare Sicht, nur leichte Bewölkung, da konnte einem glatt das Herz aufgehen. Gedankenverloren blickte Willi in die Runde. Dass sie soweit nach Osten abgedriftet waren, hätte er nicht für möglich gehalten. Und wie frisch die Luft hier oben roch.

Frische Luft? Jetzt stank es plötzlich. Willi schaute herab auf den Vorplatz zum Turm und traute seinen Augen nicht. Der komplette Platz füllte sich mit Schlurfern, die aus den umliegenden Wäldern hervorquollen. Es wirkte so, als ob sich das Gehölz in Bewegung gesetzt hätte. Mehrere hundert Bestien mussten das sein. Zum Glück blieb er zunächst unentdeckt – das Eingangstor zum Kreuz stand jedoch offen. Vorsichtig legte Willi sich auf den Boden der Plattform. Auch hier könnten sie ihn immer noch entdecken. Die Situation erforderte absolute Ruhe.

Marlene freute sich über eine Dose Schweinefleisch mit einem Ablaufdatum, welches noch in weiter Ferne lag. Einen Dosenöffner fand sich auch und so tafelte sie ausgiebig. Willi würde sie seinen Teil übrig lassen. Bei dem Gedanken an ihren Gefährten schaute sie aus dem Fenster und erschauderte ebenso, wie kurz vorher ihr Willi selbst. Unmengen von

Schlurfern tummelten sich vor dem Imbiss. Auch Marlene ließ sich zu Boden gleiten, um nicht entdeckt zu werden. Fieberhaft dachte sie darüber nach, wie die Situation zu meistern wäre. Willi kam nicht vom Turm herunter. Soviel stand fest. Er konnte von Glück reden, wenn die Viecher da draußen ihn nicht entdeckten. Sie, Marlene, könnte nach hinten aus dem Haus entkommen. Aber was dann?

(25)

Budapest, Wien, dazwischen Bratislava und danach Linz – überall dasselbe Bild. Brennende Straßenzüge, Zerstörung, abgestürzte Flugzeuge und eingefallene Gebäude. Dass sich zwischen den Häuser mehr Untote als Lebende herumtrieben, konnte man von hier oben nicht sehen, aber erahnen. Nils fielen keine Argumente mehr ein. Seine Hoffnung, in Deutschland könnte es anders aussehen, sank gegen Null.

»Was glaubst du, was passiert ist?«, fragt Bernhard in die Stille hinein.

»Weiß nicht, ich kann mir das nicht erklären. Sieht aus wie Krieg.«

»Davon hätte ich was gehört. Das kann nicht sein. Gab doch letztens keine besonderen Spannungen.«

»Stimmt, das würde ja auch nicht zu den komischen Kreaturen auf Zypern passen. Kommt einem vor wie in einem Horrorfilm aus Hollywood.«

»Ja und wir sind die Hauptdarsteller.«

»Terror vielleicht?«

»Möglich, aber von völliger Ausrottung hätten die Terroristen auch nichts.«

Am Horizont tauchte der nächste flackernde Lichtschein auf.

»Da vorne brennt Prag«, resignierte Nils, »wie viele Patronen hast du noch für deine Knarre?«

»Noch 150 Schuss. Wenn ich die einzeln abgebe, kann ich damit viel Schaden anrichten.«

»Hoffen wir das Beste. In einer Stunde sind wir über Deutschland.«

»Wo gehen wir runter?«

»Ich wollte bis nach Hannover, aber das schaffen wir nicht mehr. Zu wenig Kerosin. Bis Leipzig sollten wir es schaffen können. Vorher fliegen wir über Dresden hinweg.«

»Was machen wir, wenn es da tatsächlich so aussieht, wie in den anderen Städten?«

»Frag mich nicht. Runter müssen wir auf jeden Fall.«

Das Gespräch der beiden Piloten wurde jäh durch lautes Rauschen aus dem Funkgerät unterbrochen. Nils und Bernhard horchten auf.

»alo, knn da jmad örn?«, sprach eine Frauenstimme offenbar Deutsch aber kaum zu verstehen, »omt ac Nrdn! Obrhlb de sehzgsen Britngads st di Wlt noh n rdun. alo, ic wedrhle. Knn da jmad örn? Komt nah oren.«

Dann brach die Verbindung genauso plötzlich wieder ab, wie sie zustande gekommen war.

»Hallo, hallo, hallo«, drehte Bernhard aufgeregt an den Knöpfen des Funkgeräts, »hallo, wer ist da. Wir können sie nicht verstehen. Wiederholen sie. Hallo, hallo!«

Doch das Funkgerät blieb stumm.

»Das hörte sich doch nach Deutsch an, oder? Hat die nicht was von Norden gesagt?«

»Ich weiß nicht. Hätte alles bedeuten können. Das war so abgehackt«, erwiderte der enttäuschte Bernhard, »und wenn es so wäre. Norden? Wo ist Norden?«

Wieder dreht Bernhard an den Knöpfen und Reglern der Funkanlage. Doch es blieb still.

»Schreib das auf, was die gesagt hat. Wer weiß, ob wir das noch mal brauchen können.«

»Ich tue mein Bestes.«

Die Männer schwiegen fortan in ihrer Verzweiflung. Jeder lotete für sich aus, was der Funkspruch bedeutet haben konnte und ging das Gehörte wieder und wieder im Geiste durch. Doch weder Nils noch Bernhard kamen zu einem erhellenden Ergebnis. Immerhin blieb etwas Hoffnung zurück.

Das Flugzeug überflog bald die Festung Königstein. Die dort entgeistert winkenden Menschen nahmen Nils und Bernhard jedoch nicht wahr. Zu tief versunken in ihren Gedanken und Befürchtungen achteten sie nicht auf ihre Umgebung. Das größtenteils zerstörte Dresden, die wütend aufschauenden Horden von Schlurfern und die wenigen fassungslos gen Himmel sehenden Überlebenden in der Stadt bemerkten sie ebenfalls nicht. Die Maschine drehte bereits nach Leipzig ab und würde in weniger als zwanzig Minuten zur Landung ansetzen.

(26)

Auf allen Vieren kroch Marlene über den staubigen Fußboden auf der Suche nach einem Hinterausgang.

Ein paar Untote endeckten derweil das offenstehende Tor zur Treppe, die zur Turmspitze hinaufführte. Willi sah das auf ihn zukommende Unheil durch das grobe Raster der Aussichtplattform, auf der er lag. Viel Zeit würden sie ihm nicht geben, bis der erste Schlurfer seine Ebene erreicht hätte. Willi beschloss deshalb, den Kreaturen auf der Treppe entgegenzutreten. Die engen Stiegen konnte er leichter verteidigen.

Der Imbiss verfügte nicht über einen Hinterausgang. Das wurde Marlene schmerzlich klar. Mühselig kroch sie weiter zur Küche, in der Hoffnung, hier etwas zu finden, das weiterhelfen könnte.

Die unterste Schublade einer Kommode lockte Marlene an. Vorsichtig öffnete sie diese und verursachte dabei das kratzende Geräusch welches entsteht, wenn Holz über Holz schrappt. Einige der Untoten draußen reckten ihre Hälse.

Eine Silvesterrakete und eine Mundharmonika, darin bestand die gesamte Ausbeute aus der Kommode.

Das Josephskreuz verfügte über eine erste Plattform auf halber Höhe. Diese wurde von den neugierigen Untoten bereits bevölkert. Schnuppernd hoben sie ihre Nasen in die Höhe. Die Witterung von Willi fuhr ihnen bereits in die Geruchsorgane.

Willi, eine Plattform höher, verhielt sich ruhig. Nur im Geiste hämmerte er auf das Metall des Turms ein. Jetzt verspürte er auch noch den dringenden

Drang, zur Toilette gehen zu müssen. Immer zum falschen Zeitpunkt, dachte er.

Marlene kroch inzwischen weiter. In einem Küchenschrank fiel ihr neben einer Flasche Mineralwasser und einem Fleischermesser erfreulicherweise ein batteriebetriebener Kurzzeitwecker in die Hände.

Die erste hungrige Bestie steckte derweil ihren stinkenden Kopf über die letzte Brüstung und entdeckte den auf der Plattform kauernden Willi.

So leise es ging, öffnete Marlene das Fenster der Küche. Die Aktion blieb von den Untoten unbemerkt. Sie stellte den Kurzzeitwecker auf fünf Minuten. Nun galt es, sich zu beeilen. So niedrig und so schnell es ging, robbte Marlene zurück in den Schankraum. Wieder öffnete sie unbemerkt das Fenster, welches am weitesten von der Küche entfernt lag. Erneut blieb sie unbeobachtet.

Vorsichtig schob Marlene die Silvesterrakete durch die schmale Öffnung und bereitete sich vor, sie zu zünden. Noch drei Minuten.

Willi hieb der ersten Kreatur seinen Knüppel mit Wucht auf den Schädel. Diese rutschte die gerade erklommene Treppe hinab und riss zwei der nachfolgenden Gestalten mit sich. Alle Untoten der Umgebung reckten ihre Köpfe nach Willi und begaben sich voller Hunger in seine Richtung. Ungewollt unterstützte das Marlenes Rettungsaktion. Noch zwei Minuten.

Marlene kramte in ihren Taschen nach ihren Streichhölzern, fand sie, entzündete eines und wartete. Noch eine Minute.

Mit einem in der allgemeinen Stille tosenden Klingeln schaltete sich der Kurzzeitwecker ein. Sämtliche Schlurfer fuhren herum und schlurften dem neuen Geräusch entgegen. Jetzt hielt Marlene die Flamme eines ihrer Streichhölzer an die Zündschnur der Silvesterrakete. Wenige Sekunden später sauste diese in den Himmel und erzeugte zu ihrem lauten Knall ein wundervolles Farbenspiel. Jetzt schauten alle Bestien ergeben nach oben.

Einen Augenblick später öffnete Marlene die Tür zum Imbiss und sprang hinaus. Die verwirrt nach oben schauenden Untoten bemerkten sie zunächst nicht. Marlene holte tief Luft und setzte die gefundene Mundharmonika an die Lippen. Spielen konnte sie das Instrument nicht, Töne erzeugen aber sehr wohl. Und nur darauf kam es jetzt an.

Die allgemeine Verwirrung ausnutzend, bahnte sich Marlene einen Weg in Richtung Rückweg und rannte Mundharmonika blasend den Weg hinab. Fast alle Schlurfer drehten sich zu ihr um und folgten ihr grunzend.

Willi erkannte Marlenes Absicht und sah seine Chance gekommen. Seinen Knüppel vor sich haltend, stürmte er seinerseits die Treppe des Turms hinab. Zwei oder drei der auf ihn zukommenden Viecher stieß er einfach um. Einem weiteren trat er mit aller ihm zur Verfügung stehenden Kraft in den Rücken. Der verlor gänzlich seinen Halt und stürzte über das Geländer der Treppe in die Tiefe. Am Fuße des Turms angekommen, fehlten Willi nur noch wenige Meter bis zu seinem Motorrad. Da verstellten ihm zwei weitere Gestalten den Weg. Einmal in Bewegung, konnte diese Willi jetzt aber nicht mehr aufhalten. Im Stil eines Football-Spielers nahm er die Schulter nach vorne, hielt seinen Knüppel vor die eigene Brust und rannte vorwärts. Sportreporter hätten von einem fulminanten Bodycheck gesprochen. Wie von einer Diesellok beiseite gekickt, flogen die beiden Schlurfer nach rechts und links davon. Willi sprang auf sein Motorrad, in dem gottlob noch der Zündschlüssel steckte, startete die Maschine und fuhr, Slalom fahrend, zwischen den verdutzt dreinblickenden Bestien hindurch.

Dreißig Meter weiter hielt er an. Marlene sprang auf den Sozius und ab ging die Flucht.

Erst nach 15 Kilometern stoppte Willi wieder die Maschine. In einer einsam im Wald stehenden Laube fanden sie ihren Platz für die Nacht.

»Die Herden werden immer größer«, begann Marlene das Gespräch.

»Ja, die häng jetz auch schon in die Wälder rum. Wir sin im Übrigen innen Harz.«

»Im Harz? Soweit im Osten?«

Marlene dachte an ihre Freunde aus dem Parkhaus zurück. Ob der eine oder andere von ihnen es geschafft hatte? Wo waren sie abgeblieben? Vom Niederrhein sprach Marc damals. Dort suchte sie eine Weile mit Willi nach ihnen, fand aber niemanden. Ob sie auch nach Osten abgetrieben wurden? Marlene verdrängte weitere, sie schwermütig machende Gedanken. Es schien unmöglich zu sein, jemals im Leben wieder jemanden zu treffen, den man kannte. Überhaupt jemanden zu treffen, der noch lebte, kam einem Wunder gleich. Angstvoll schaute sie zur spärlich verriegelten Tür der kleinen Laube. Sie sehnte sich nach mehr Sicherheit. Die ewige Angst, jemand könnte sich anschleichen und das ständige auf-Geräusche-Achten des Nachts, zermürbte sie langsam aber sicher.

Die Nacht verlief zum Glück ereignislos. Am frühen Morgen weckte Willi seine Marlene mit einem Kuss auf die Wange.

»Steh ma auf, wir müssen los machen.«

»Wieso los? Wo müssen wir schon hin?«

»Ich will raus hier aus den Wald. Felder, klene Orte, da simmer besser aufgehoben. Außdem ham wer kene Lebensmittel mehr. Innen Wald finden wer die nich. Zumindest weiß ich nich, welche Wurzeln wer futtern können. Du etwa?«

»Schon gut Willi. Nerv jetzt nicht. Aber wenn wir losfahren, dann suchen wir uns jetzt mal etwas für länger. Bitte Willi! So herumfahren kann es auf Dauer nicht sein.«

So richtig konnte sich Willi nichts unter einem Standort für länger, so wie ihn Marlene forderte, vorstellen. Ziellos steuerte er sein Motorrad über kleinere und größere Landstraßen, wich verschiedenen Meuten von Schlurfern aus und suchte – ohne wirklich zu wissen wonach. Ab und an hielt Willi sein Motorrad an, um es an zurückgelassenen Fahrzeugen aufzutanken. Manchmal fanden Marlene und er alte Konserven, Nudeln oder Reis – auch mal eine Flasche Limonade. Für eine ausgewogene Ernährung reichte das allermale nicht aus. Beide fürchteten sich vor dadurch auftretende Mangelerscheinungen. Von Tag zu Tag wuchs der Hunger und von Nacht zu Nacht die Sehnsucht nach Ruhe.

Größeren Städten wichen sie aus. Dort schienen die Gruppen von Untoten einfach zu groß geworden zu sein. Einige wenige konnte man leicht abwehren. Bei größeren Meuten blieb nur noch die Flucht.

Falls es passte, wählte Willi die Autobahnen. Auf ihnen traf man zwar auf eine große Anzahl von liegengebliebenen Fahrzeugen, aber dagegen auf nur wenige Schlurfer.

So vergingen die Tage. Den kulturell interessierten, gestaltenden Menschen, der in Gemeinschaften lebte und sich organisierte, gab es nicht mehr. Es ging nur noch ums nackte Überleben – nach Nahrung suchen, einen sicheren Schlafplatz finden, irgendwie an Kleidung gelangen und flüchten.

Die Tage und erst recht die Nächte wurden kühler. Mehr als einmal bettelte Marlene darum, einen Ort zu finden, der zum Überwintern geeignet wäre.

Und dann eines Tages standen Willi und Marlene vor einem Bauernhof, der ihnen scheinbar alle gesuchten Möglichkeiten bot. Der Hof lag auf einer leichten Anhöhe. Von dort aus konnte man die Umgebung gut beobachten. Die Gebäude des Hofes bildeten ein großes U. Die Zwischenräume zwischen den einzelnen Häusern konnte man leicht zustellen und versperren und der eigentliche Eingang zum Hof konnte durch ein riesiges Tor verschlossen werden.

»Dat is et«, meinte Willi, »dat begucken wer uns und wenn sich da keiner zeigen tut, dann nehm wer dat ein.«

Drei Stunden lang tat sich nichts. Keine Menschenseele zeigte sich, kein Untoter tauchte auf, kein Geräusch erreichte ihre Ohren.

Langsam und gebeugt schlichen Willi und Marlene über eine Wiese zum Hof hoch. Das Motorrad ließen sie sicherheitshalber zurück – zu viel Lärm.

Ohne Probleme erreichten sie den Hof. Immer noch blieb alles ruhig. Der Innenhof des Gehöfts lag vor ihnen.

»Ich tu die Scheune durchstöben. Du wartes hier auf mir.«

»Einen Teufel werde ich tun. Nimm du die Scheune, ich nehme das Haus links.«

Bevor Willi widersprechen konnte verschwand Marlene schon durch die Tür zum Nebengebäude des Hofs. Achselzuckend machte sich Willi an die Scheune. Lächelnd dachte er an den ersten Tag ihrer Begegnung zurück. Schon damals wirkte Marlene taff, aber er war taffer. Heute stand sie ihm in nichts mehr nach. Das neue Leben ließ sie hart werden. Nur hin und wieder, wenn sie sich liebten, wurde Marlene weich. Reiß dich zusammen, dachte Willi, konzentrier dich lieber.

Vorsichtig durchsuchte Willi jeden einzelnen Winkel der Scheune. Nach einer Weile stand fest, dass von hier keine Gefahr ausgehen würde.

Willi schritt durch das Scheunentor ins Freie und auch Marlene erschien wieder im Hof. Ihrem Lächeln konnte Willi entnehmen, dass auch im Nebengebäude alles in Ordnung war. Blieb nun noch das Hauptgebäude.

Seite an Seite schlichen Marlene und Willi durch jedes einzelne Zimmer des Hauptgebäudes, immer in der Erwartung von einem Schlurfer oder einem Lebenden angegriffen zu werden. In sieben Zimmern geschah absolut nichts. Die Beiden fanden sie leer vor. Marlene richtete sich in Gedanken bereits häuslich ein.

Die Tür zum achten und letzten noch nicht durchsuchten Zimmer ließ sich nicht ohne weiteres öffnen.

»Da sind se hinter.«

»Wer soll dahinter sein?«

Marlene schüttelte den Kopf und verdrehte die Augen. Ging mit Willi schon wieder die Phantasie durch?

»Na der Bauer hier und seine Leute.«

»Spinn nicht rum Willi. Die Tür ist von außen verschlossen worden.«

Marlene zeigte auf den im Schloss der Tür steckenden Schlüssel.

»Dat is noch schlimmer. Dann hamse hier von den Bestien welche reingetan.«

»Willi! Jetzt hör auf. Das sieht aus wie eine Vorratskammer. Wir müssen da hinein.«

Willi schaute Marlene in die Augen. Sie lag richtig, das musste er zugeben.

Ohne ein weiteres Wort und mit einem Ruck warf sich der große Mann vor die Tür und diese gab tatsächlich nach. Mit einem Krachen landeten Willi, die Tür und ein Teil des Rahmens mitten in einem Fensterlosen Raum.

»Eine Vorratskammer, hab ich es nicht gewusst«, frohlockte Marlene, »aber warum schmeißt du dich vor die Tür? Der Schlüssel steckt doch.«

Willis Schulter schmerzte ihn ebenso, wie die Dummheit seiner Tat. Eine Folge des Sturzes und des unnötigen Türaufbrechens. Doch die gut gefüllte Kammer mit haltbaren Nahrungsmitteln ließ ihn das schnell vergessen.

Im alten Wohnzimmer bereiteten sich Willi und Marlene eine Feuerstelle, über der sie in einem großen kupfernen, in der Küche gefundenen Topf ein Mahl bereiten konnten, wie sie es seit Beginn der Katastrophe nicht mehr vor Augen bekommen hatten.

Ein Großteil der bereiteten Speisen fand seinen Weg in die Mägen der Hungrigen und Willi nutze die folgende Ruhe, um ein Nickerchen zu machen. Marlene kümmerte sich um das Feuer und legte regelmäßig Holz nach. Das Wohnzimmer füllte sich mit wohliger Wärme.

Marlene schaute sich gedankenverloren in dem mit schweren altdeutschen Möbeln eingerichteten Raum um. Es wurde kälter. Das Feuer benötigte mehr Nahrung. Ein weiterer Holzscheit im Feuer würde für Abhilfe sorgen. Marlene wollte diesen auflegen, da legte sich eine eiskalte, knochige Hand auf ihre Schulter.

Marlene erschrak, schrie laut auf und ließ den Holzscheit aus den Händen gleiten. Dieser fiel in die Feuerstelle und verursachte einen gehörigen Funkenflug. Willi erwachte derweil schlagartig, griff seine Waffen und sprang auf. Gerade rechtzeitig konnte er einen Untoten von Marlenes Rücken ziehen, bevor er sich in ihrem Hals verbeißen konnte.

Weitere Untote drängten durch die Tür ins Zimmer. Sie versperrten den Fluchtweg. Von wo diese Gestalten kamen? Marlene und Willi konnten sich das nicht erklären. Waren sie nicht vorsichtig genug gewesen?

Während sie sich nun damit beschäftigten, die Schlurfer auf Abstand zu halten, sorgte der durch den fallengelassenen Holzscheit verursachte Funkenflug für ein weiteres Desaster. Eine der Gardinen fing urplötzlich Feuer und brannte bald lichterloh. Es dauerte gar nicht lange und der neben der Gardine stehende Holzschrank begann langsam zu kokeln. Und als Willi den letzten Angreifer mit einem herzhaften Schlag endgültig in den Tod schickte, brannte bereits das halbe Zimmer.

So schnell es ging, klaubten Marlene und Willi ihre Sachen zusammen, griffen an Lebensmitteln, was zu greifen war und stürmten nach draußen.

Das Hauptgebäude würde nicht mehr zu retten sein und mit größter Sicherheit würde das Feuer auch auf die anderen Gebäude übergreifen.

Marlene kamen die Tränen –aus der Traum vom Herbst- und Winterquartier.

Eine riesige Rauchsäule stieg über dem Gehöft auf. Marlene und Willi machten sich auf den Weg zurück zu ihrem Motorrad. Im Schutze der Bäume wollten sie die Nacht verbringen. Morgen würden sie nach einem weiteren Schlafplatz Ausschau halten und vielleicht war ihnen das Glück ein weiteres Mal hold.

(27)

»Das isse nicht mehr weite«, meinte Eddi und lehnte sich in seinem Fahrzeugsitz zurück, »das iste eine große Feuer.«

»Bald wird es ganz dunkel sein«, warf Fiona ein, »Lasst uns etwas für die Nacht suchen. Nachsehen können wir morgen immer noch.«

»Nein Fiona«, mischte ich mich jetzt energisch ein, »irgendetwas oder besser irgendwer hat dieses Feuer entfacht. Wir müssen wissen, wer das war. Es ist viel zu gefährlich, das nicht zu tun.«

Ich wollte nicht zugeben, dass es mich weit mehr sorgte, nicht zu wissen, ob das Flugzeug für den Brand verantwortlich zeichnete. Ich würde ohnehin keine Ruhe finden können, wenn ich dem nicht nachgehen würde. An Anhalten und Schlafen konnte nicht gedacht werden.

Ich nahm Fiona in den Arm und schaute zu Fritz herüber. Er schien vor sich hin zu dösen. Sein Kopf lehnte an die Scheibe des Autofensters und die Augen hielt er geschlossen.

Eugen, der das Fahrzeug lenkte, konnte man anmerken, dass es ihm ebenso ging wie mir. Leise aber deutlich zu vernehmen, pfiff er die Internationale.

Ein paar Kurven weiter und wir erblickten das Feuer. Mehrere Gebäude eines großen Bauernhofes, der auf einer leichten Anhöhe stand, standen in Flammen. Einige dunkle Gestalten, eindeutig Schlurfer, wie man an ihrem lahmen Gang unschwer erkennen konnte, schlichen bereits die Anhöhe herauf. Der Schein des Feuers zog sie an wie das Licht die Nachfalter. Zum Glück handelte es ich nicht um zu große Gruppen.

»Da isse bestimmte der Blitze eingefahren.«

»Siehst du irgendwo Wolken? Den ganzen Tag war es klar und einen Donner habe ich auch nicht gehört«, widersprach Fritz, der jetzt aufmerksam das Geschehen beobachtete.

»Aber irgendwie iste die Feuer entstanden.«

»Bleibt ruhig Leute«, ging ich dazwischen, »sicher ist schon mal, dass unser Flugzeug hier nicht abgestürzt ist. Da hoch gehen können wir jetzt auch nicht. Schlage vor, wir stellen unser Fahrzeug irgendwo zwischen ein paar Bäumen ab und verbringen erst einmal die Nacht hier.«

»So machen wir das«, stimmte Eugen mir zu und startete den Schneeflug erneut.

Brummend setzte sich das Fahrzeug in Bewegung.

(28)

»Wat brummt da?«

»Ich habe es auch gehört Willi. Hört sich an wie ein LKW. Endlich mal wieder Menschen.«

»Lass uns lieber vorsichtich sein. Wir wissn nich, wer dat is.«

Das Brummen näherte sich und plötzlich tauchte im Schein des immer noch brennenden Bauernhofes ein Fahrzeug auf, mit dem man so gar nicht gerechtet hätte.

»Wat is dat denn?«, flüsterte Willi.

»Das sieht aus wie ein Schneeflug.«

»Dat Ding kommt hier hin. Wat machen wer jetz?«

»Wir bleiben im Versteck.«

Der Schneeflug kam in unmittelbarer Nähe der Bäume, unter denen sich Willi und Marlene verborgen hielten, zum Stehen.

Nacheinander verließen fünf Personen das Fahrzeug und reckten und streckten sich. Dabei ließen sie den Hof und die im zustrebenden Schlurfer nicht aus den Augen.

Willi bückte sich etwas tiefer zwischen die Wurzeln des Baumes, hinter dem er kauerte. Fünf Personen und mindestens einer größer als zwei Meter, die anderen auch nicht klein. Mit der Gruppe würden sie nicht so mir nichts dir nichts fertig werden können. Wenn die ebenso brutale Schweine sein sollten wie diejenigen, die seine Eltern und seine Schwester auf dem Gewissen hatten, – ja dann gute Nacht.

Willi zuckte heftig zusammen, ihm blieb die Spucke weg. Marlene erhob sich und strebte aufrecht zwischen den Bäumen hervor den Fremden entgegen. War die jetzt von allen guten Geistern verlassen? Wie konnte man nur soviel Vertrauen haben?

Was dann geschah, würde Willi an späteren Tagen noch häufig erzählen. Marlene trat gewollt oder ungewollt – wer sollte das nachher noch sagen können – auf einen Ast, der unter ihrem Gewicht zerbrach. Das laute Knacken musste im Umkreis von zehn Metern jeder gehört haben. Die fünf Personen, die dem Schneeflug entstiegen waren, fuhren nahezu zeitgleich herum. Drei von ihnen blieben wie angewurzelt stehen und öffneten ob des Anblicks von Marlene den Mund – ein seltsames Bild. Nur einer der Fünf trat einen Schritt vor und hob ein Messer über den Kopf. Ein anderer spannte seinen Bogen.

»Ruhig Blut, Eugen. Nicht Eddi«, sagte da der Riese der Fünf und dieser Eugen und dieser Eddi blieben in der Tat stehen.

Ebenso starr und stumm wie die Leute aus dem Schneeflug stand Marlene da. Sie sagte ebenfalls kein Wort und starrte ihrerseits die anderen an.

Langsam erhob sich Willi und nahm seinen Platz neben Marlene ein. Zum ersten Mal standen sich die beiden rothaarigen Männer, Fritz und Willi, gegenüber.

(29)

»Ich halt es nicht aus. Marlene! Du? Wie ist das denn möglich? Ich werde verrückt. Leute wisst ihr, wer das ist?«, brach es aus mir hervor.

Zwei Schritte und ich schloss Marlene in meine Arme. Diese drückte mich ebenfalls so, als stände das achte Weltwunder vor ihr. Marlene fing leise an zu weinen. Nicht weniger gerührt als Marlene und ich taten es mir Fritz und Fiona gleich. Auch sie kannten Marlene aus den gemeinsamen Tagen im Parkhaus. Dass wir sie hier wiedertrafen – was für ein Wunder.

Schnell klärten die Wissenden die Unwissenden, die jetzt ihrerseits verdutzt aus der Wäsche guckten, über das Wer und Wie auf.

Ob der ganzen Begrüßungsorgie vergaßen wir, die Umgebung im Auge zu behalten. Nun zogen wir uns lieber in die Sicherheit des Schneeflugs zurück. Marlene und Willi würden in Fahrzeug auch noch Platz finden.

»Wie seit ihr hier hingekommen? Wie habt ihr überlebt? Fahrt ihr die ganze Zeit mit dem Ding hier durch die Gegend? Sind die anderen alle tot?«, konnte Marlene ihre Neugierde nicht länger im Zaun halten

»Wir sind noch viele mehr«, übernahm ich den Part des Erzählers unserer Geschichte, »nicht weit von hier befindet sich eine Festung, hoch auf einem Berg. Die ist für Fremde und erst recht für Schlurfer vollkommen uneinnehmbar. Dort leben wir und über 20 andere Überlebende zusammen. Karim und seine Familie, unsere Irokesen Bernd und Elke, Bärbel und Manfred sowie Dr. Mather sind auch da. Der Festungsbereich ist riesengroß. Wir haben sogar Platz, was anzubauen.«

Mit offen stehendem Mund hörte Marlene zu, wie ich ihr von unserer Flucht quer durch Deutschland, unseren Begegnungen mit Eddi und seinen Freunden sowie Eugen und von unserem Leben auf der Festung erzählte.

Meine Geschichte endete nach etlichen Stunden mit der Schilderung unserer Reise mit dem Schneepflug. Doch die Aufregung, Menschen lebend wiedergefunden zu haben, die wir für tot hielten, ließ uns an Schlaf nicht denken. Dann erzählte Marlene ihre traurige Geschichte um ihre Familie und Doris, die wir ja kannten und berichtete schließlich von ihrem Glück, auf Willi getroffen zu sein. Dass sie nun ein Paar seien, vergaß sie nicht zu erwähnen und ich bemerkte den Hauch von Freude, der über Willis Gesicht zog und den ich im kargen Taschenlampenlicht doch zu erkennen vermochte.

Lange später dämmerte bereits der Morgen und wir schliefen zufrieden ein. Weitere Pläne wollten wir nach ein paar Stunden Schlaf angehen.

Geweckt wurde ich durch das Geräusch, welches eine zugeschlagene Fahrzeugtür hinterließ. Müde beugte ich mich hoch und erkannte Eugen, der schnellen Schrittes dem Waldrand entgegenstrebte. Seine schwache Blase, dachte ich nicht ohne lästernde Hintergedanken, legte mich zurück und versuchte, wieder einzuschlafen.

Sekunden später schreckte ich erneut hoch. Ein seltsames Jaulen, gerade so, als ob sich jemand sein bestes Teil beschädigt hätte, durchdrang die Stille der Nacht.

Wann ist aus Sex, Drugs und Rock and Roll eigentlich Veganismus, Laktose-Intoleranz und Schlagermusik geworden, schoss es mir in Erinnerung an mein altes Leben ärgerlich durchs Hirn. Mensch Eugen, musst du die ganze Welt aufwecken, nur weil du deine Notdurft verrichten musst?

Wieder beugte ich mich hoch und bemerkte dabei Fritz und Eddi. Sie saßen ebenfalls aufrecht und spähten in die Dunkelheit hinaus.

Der Waldrand geriet in Bewegung. Im dämmerigen Licht konnte man... Das waren doch...

»Schlurfer! Unmengen!«, schrie ich, »Eugen ist da draußen.«

Jetzt brach endgültig Unruhe aus. Diejenigen, die noch geschlafen hatten, guckten müde in die Runde. Die anderen, die bereits wach waren, suchten nach ihren Waffen. Fritz, Eddi und ich sprangen bereits aus dem Fahrzeug.

»Eugen!«, riefen wir abwechselnd, während wir auf den Waldrand zuliefen.

»Da vorne, das iste Eugen doche«, entdeckte der dicke Eddi ihn zuerst.

Eugen schlug mit bloßen Fäusten verzweifelt auf die ihn umringenden Untoten ein. In der linken Hand hielt der den Fahrzeugschlüssel. Der Dummkopf hatte in seiner Not seine Waffen zurückgelassen, den Autoschlüssel aber mitgenommen, damit er ohne Probleme ins Fahrzeug zurückkonnte.

Ich drehte mich um. Niemand von unseren Leuten befand sich noch im Schneepflug und nicht nur vom Waldrand drängten Schlurfer auf uns zu.

Eugen ging mittlerweile zu Boden, griff sich noch einen seiner Angreifer und drehte an seinem Kopf, wie an einer großen Schraube. Weitere Schlurfer verbissen sich in ihn und ohne ein einziges, weiteres Wort starb Eugen vor unseren Augen.

Das erinnerte mich an den armen Klaus im Parkhaus. Auch er starb ohne einen Schrei oder irgendein anderes Geräusch von sich zu geben. Eugen, was hast du nur gemacht?

Zeit, um lange darüber nachzudenken, blieb mir und meinen Freunden nicht. Schon tauchten die ersten Schlurfer direkt vor uns auf.

»Zurücke zu die Auto«, rief Eddi.

Doch der Weg dahin wurde uns versperrt. Horden von Bestien umzingelten bereits das Fahrzeug. Ohne Schlüssel – den hatte ja Eugen mitgenommen – stellte der Schneepflug auch nur noch einen halb so großen Wert für uns dar.

Und wo befanden sich die anderen?

»Fiona?«

Nichts zu hören. Im Kampfgetümmel musste jetzt plötzlich jeder für sich selbst sorgen. Das Gestöhne der Schlurfer erfüllte die Nacht ebenso wie ihr erbärmlicher Gestank. Mit meinem Tapezierigel streckte ich den direkt vor mir auftauchenden Schlurfer nieder. Doch schon jetzt wurde mir eines klar: Die große Meute, die uns umgab, konnten wir nicht besiegen. Flucht war die einzige sinnvolle Lösung.

»Wir müssen abhauen!« schrie ich so laut ich konnte.

Nur wohin, fragte ich mich. Der Weg zurück nach Königstein schien mir zu gefährlich zu sein. Erst gerade konnten wir dieser riesigen Herde von Schurfern ausweichen. Die Wahrscheinlichkeit, dass sich diese noch zwischen dem Unglücksort hier und der Festung befanden, erschien einfach zu groß.

Die auf mich zuströmenden und gierig nach mir greifenden Untoten nahmen mir die Entscheidung ab. Ich rannte und schlug um mich – und das ohne Ziel. Eugens Dummheit sprengte unsere Gruppe und er bezahlte einen hohen Preis dafür. Noch wusste ich nicht, ob der Preis für unsere Gruppe noch höher ausfallen würde.

Ich rannte und schlug und schlug und rannte. Wo befand sich Fiona? Ich sah weder sie noch irgendeinen anderen meiner Freunde. Einmal kam es mir so vor, als ob ich den Willi etwas in seiner typischen Aussprache rufen hörte. Doch sicher konnte ich mir nicht sein.

Ich konnte kaum noch weiter und der Gestank der Schlurfer ließ nach. Da befand ich mich mitten auf einem Feld. Erschöpft blieb ich stehen und sah mich um. Dunkle Nacht, kein Kampflärm, keine mich angreifenden Kreaturen, aber auch keine einzige Menschenseele.

Ich setzte mich hin und vergrub den Kopf in beiden Händen. Fiona befand sich noch im Fahrzeug, als wir Eugen entdeckten. Eddi und Fritz kämpften da bereits rechts von mir. Wo Marlene und Willi sich zu dieser Zeit aufhielten, wusste ich nicht. Nicht viel, was mir weiterhelfen konnte. Ich versuchte mich an Einzelheiten zu erinnern, kam aber zu keinem mich weiterbringenden Ergebnis. Wut auf mich selbst und Angst, vor allem um Fiona, zerrten an mir.

Jetzt lebten wir seit Monaten mit der Bedrohung durch die Schlurfer und ließen uns diesmal wie Anfänger von ihnen auseinandertreiben. Eugen kostete seine Dummheit das Leben.

Meine Gedanken wanderten zurück zu der Zeit vor der Katastrophe. Wie gering mir doch heute die damaligen Probleme vorkamen. Und dann die Katastrophe selbst. Bis heute besaß ich keinen Schimmer davon, was diese ausgelöst haben könnte. Das spielte jedoch keine wirkliche Rolle mehr.

Ich rappelte mich hoch und trat den Rückweg an. Irgendwo mussten sich die anderen ja befinden. Und je nachdem, wie die Kämpfe meiner Freunde ausgegangen waren... Fiona...

(30)

Mittlerweile stand die Sonne hoch am Himmel. In unserer früheren Zeitrechnung hieße das irgendwas zwischen zehn und elf Uhr. Im Westen zeigten sich dunkle Wolken, die Regen versprachen.

Vorsichtig schlich ich mich einen Feldweg entlang. Der faulige Gestank der Schlurfer lag in der Luft. Weit konnten die Bestien nicht sein. Wenige hundert Meter von mir entfernt stand der Schneeflug, nahe am Waldrand. Von meinen Freunden und von Fiona fehlte jede Spur.

Ich näherte mich dem Fahrzeug. Da, es bewegte sich etwas am Waldrand. Im ersten Augenblick konnte ich nicht erkennen, worum es sich dabei handelte. Voller Hoffnung hob ich den Arm, um ihn dann enttäuscht wieder sinken zu lassen. Drei Schlurfer, einer davon im übelsten Zustand, trotteten auf mich zu. Schon drang ihr übles Gestöhne an meine Ohren.

Den ersten Schlurfer streckte ich mit einem gezielten Hieb mit meinem Tapezierigel nieder. Dabei viel mein Blick auf die Hand des ihm folgenden Untiers und ich erstarrte. Bei der Figur handelte es sich um den so übel Zugerichteten. Der eine Arm fehlte gänzlich. An der Schulter klaffte ein riesiges Loch. Der Arme besaß nur noch einen halben Kopf und auch seine Brust schien von anderen Bestien aufgerissen zu sein. Das wirklich Schlimme allerdings befand sich an seiner ihm noch zur Verfügung stehenden Hand, die er mir nun gierig entgegenstreckte. Am kleinen Finger dieser Hand baumelte ein Autoschlüssel, der Autoschlüssel, der zum Schneeflug passte.

Vor mir stand der ehemalige Eugen. Es ist grausam, einen Schlurfer zu erschlagen. Noch grausamer ist es, wenn es sich dabei um einen Freund handelte. Ich dachte an Fritz, der zu Beginn der Katastrophe seinen besten Freund erschlagen musste und an Marlene, die ihren Ehemann tötete, nachdem dieser über ihre Kinder hergefallen war. Ich schluckte und erschlug Eugen mit einem einzigen Schlag.

Schnell griff ich den Fahrzeugschlüssel, rannte zu unserem Schneeflug und stieg ein.

Der dritte Schlurfer folgte mir, konnte aber mein Tempo nicht mitgehen. Nun stand er wütend vor dem Fahrzeug und wurde damit Teil einer Szene, die ich so nie für möglich gehalten hätte.

Wieder geriet der Waldrand in Bewegung. Doch diesmal handelte es sich nicht um Schlurfer, auch nicht um Menschen. Was da auf den Untoten zuraste, das sah aus wie eine Meute Hunde, wild gewordene Hunde.

Sieben oder acht Hunde sprangen fast gleichzeitig die Bestie an und rissen sie zu Boden. Lautes Gebelle und ein letztes Stöhnen, mehr hörte ich nicht. Schäferhunde, Terrier, sogar ein mittlerweile struppiger Königspudel zerrten an dem Toten.

Entgeistert schaute ich auf die Szenerie. Neben den Schlurfern lauerte also eine weitere Bedrohung auf uns und diese kam leise, kündigte sich nicht durch ihren Gestank an und vor allem, sie kam schnell. Wie viele Haustiere mag es in Deutschland gegeben haben und wie viele von denen wurden nicht sofort zu Opfern ihrer Herrchen und Frauchen? Wie viele von ihnen streunten nun auf der Suche nach Futter durch die Lande?

Ein mittelgroßer Hund, so wie ich es einschätzte ein Mischling, blickte ins Fahrzeug und mir geradewegs in die Augen. Es wirkte auf mich wie ein freundlicher Blick. Gerade so, als ob er auch mit Wehmut an vergangene Zeiten und an seine menschliche Familie denken würde.

Dann drehte er sich ab und verschwand mit seiner Meute ebenso flott wie sie gekommen waren, wieder im Wald. Mir schauderte.

Verzweifelt lehnte ich mich auf meinem Fahrersitz zurück. Das Fahrzeug befand sich wieder in meinem Besitz und über den Schlüssel verfügte ich auch. Aber wohin sollte ich fahren? Wo konnten die anderen sein?

Zum wiederholten Male starrte ich den Waldrand an. Was war das denn? Im Wipfel einer der Bäume schimmerte zwischen den herbstlich braunen Blättern etwas Blaues hervor. Es mag durchaus seltsam anmuten, aber dort oben saß jemand auf dem Baum.

Mit geladener Zwille und schlagbereitem Tapezierigel verließ ich den Schneepflug.

»Hey, du da auf dem Baum!«

»Ich bin's«, ließ die Antwort nicht auf sich warten.

»Fiona? Wie kommst du denn da hoch?«

»Die Frage ist, wie ich hier runter komme.«

Der mir mittlerweile wichtigste Mensch auf Erden saß da auf dem Baum. Erleichterung erfüllte mich. Wenn man in diesem Leben noch so etwas wie Glück empfinden konnte, dann jetzt. Tränen stiegen mir in die Augen.

Stück für Stück und Ast für Ast kletterte Fiona zurück auf die Erde. Unten angekommen, warf sie sich in meine Arme und wir standen eine Weile so da.

»Hast du auch die Hunde gesehen?«

»Ja, die streunen hier schon die ganze Zeit rum. Das da war nicht der erste Schlurfer, den sie sich geholt haben.«

»Dann lass uns lieber ins Auto gehen.«

Im Fahrzeug legten wir uns auf die Sitze.

»Hast du was von den anderen gesehen, Fiona?«

»Fritz und Eddi kämpften Rücken an Rücken gegen die Untoten. Dann kamen ihnen die Hunde zur Hilfe.«

»Wie, die Hunde kamen ihnen zur Hilfe?«

»Ja, nicht extra. Aber die Köter holten sich ihr Fressen und dann konnten Fritz und Eddi sich freikämpfen. Die sind nach da oben weggelaufen.«

Fiona deutete auf eine leichte Anhöhe.

»Und Marlene und Willi?«

»Die habe ich nicht gesehen, aber gehört. Ich meine, das Motorrad habe ich gehört. Ob da beide draufsaßen, weiß ich nicht.«

»Gut, das alles hört sich wenigstens nicht so schlimm an.«

»Ja und Eugen? Was ist denn mit Eugen?«, fragte Fiona und mir wurde gleich klar, dass sie sein Schicksal noch nicht kannte.

(31)

Wir lenkten den Schneeflug die kleine Anhöhe hinauf, über die Fritz und Eddi verschwunden waren. Uns trieb die Hoffnung, sie würden auf den Lärm, den das Fahrzeug verursachte, aufmerksam. Zumindest hofften wir das. Viel Zeit würde uns nicht mehr bleiben, dann würde die Dämmerung einsetzen.

Mal eben die Anhöhe hinauffahren? So einfach gestaltete sich das nicht mehr.

»Pass auf!«, schrie Fiona.

Der Schneeflug legte sich mal wieder bedächtig auf die Seite während wir ein nicht zu definierendes Gestrüpp überfuhren. Im offenen Gelände zeigte das Fahrzeug seine Schwächen. Die schwere Schaufel hebelte uns ein ums andere Mal aus.

Die Natur siegte mittlerweile an allen Ecken und Enden über die Hinterlassenschaften der Menschheit. Straßen überwucherten, Gebäude brachen zusammen, unbestellte Felder ließen jeglichen Wildwuchs zu und Wälder wurden unpassierbar.

Von der letztendlich erklommenen Anhöhe besaß man einen guten Blick in die nähere Umgebung. Zwei Kilometer weiter lag ein kleines Dorf, zehn oder zwanzig Häuser, vor uns.

»Da haben sie sich bestimmt versteckt und...«, mutmaßte Fiona.

»Siehst du das da?«, fiel ich ihr ins Wort und deutete auf eine große Horde von Schlurfern, die sich zwischen den Häusern des Dorfes herumtrieben.

»Los, wir hauen sie raus.«

Im gleichen Augenblick erfüllte das Knattern eines Motorrads die Luft. Von rechts schoss Willi auf seiner Maschine heran. Seine Sozia Marlene schwank einen Knüppel und drosch auf die ersten Untoten, die das Dorf bevölkerten im Vorbeifahren ein.

Ich drückte auf die Hupe, legte einen Gang ein und trieb den Schneepflug mit allem was ging voran. Jetzt zuckten die Schlurfer zusammen und diejenigen, die von Willis Motorrad noch nicht alarmiert worden waren, wendeten sich nun dem hupenden LKW zu.

Fiona wusste, was jetzt kam. Sie prüfte vorsichthalber alle geschlossenen Fenster des Autos.

Sekunden später sauste der Schneepflug in die Menge. Köperteile flogen herum und Blut auf der Windschutzscheibe machte es schwierig, die Dorfstraße im Auge zu behalten. Willi ordnete sich direkt hinter uns ein und Marlene gab denjenigen, die den heranrasenden Schneepflug überlebten, den Rest.

Schließlich standen nur noch vereinzelte Figuren herum und wir konnten etwas Luft holen. Ich kurbelte meine Scheibe herunter.

»Wo sind die?«

»Keine Ahnung«, antwortete Marlene außer Atem, »wegen der Schlurfer dachten wir, ihr wärt hier im Dorf.«

»Dahinnen dat kleene Geschäft, da könn wer uns ma umgucken und da könn wer uns für nachts verrammeln. Nach die andern müssn wer morgen suchen«

»Nicht die schlechteste Idee, Willi.«

Ich fuhr den Schneepflug vor das Gebäude. Das einzige Schaufenster des Ladens, welches wie durch ein Wunder noch unversehrt im Rahmen steckte, sollte dadurch einigermaßen verdeckt werden. Willi versuchte sein Motorrad ebenso zu positionieren. Er unterstützte damit meine Absichten.

Bei dem kleinen Geschäft handelte es sich um den typischen Krämerladen eines Dorfes. Lebensmittel, von denen wir mittlerweile nicht mehr viel verwenden konnten, etwas Kleidung, Haushaltswaren – eben alles, was im Alltag benötigt wurde.

Die beiden Damen suchten sich neue Kleidungsstücke und ich freute mich auch darüber, frische Wäsche finden zu können. Mit Willi trug ich aber zunächst alles Ess- und Trinkbare zusammen.

Die erste Hälfte der Nacht verlief ruhig. Im hinteren Teil des Geschäfts konnten Fiona und Marlene für uns Wolldecken auftreiben und wir breiteten unser gemütliches Lager in der Mitte des Ladens aus. Wir redeten über Eugen. Die Verzweiflung, einen unserer Freunde an die Schlurfer verloren zu haben, saß tief. Fiona und Marlene, die Eugen eigentlich überhaupt nicht kannte, weinten. Mehrfach hämmerte ich mit einer Faust vor Wut, Eugen nicht mehr retten zu können, auf den Boden auf dem wir saßen.

Nachdem wir uns mit einigen Konserven und viel zu harten Keksen den Bauch vollgeschlagen hatten, schlief einer nach dem anderen ein. Willi schob die erste Wache.

Irgendwann nach Mitternacht wurde ich wach und konnte trotz aller Bemühungen nicht mehr einschlafen.

Auf welcher aberwitzigen Tour befanden wir uns hier? Nur weil ein Flugzeug über unsere Köpfe hinweg flog und wir von einem besseren Leben träumten, machten wir uns auf einen Weg ins Ungewisse. Anstelle froh zu sein, überhaupt zu leben, saßen wir nun hier in diesem Laden und wussten nicht einmal, wo wir uns befanden. Der einzige Mensch, der sich hier auskannte – Eugen – lag tot im Dreck und die Hälfte der Truppe galt als verschollen. Ich schämte mich dafür zutiefst. Als Anführer der Gruppe trug ich die Verantwortung. Gehörten wir etwa auch zu den Menschen, die nach dem Glück treten, wenn es ihnen vor die Füße fällt?

Die Last auf der Seele raubte mir die letzte Chance auf Schlaf. Da konnte ich gleich aufstehen und Willi auf Wache ablösen.

Gerade auf den Beinen zerbarst das große Schaufenster des Geschäfts mit lautem Klirren.

»Willi, was ist los?«, schrie ich und griff nach meinen Waffen.

Mindestens zehn Schlurfer stürmten durch die Öffnung. Ihr Gestank und ihr Gejaule erfüllten den Raum. Willi, der seinen Posten an der Tür bezogen hatte, hieb auf die erste Gestalt direkt vor ihm ein. Das Geschoss meiner Zwille streckte einen weiteren nieder.

»Nach hinten raus«, rief ich den Frauen zu.

Diese schnappten sich die von uns im Laden zusammengetragenen Utensilien und verschwanden durch die Hintertür.

»Jetzt du, Willi«

Um sich schlagend zog sich auch Willi zurück.

In der Sekunde, in der ich ihm folgen wollte, klirrte es erneut. Die Schlurfer, die es nicht sofort durch den Fensterdurchlass schaffen konnten, drückten weiterhin dermaßen heftig vor die Eingangstür des Geschäfts, dass auch diese mit gewaltigem Lärm aus den Angeln flog.

Überrascht davon, wich ich, mehr gezwungen als gewollt, in eine der hinteren Ecken des Raums zurück. Sieben oder acht Figuren umzingelten mich, versuchten nach mir zu greifen oder zu beißen. Einem hieb ich meinen Tapezierigel auf den Schädel, einem anderen trat ich vor die Brust. Doch weitere Schlurfer füllten gierig jauchzend die Lücken.

Ich dachte an die Gedanken und Bilder zurück, die mir vorhin den Schlaf raubten. So sah also das Ende aus. Fiona kam mir in den Sinn, dann schlug ich wieder um mich. Wenn doch jetzt der Fritz dagewesen wäre. Ich erinnerte mich an meine erste Begegnung mit den Schlurfern und an unsere erste bewaffnete Auseinandersetzung mit ihnen. Wieder trat mein Tapezierigel einen der Angreifer. Aber es wurden immer mehr. Bald würde mich einer erwischen, vielleicht niederreißen oder auch nur an irgendeiner Stelle meines Köpers seine Zähne in mein Fleisch treiben. Dann wäre es aus. Dann würde ich unter furchtbaren Schmerzen zugrunde gehen oder einer von ihnen, ein Schlurfer werden.

Ein letztes Mal schlug ich zu.

(32)

Das Flugzeug setzte sanfter auf, als es sich der Amateurpilot Nils in seinen kühnsten Träumen hätte ausmalen können. Die Maschine rollte über die Landebahn und schließlich brachte er sie vollends zum Stehen.

»Sag den Kindern und Stávros, sie sollen ganz still bleiben. Wir lassen das Flugzeug jetzt einfach hier stehen und verhalten uns die nächste Zeit ruhig.«

»Du hast recht«, antwortete Bernhard, »wir haben mit unserem Lärm bestimmt eine Menge von diesen Viechern angelockt, wenn es hier welche gibt. Hoffentlich verschwinden die wieder, wenn wir leise sind.«

»Hoffe ich auch. Aber es gibt bestimmt welche, oder siehst du hier irgendwelche normalen Menschen? Ich lege mich jetzt erst einmal hin und mache Augenpflege.«

An-Kathrin, Marvin und Stávros warteten auf ihren Sitzen aufgeregt auf ein Zeichen von vorne. Als Bernhard zu ihnen kam, schnallten sie sich los und sahen durch die kleinen Fenster des Flugzeuges. Zunächst regte sich nichts. Dann schrie Marvin auf.

»Da... da sind sie! Hier gibt es die auch.«

Entsetzt wendete sich der Kleine ab.

»Dann sind Opa und Oma...«, verlor auch die bisher so tapfere Ann-Kathrin die Fassung und begann bitterlich zu weinen.

Der dicke Stávros trottete derweil ziellos den Gang auf und ab. Verzweiflung stand ihm ins Gesicht geschrieben. Rettung in einem fremden Land, auf die er so hoffte, versprach der Flug nach Deutschland für ihn nicht bereitzuhalten. Wütend schlug er auf die Sitzlehnen ein, an denen er vorbeikam.

In der Zwischenzeit füllte sich das Flugfeld mehr und mehr mit Untoten, die neugierig nach der Lärmquelle suchten, hinter der sie frisches Fleisch vermuteten.

Bernhard beobachtete die Figuren und ihm wurde zum ersten Mal bewusst, dass es sich dabei nicht um kranke Menschen handeln konnte. Das mussten Tote sein. Manchen von ihnen fehlten Gliedmaßen, was sie aber keineswegs daran hinderte, über die Rollbahn zu schlurfen. Bei anderen schien der Verwesungszustand bereits weit fortgeschritten zu sein. Kinder, Frauen, Männer, Junge und Alte – alles war dabei. Bernhard verspürte die Versuchung, ihnen mit seinem Gewehr und gezielten Schüssen die letzte Ruhe zu bereiten. Der Schalldämpfer auf seiner Waffe funktionierte noch, aber wer wusste, wofür er die Patronen noch benötigen würde?

Zwei seiner Patronen stopfte Bernhard in die Brusttasche seine Jacke und verschloss diese. Er ging davon aus, dass die Männer, also Nils, Stávros und er, bis zum letzten Atemzug kämpfen würden. Die beiden Kinder aber... Er würde sie nicht diesen Bestien überlassen.

Nach einer Weile legte sich der Lärm der Untoten auf der Rollbahn. Stávros kümmerte sich wieder rührend um die beiden Kinder. In einer Tasche im hinteren Teil der Kabine fanden sie ein Mensch-Ärger-Dich-Nicht-Spiel und spielten nun eine Partie nach der anderen.

Nils und Bernhard saßen zusammen und hielten Kriegsrat.

»Was machen wir jetzt? Wir können ja nicht ewig im Flugzeug sitzen bleiben.«

»Du hast recht. Die Lebensmittel reichen auch nicht mehr lange.«

»Ich muss immer noch an den Funkspruch von vorhin denken. Die Stimme hat irgendetwas von Norden gefaselt, oder etwa nicht?«

»Da bin ich mir nicht so sicher. Und wenn, wir haben keinen Treibstoff mehr. Oder willst du da zu Fuß hin? Und wohin überhaupt?«

»Wenn es nicht anders geht, auch zu Fuß. Hierbleiben können wir auf Dauer nicht.«

»Im Flughafen gibt es bestimmt noch Lebensmittel. Wenn wir uns die holen, könnten wir hier erst einmal ausharren, bis die Figuren da draußen ganz verschwunden sind. Vielleicht schaffen wir es, aufzutanken oder finden eine andere Maschine, eine mit genügend Kerosin.«

»Ist gut. Warten wir erst einmal bis morgen.«

(33)

Ein Schlurfer griff an meine Schulter und ich rutschte an der Wand hinter mir zu Boden. Mit dem Tapezierigel stieß ich verzweifelt nach den ekeligen Gesichtern, die mir immer näher kamen. Jetzt zog einer an meinem linken Fuß. Ich wartete auf den Schmerz, den mir der erste Biss zufügen würde.

Der Gestank von fauligem Fleisch mischte sich mit dem süßen Geruch von Vanille. Dem Ziehen an meinem Fuß konnte ich nichts mehr entgegensetzen und wurde durch die vergammelten Beine der um mich herumstehenden Schlurfer gezogen. Einer der Schlurfer kam zu Fall und stürzte direkt auf mich. Ein dünner Stock ragte aus seinem Hinterkopf. Er rührte sich nicht mehr.

»Musse ich diche immer freischieße«, drang die Stimme von Eddi an mein Ohr.

Er hatte den Schlurfer mit Pfeil und Bogen erlegt.

Sekunden später blickte ich in die leuchtenden Augen von Fritz, der mir seine Hand reichte und mich auf die Füße stellte.

In der Zwischenzeit drehten sich alle, selbst die langsamsten Schlurfer um. Jetzt steuerten sie hungrig schnaufend auf uns Drei zu.

»Scheiße das mit Eugen«, sagte Fritz leise und mir wurde klar, meine beiden Freunde Eddi und Fritz wussten von Eugens Tod.

»Los durch die Hintertür«, rief ich und klopfte dabei meinen beiden Freunden auf die Schultern.

Ein Blick zurück verriet mir, dass unser vor dem Haus stehender Schneepflug ebenfalls von den Schlurfern eingenommen wurde. Überall an dem Fahrzeug hingen sie herum.

Eddi riss die Hintertür auf, hinter der Marlene, Fiona und Willi kampfbereit ausharrten. Fritz folgte ihm und ich zog die Tür wieder hinter mir zu. Hungrige Gestalten hämmerten nun von außen dagegen. Lange würde sie dem Ansturm der Bestien nicht standhalten können.

»Hinten raus aus den Haus «, schrie Wille, »ich halte die Dingers auf.«

»Nein Willi, komm mit«, geriet Marlene in Panik.

Ich zupfte an Willis Jacke und zog ihn hinter mir her. Willis Widerstand fiel nicht sonderlich hoch aus.

»Bleibt zusammen«, rief Fritz und steuerte einen Trampelpfad zwischen den Büschen an, der uns in Richtung Wald führen sollte.

Kurze Zeit später verschwanden wir zwischen den Bäumen. Schlurfer folgten uns nicht.

»Wir haben sie abgehängt«, freute sich Marlene.

»Nur für wie lange?«, antwortete Fiona skeptisch.

»Lasst uns weitergehen. Wir müssen mehr Strecke zwischen uns und die Schlurfer legen«, warf ich ein.

Fritz und Eddi gingen neben mir.

»So kommen wir nie bis nach Leipzig«, sagte der lange Fritz.

»Wir müsse eine Transportemittel finde«, erwiderte Eddi.

»Wir könnten auch umdrehen. Weit sind wir ja noch nicht gekommen und schon ist Eugen tot«, meldete sich Fiona, die direkt hinter uns ging.

»Wir haben noch nie aufgegeben. Alle waren wir uns einig, den Flieger zu suchen. Und das machen wir jetzt auch«, versuchte ich zu motivieren.

»So is dat richtich«, klopfte mir Willi auf die Schulter, »wär doch gelacht, wenn wer dat Dingen nich in Leipzich auftreiben täten.«

Die Gegend wurde bergiger. Dichte Tannenwälder säumten unseren Weg. Wo befanden wir uns überhaupt? Ich wurde ein seltsames Gefühl nicht los. Marschierten wir in die falsche Richtung?

Gerade als ich protestieren wollte, blieb Willi abrupt stehen.

»Kumma«

»Wase iste?«, sah Eddi Willi entgeistert an.

»Ja kumma da, der Zuch da.«

Tatsächlich endete direkt vor uns der Wald. Durch die letzten Bäume erkannte ich Bahnschienen. Links davon befand sich ein größeres Gebäude, vor dem die Schienen endeten. Und unmittelbar rechts stand eine alte, kleine Dampflok auf den Schienen.

»Kannst du lesen, was da auf dem Haus steht?«, fragte ich Fritz, der die beste Sicht von uns zu haben schien.

»Kurort Kipsdorf steht da.«

»Habe ich noch nie gehört.«

»Ihr bleibt hier und ich schaue mich mal um«, meinte Fritz und bewegte sich vorsichtig auf offenes Gelände.

»Ich guck mich ma die Lok an. Bei uns aufe Zeche gab et früher och sonn Teil. Kenn ich mir mit aus. Vielleicht geht dat noch.«

Schon kroch Willi auf die Lokomotive zu.

»Ich habe Hunger«, kam Marlenes Stimme von hinten und Fiona, Marlene, Eddi und ich freuten uns über altgewordene, süße Kekse.

Es roch nach frischen Tannennadeln und alles um uns herum wirkte friedlich. Bläuliches Herbstlicht schimmerte durch die Baumkronen. Ich erinnerte mich an den einen oder anderen Ausflug in jungen Jahren mit Vater und Mutter.

Urplötzlich stand Fritz vor uns und ich erschrak ein wenig.

»Also, wir sind in diesem Kurort. Heißt wirklich Kipsdorf. Die Bahn da, das ist eine Schmalspurbahn, die nach Freital führt. Wenn wir den Schienen folgen...«

»Freital liegt ganz schön nahe an Dresden«, erinnerte ich mich, »aber von da ist es nicht mehr weit bis zu Elbe. Daran könnten wir uns orientieren. Wenn wir der Elbe bis Torgau folgen...«

»Die Lok is noch am funktionieren. Die krieg ich wieder flottich und unter Dampf«, fuhr Willi laut dazwischen und polterte aufgeregt durch den Wald zurück zu uns.

Eddi kratze sich am Kopf, schaute erst zu mir und dann zu Fritz, drehte sich wieder Willi zu und lachte aus voller Kehle.

Eine seltsame Welt, in der wir uns mittlerweile befanden. Manchmal wähnte ich mich in einem Horrorfilm um kurz darauf wieder Comedy mit Eddi und Willi zu erleben. Was für eine verrückte Truppe, die sich da zusammengefunden hatte!

»Na dann los, bevor die nächsten Schlurfer auftauchen. Wenn die Lok erst einmal fährt, lockt der Lärm die Bestien an, wie Scheiße die Fliegen.«

»So fix geht dat nich. Ich muss den Kessel ersma am heizen bringen. Kohle is da. Hoffen wer ma, dat se genug Wasser in den Kessel hat. Ihr verkrümmelt euch am besten in einen vonne Wagons hinten.«

An der kleinen Lokomotive hingen zwei Wagons. Wir nahmen den ersten, direkt hinter der Lok ein und verbarrikadierten die Türen so gut es ging. Von den Fenstern wollten wir uns fernhalten. Der Lokführer Willi bestieg zusammen mit seinem Heizer Fritz die Dampflok. Es würde dauern, bis die Lok flott gemacht wäre. Bis dahin würde sie laut schnauben und stampfen. Schlurfer in der Nähe würde das anlocken.

Fiona und Marlene prüften die bequemen Sitzreihen des Wagons und legten sich zu einem Nickerchen hin.

Eddi und Ich postierten uns in der Nähe der vorderen Fenster. Eddi mit Pfeil und Bogen und ich mit meiner Zwille – damit wollten wir versuchen, anstürmende Schlurfer so auf Entfernung zu halten, dass Fritz und Willi in Ruhe ihrer Arbeit nachgehen konnten. In diesem Vorgehen verbarg sich mehr Hoffnung als wirkungsvoller Plan. Eddi verfügte nur noch über drei maschinell hergestellte und zwei selbstgeschnittene Pfeile und ich kramte zwei eiserne Muttern und vier Schrauben aus meinen Hosentaschen – elf Schuss.

Vorsichtshalber legte ich die Polizeipistole neben mich. Sie verfügte noch über acht Patronen. Nur im Notfall würde ich sie einsetzen. Sie machte viel zu viel Lärm und ich schoss bei weitem nicht so gut mit ihr, wie ich es mit meiner Zwille vermochte. Zum Glück reiche die Durchschlagskraft der Zwille für die weichen Birnen der Schlurfer.

Die Damen erkundeten derweil die Zugtoilette und freuten sich über die willkommene Möglichkeit, sich etwas frisch zu machen. Sie johlten laut vor Freude, mal wieder in einen Spiegel schauen zu können, um sich herzurichten. Wie genügsam man doch werden konnte. Auch ich freute mich darüber, meine

Notdurft einmal nicht in freier Natur erledigen zu müssen.

Ein Ruckeln ging durch den gesamten Zug. Wir vernahmen ein lautes Zischen, die Lokomotive erwachte zu neuem Leben.

»Da iste eine«, meldete sich Eddi zu Wort, »unde da noch eine.«

Neugierig streckten die ersten Untoten ihre Köpfe aus dem Wald. Auch vom Bahnhofsgebäude machten sich ein paar Figuren auf den Weg. Noch befanden sie sich für einen sicheren Schuss in zu weiter Entfernung. Vorsichtig schob ich das Fenster vor mir herab, legte eine der Muttern in das Leder meiner Zwille und wartete ab.

Ein Zischen erfüllte die Luft und eine Dampfwolke legte sich zwischen die vom Wald anrückenden Bestien und uns.

»Was ist das denn?«, hörte ich die Stimme von Fiona.

Ein lautes Poltern erfüllte den Wagon – und noch eines. Die Geräusche kamen vom Dach des Wagons und klangen so, als ob etwas auf das metallene Material des Daches fiel. Eine der Seitenscheiben, die zur Straße hin zeigte, zerbarst.

»Die schmeißen mit Steinen«, schrie Marlene.

Ich wirbelte herum und erblickte nicht das Erwartete, das waren gar keine Schlurfer. Ein offener Jeep, besetzt mit drei verwegen aussehenden Personen rollte langsam die Straße entlang. Eine Person, ein Mann, fuhr das Fahrzeug. Zwei andere Gestalten, scheinbar Frauen, bewarfen den Zug mit Steinen.

Die eigentliche Gefahr aber ging von einer Gruppe von Lebenden aus, die sich auf der anderen Straßenseite hinter dem Jeep postierten. Ich schätzte diese

Gruppe auf gut und gerne 40 Personen – Frauen und Männer. Ihr äußeres Erscheinungsbild und erst recht ihre eindeutigen Gesten ließen nicht die Hoffnung auf eine friedliche Koexistenz zu. Eine gewaltsame Auseinandersetzung mit einer solch großen Gruppe würde für uns bitter ausgehen. Schon flogen die ersten Speere aus Holz gegen unseren Wagon.

»Wir haben genug Wasser im Kessel«, frohlockte in der Sekunde Fritz auf der Lokomotive, »aber es dauert noch zehn Minuten.«

Von der einen Seite rückten immer mehr Schlurfer gegen uns vor, von der anderen Seite kam die Gruppe von Überlebenden.

»Seid ihr von allen guten Geistern verlassen, ihr Idioten?«, lehnte sich Marlene aus einem der Fenster.

Die Antwort darauf dröhnte uns allen in den Ohren. 40 angreifende Kehlen fingen an, kriegerisch zu schreien und Gegenstände gegen unseren Wagon zu werfen.

»Macht sie fertig«, schrie der Mann im Jeep.

Seine Leute setzten sich rennend in Bewegung.

Marlene hob den Mittelfinger empor und lachte.

»Kommt nur, ihr Ratten.«

Ganz schön viel Herz, die Marlene, dachte ich. Im Parkhaus trat sie nicht sonderlich in Erscheinung. Jetzt aber zeigte sie Mut.

Nicht einmal zwei Minuten nach Fritz' Meldung von der Lok vergingen. Es erschien uns so, als ob wir es uns aussuchen konnten, von welcher Seite wir uns fertig machen lassen wollten. Ich sah nur einen Ausweg. Hoffentlich würde meine Idee die gewünschte Wirkung erzielen.

Ich hob die Polizeipistole in Richtung der Lebenden, zielte auf den Jeep und schoss.

Meine Arme zucken durch den Rückschlag der Waffe zurück und ein Knall, wie wir ihn lange nicht gehört hatten, dröhnte uns in den Ohren. Eine der Frauen im Jeep sackte zusammen und fiel vom Fahrzeug. Wie durch eine unsichtbare Wand gestoppt, verharrte die angreifende Meute in ihren Bewegungen und blieb stehen. Vom Jeep aus drang ein Schrei zu uns herüber, wie ich ihn im Dschungel einem Tiger zugetraut hätte. Jetzt richtete sich der Mann im Jeep auf und zeigte auf unseren Zug.

»Ich will ihr Blut!«

Ich schoss erneut und hoffte, die Menge würde aus Angst vor unserer überlegenen Bewaffnung zurückweichen. Dass wir nur noch über sechs Schuss verfügten, konnten sie ja nicht wissen. Einer der Männer der Gruppe hielt sich das rechte Bein und fiel seufzend um.

Doch meine Rechnung ging nicht auf. Im Gegenteil. Anstelle zurückzuweichen oder wenigstens stehen zu bleiben, schien die Meute noch schneller zu rennen.

Von der anderen Seite schlug der erste Schlurfer in seiner gewohnt gierigen Art und Weise gegen die Tür des Wagons.

Eine Entscheidung darüber, welche der Fratzen – die der Lebenden auf der einen oder die der Untoten auf der anderen Seite – fürchterlicher aussahen, wäre mir schwer gefallen. Traurig blickte ich in die angsterfüllten Augen von Fiona. Wir wussten es beide, diesen Angriff würden wir unter keinen noch so glücklichen Umständen überleben. Eddi verschoss gerade seinen letzten Pfeil in die Richtung der anstürmenden Schlurfer und meine vorletzte Pistolenkugel streckte eine der lebenden, anrennenden Frauen nieder. Jetzt zwangen sie mich schon, auf lebende Menschen zu schießen. Ich hätte kotzen können, dachte an die letzte Patrone in meiner Pistole und sah Fionas leichtes Nicken, mit dem sie mir signalisierte, dass sie bereit wäre, diese letzte Patrone zu empfangen.

Da schwang eine der Türen des Wagons auf und der große Kerl, der vom Jeep, sprang laut grölend ins Abteil. Etwas zeitgleich wurde die hintere Tür des Wagons ebenfalls aufgestoßen und ein hungriger Untoter steckte seinen vergammelten Schädel durch die Öffnung.

Ich griff meine Zwille, setzte eine der Schrauben an und schoss. Die Schraube bohrte sich in die linke Wange des Mannes, was sein wütendes Grölen nur noch verstärkte. Marlene schlug derweil auf den Kopf des neugierigen Untoten ein. Fiona zog die Pistole zu sich herüber, währenddessen ich nach meinem Tapezierigel suchte.

Ein weiterer Knall der Pistole, ein tot zusammenbrechender Mann, ein letztes Zucken eines Untoten und eine laut zischende und langsam anrollende Lok – das alles geschah zeitgleich.

Noch ehe ich mich versah, schleppten Marlene und Fiona den toten Mann an Armen und Beinen tragend zur Tür und warfen ihn hinaus. Die menschlichen Angreifer antworteten mit wütendem Geschrei.

Der Zug rollte flotter. Den immer zahlreicher werdenden Untoten würden wir so entkommen können. Die Lebenden aber verfügten über den Jeep. Der würde locker die Geschwindigkeit des Zugs halten können. Doch zu meiner Überraschung folgte uns der Jeep nicht. Ich lehnte mich so weit es ging aus einem der Fenster und erkannte sofort, warum nicht.

Der Zug verließ den Bahnhof und die rund 40 Lebenden standen plötzlich und unerwartet der ebenso großen Gruppe von Untoten von der anderen Seite der Schienen gegenüber. Jetzt hatten sie alle Hände voll zu tun, mit der neuen Situation fertig zu werden.

Uns würde dies einen ausreichend großen Vorsprung geben. Betrübt dachte ich darüber nach, wie erbärmlich es sich doch anfühlte, wenn man heutzutage gegenüber fremden lebenden Menschen ebenso Vorsicht walten lassen musste, wie vor den armseligen Schlurfern. Letztere trieb, soweit ich das beurteilen konnte, nur der Hunger. Was trieb die lebenden Menschen an, sich gegenseitig umbringen zu wollen?

Mehr und mehr reifte in mir der Entschluss, für meine Gruppe und mich eine endgültige Lösung finden zu müssen. Entweder würden wir das Flugzeug und mit ihm vielleicht die Botschaft über einen Ort finden, der uns ein Leben wie früher garantierte, oder wir würden uns weiter auf der Festung Königstein einrichten müssen und mit der dortigen Enge leben. Auf gut Glück würde ich meine Freunde nicht mehr in diese Wildnis führen, in der wir uns gerade befanden. Untote, verrohte Lebende und wildes Getier – ich dachte an die wilden Hunde – darin bestand für uns keine lohnenswerte Alternative im Vergleich zum Festungsleben.

Ein Blick aus dem Fester des fahrenden Zugs eröffnete mir eine wundervolle Landschaft mit Hügeln, Wäldern, Feldern und kleinen Flüssen. Die Schönheit der Umgebung konnte mich nicht trügen. Meine Freunde und ich hatten schmerzhaft lernen müssen, dass darin ein Trugschluss lag.

Früher schreckte die Menschen die weltumfassende Globalität. Der damit verbundene Schrecken war mit der Zivilisation untergegangen. Wirklich friedlicher wurde die Welt dadurch nicht. Andere todbringende Gefahren lauerten nun auf uns.

Nach 45 Minuten tauchte ein größerer Ort auf. Dippoldiswalde las ich auf einem Straßenschild. Die Strecke führte uns direkt durch den Ort und nahe an den Häusern vorbei. Hinter einer der Fensterscheiben erkannte ich einen vom Lärm aufgeschreckten Schlurfer, der auf die Fensteröffnung zuwankte.

Plötzlich, an einem Bahnübergang, stoppte der Zug abrupt.

Alarmiert schauten Eddi, Marlene, Fiona und ich zu allen Seiten aus den Fenstern. Außer ein paar zerstreut herumirrenden Schlurfern sahen wir keine neue Gefahr auf uns zukommen. Von der Lok kam Fritz zu uns.

»Läuft doch prima, was?«, strahlte er über das ganze Gesicht, verstummte aber, als er den großen Blutfleck mitten im Gang entdeckte.

»Warum halten wir«, wollte Fiona wissen.

»Da ist ein Supermarkt. Da vorne links. Willi und ich haben gedacht, wir schauen da mal nach, ob wir was finden.«

»Du gehst mal schön wieder zur Lok. Von uns kann keiner das Ding fahren. Ich gehe alleine in den Supermarkt.«

»Du spinnst wohl. Du gehst nicht alleine«, empörte sich Fiona

Doch ich ließ ihren Protest nicht gelten, griff nach meinen Waffen und machte mich sofort auf den Weg.

Bei dem Supermarkt handelte es sich um einen für diese Kette typischen einstöckigen Backsteinbau. Die Eingangstür stand sperrangelweit auf. Der Verkaufsraum lag im Dunkeln. Eine Menge Gerüche schlug mir entgegen. Der typische gammelige Gestank der vor sich hin verwesenden Schlurfer befand sich nicht darunter.

Optimistisch schnappte ich mir einen der Einkaufswagen, die am Eingang herumstanden. Das Obst und Gemüse am Anfang meines Rundganges faulte vor sich hin. Ebenso konnten wir die Milchprodukte nicht mehr gebrauchen. Seltsame kleine Tierchen bemächtigten sich hier der Auslage. Bei den Fisch- und Suppenkonserven blieb ich ebenso stehen, wie bei den Getränken. Nudeln wanderten in meinen Korb und das eine oder andere Gummibärchen sah auch noch frisch genug aus. Kaugummi an der Kasse, gesalzene Erdnüsse und Haferflocken. Die Ausbeute wurde immer größer. Plötzlich stach etwas Kaltes in meinen Nacken und es klickte deutlich und vernehmlich.

Wie angewurzelt blieb ich stehen.

»Glaubst wohl mich ausrauben zu können?«, fragte eine rauchige Stimme.

»Entschuldigen sie, ich wusste ja nicht...«

»Maul halten! Bist nicht der erste und bestimmt nicht der letzte Dieb, den ich in die ewigen Jagdgründe schicke.«

Mit einem herzhaften Lachen verstärke der Mann hinter mir den Druck auf den Gewehrlauf und signalisierte mir auf diese Art, ich hätte loszugehen.

»Wir können doch über alles reden.«

»Du sollst dein Maul halten. Da guck dir den Fleck an. Den letzten musste ich gleich hier abknallen. Der wollte auch nur reden, reden, reden. Dann muss ich hier wieder wischen. Wirst ja wohl noch bis zum Container warten können, bis ich dich erlöse.«

Jetzt reichte es mir aber. Meinen Tapezierigel immer noch in der Hand, fuhr ich ohne Rücksicht auf Verluste herum und traf den hinter mir stehenden Mann an der Hüfte. Im ersten Schreck ließ der sein Gewehr fallen.

»Bitte tue mir nichts, Gnade.«

»Wir sind doch hier nicht im Wilden Westen. Aber betrachten sie es als Geschenk, dass wir beide nur reden.«

»Ich hab es doch nicht so gemeint. Man muss doch gucken, wo man bleibt.«

Was sollte ich nun mit dieser Figur anstellen? Mitnehmen wollte ich ihn auf gar keinen Fall. Solchen Verrückten konnte man nicht trauen. Umbringen konnte ich ihn aber auch nicht. Das würde mich nicht besser machen als ihn.

»Los vorwärts, zum Container«, befahl ich und der Mann, mit den wirr rollenden Augen gehorchte.

Neben dem Container wurden meine schlimmsten Befürchtungen Realität. Dort lagen mehrere erschossene Personen. Auch zwei Kinder gehörten dazu.

»Ist das dein Werk?«

»Man muss doch gucken, wo man bleibt«, jammerte der Mann erneut.

»Los, zurück in den Laden.«

Sollte ich mich jemals an den Anblick von toten Menschen gewöhnen?

Den Mann trieb ich bis zu den Kurzwaren vor mir her. Dort nahm ich eine der Wäscheleinen und verschnürte den Typen. So konnte er sich kaum bewegen.

»So, ich kaufe jetzt hier weiter ein. Kommt einer der Untoten hier vorbei, hast du Pech gehabt. Besser verdient hättest du es nicht. Wenn ich fertig bin, komme ich zurück und dann lass ich dich laufen.«

Der Mann antwortete nicht. Verachtung stand in seinem Blick.

Nach erledigtem Einkauf – drei volle Einkaufwagen konnte ich, von Schlurfern unbehelligt, zum Zug schieben – stand ich wieder vor meinem Gefangenen. Ich stellte ihm eine Dose mit Fisch in Tomatensoße und eine Flasche Rotwein hin. Damit würde er auskommen müssen. Er besaß damit eine ungleich größere Chance, als diejenige, die er seinen Opfern einräumte. Dann löste ich seine Fesseln, half ihm auf die Beine und stieß ihn ins nächste Regal. Dort fiel er wieder zu Boden und blieb liegen.

Als er sich wütend aufrappelte befand ich mich schon längst auf dem Weg zum Zug.

(34)

Eine Dreiviertelstunde später lief unser Zug in Freital ein. Langsam schnaubte die Lok zwischen den Gebäuden entlang. Gewerbegebiet, Gartenlauben und ein Flüsschen säumten unseren Weg. Alles wirkte beschaulich und friedlich. Doch wir alle wussten es auch ohne darüber zu reden. Der Lärm unserer Lokomotive würde selbst den letzten Schlurfer Freitals alarmieren.

Jetzt verlief die Kleinbahn direkt neben einer Straße, die links und rechts von Wohnhäusern gesäumt wurde. Kurz nachdem wir ein zweites Mal einen kleinen Fluss überquerten, hielt unser Lokführer den Zug an.

Willi und Fritz kamen zu uns. Die Kohle, die für das Anheizen des Kessels der Lok benötigt wurde, färbte die Gesichter der Beiden schwarz.

»Geht euch mal waschen. Dahinten im Bad. Das funktioniert.«, achtete Marlene auf Sauberkeit.

»Wir wissen nich, wie et an den Bahnhof aussieht. Und hier is sowieso Ende mit die Zuch. Da ham wer schomma besser hier angehalten«, erklärte Willi, während er darauf wartete, sich nach Fritz das Gesicht reinigen zu können.

»Lange können wir hier nicht diskutieren«, alarmierte uns Fiona, »die ersten Gestalten tauchen da schon auf.«

Ich warf einen Blick auf den kleinen Fluss, der unmittelbar neben den Schienen floss und es kam mir eine Idee.

»Da unten am Fluss, liegen da nicht zwei Ruderboote? Der Fluss mündet bestimmt in die Elbe.«

»Genau so iste dasse«, bestätigte Eddi.

So schnell wir konnten, verteilten wir unsere erbeuteten Lebensmittel auf den Ruderbooten. Und kurze Zeit später befanden wir uns mit den Booten in der Mitte des Flusses. Mit den Rudern und der Strömung erreichten wir eine angenehme Geschwindigkeit.

Ein paar Schlurfer wurden zwar auf uns aufmerksam, trauten sich aber offensichtlich nicht ins Wasser. Wir blieben unbelästigt.

Bald ging die Sonne unter. Wenn uns jetzt nichts mehr aufhalten sollte, würden wir es bis nach Torgau bis zum Morgengrauen schaffen können. Hoffentlich machten nicht ein Stauwehr oder Stromschnellen diesen Plan zunichte.

Weit waren wir bisher nicht gekommen. Mehr als 35 Kilometer lag die Festung Königstein nicht von hier entfernt. Und wie viele Tage hatten wir bereits verplempert? Bis nach Leipzig betrug die Distanz weitere 125 Kilometer. Ich zweifelte an der Richtigkeit unserer Reise. Würden wir das jemals bewerkstelligen können? Von Torgau aus lägen immer noch etliche Kilometer vor uns.

Fiona schmiegte sich an mich und ich verlor meine Skepsis.

»Achtung, rechts rüber«, riss mich die Stimme von Marlene aus meinen Träumen, nachdem wir uns gerade ein paar Minuten auf unserem Weg befanden.

»Nein, Augen zu und durch!«

Was sollte denn das jetzt schon wieder bedeuten? Ich riss die Augen auf und blicke geradewegs ins Schlamassel.

»Stufen«, schrie Fritz so laut wie er konnte, »alles festhalten.«

Eine mindestens zwei Meter tiefe Stufe, mitten im Fluss, ließ unsere beiden Boote im hohen Bogen durch die Luft segeln. Wie nach einem Sturz an einem Wasserfall, landeten wir ausgesprochen unsanft unterhalb der Stufe.

Ich schaute mich um. Hoffentlich überstand auch das andere Boot diesen Schlag. Doch zum Glück bestätigten sich meine Befürchtungen nicht. Eddi winkte vom anderen Boot herüber und Fritz hielt sich sein Hinterteil.

Ehe wir uns versahen, rutschten wir die nächste, ebenso hohe Stufe herab und wieder überstanden wir das mit blauen Flecken.

»Ewig tun die Schiffkes dat nicht aushalten«, bemerkte Willi mit sarkastischem Unterton.

Kurze Zeit später fanden wir uns in ruhigeren Fahrwassern wieder. Leichte Bewegungen mit den Rudern reichten aus, um in einem angemessenen Tempo der Elbe entgegenzugleiten. So dachte ich.

Schon nach wenigen Kilometern erreichten wir eine mindestens drei, wenn nicht vier Meter tiefe Stufe, an der unser Fluss herabfloss. Die Stufe selbst, die wir wie die anderen Stufen vorhin, nicht kommen sahen, stellte sich als das geringere Problem heraus. Unsere Boote rutschen einfach darüber. Es machte zwar einen Höllenlärm, den über Beton schabendes Holz verursacht, aber das überstanden die Boote noch. Am Ende der Stufe warteten aber im Fluss verstreut liegende Felsen auf uns. Eines der Boote, das, indem Fritz, Eddi und Marlene saßen, knallte mit voller Wucht gegen einen dieser Felsen. Das Boot zerbrach und alles, was mit dem Boot transportiert wurde, landete im Wasser.

In der Dunkelheit hörten wir mehr, als dass wir sahen, was passierte. Zerberstendes Holz, aufschreiende Personen, wildes Plätschern.

Willi, Fiona und ich versuchten unser Boot zu stoppen. Das zeigte sich aber alles andere als leicht zu bewerkstelligen. Erst etliche Meter weiter schafften wir es, unser Boot am linken Ufer festzumachen.

»Was machen wir jetzt?«, fragte Fiona erschüttert.

»Ich weiß et nich«, antwortete Willi.

Über eine besondere Tiefe verfügte der Fluss hier nicht. Aber zum Ertrinken reicht ja bekanntlich eine Pfütze.

»Hallo«, rief ich, jegliche Vorsicht vermissen lassend.

Was nutze es uns jetzt, uns vor den Schlurfern verborgen zu halten, wenn wir unsere Freunde nicht fanden oder ihnen zu Hilfe eilen konnten?

»Hier«, vernahm ich den leisen aber deutlichen Ruf von Fritz, »hier sind wir. Marlene ist verletzt.«

Jetzt hielt Willi nichts mehr zurück. Völlig von Sinnen sprang er kopfüber in den Fluss. Ich macht mir Sorgen, er könnte der nächste Verletzte sein, sobald er mit dem Kopf auf einen der Felsen aufschlug. Doch wie durch ein Wunder und voller Adrenalin geschah ihm nichts.

Eddi und Fritz saßen im Wasser und stützten Marlene. Es sah schlecht aus. Marlenes rechter Arm und das rechte Bein oberhalb des Knies zeigten alle Symptome für eine Fraktur. Zum Glück handelte es sich dabei nicht um offene Brüche. Da niemand von uns über eine medizinische Ausbildung verfügte, blieb diese Diagnose jedoch nur eine Vermutung.

Sämtliche Lebensmittel, die sich in diesem Boot befanden, gingen verloren. Eddi konnte seinen Bogen ebenso retten, wie Fritz seine Waffen.

»Wir brauchen professionelle Schienen und Schmerzmittel. Unsere Behelfsschienen aus den Ästen taugen nicht für lange«, stellte Fritz fest.

Die Verletzte hatten wir inzwischen geborgen und mit unseren bescheidenen Mitteln notversorgt. Marlene litt unter starken Schmerzen. Willi wich ihr nicht von der Seite. Die anderen packten die Habseligkeiten aus unserem letzten Boot zusammen.

Ich zermarterte mir das Hirn danach, wie es weitergehen sollte.

»Du machst dir Sorgen«, stand Fiona vor mir.

»Na klar. Wir können Marlene so nicht weiter durch die Gegend transportieren. Bis nach Leipzig schafft sie es nie. Schon gar nicht, wenn die Reise genauso zügig weitergeht wie bisher.«

»Was sollen wir dann machen? Umkehren?«

»Vielleicht nicht alle.«

»Wie soll ich das verstehen?«

»Fiona, es gibt keine andere Möglichkeit. Willi findet Königsstein mit der kranken Marlene nie. Einer von uns muss da mit.«

»Und das soll ich jetzt wieder sein?«, geriet Fiona in Panik.

»Iche kann die Wege machen«, mischte sich Eddi ein und mir fiel kein passendes Gegenargument ein.

»Riecht ihr das?«, lenkte Fiona das Gespräch in eine andere Richtung.

Tatsächlich erfüllte der Geruch von faulen Eiern die Luft. Ein untrügerisches Zeichen für Schlurfer in unmittelbarer Nähe.

»Schnell, alle ins Boot!«, schrie Fritz.

Zusammen mit Willi beschäftigte er sich gute zehn Meter weiter gerade damit, Marlene einigermaßen bequem zu betten.

Da brachen auch schon die ersten Untoten durch die Böschung der Straße zwischen uns und den anderen.

Der riesige Fritz zögerte nicht weiter, griff sich Marlene und warf sie sich über die Schulter. Willi guckte entgeistert und Marlene schrie wie am Spieß. Sie musste unter fürchterlichen Schmerzen leiden.

Ich nahm meinen Tapezierigel. Diesmal würden uns die Bestien nicht von einander trennen.

Die schreiende Marlene auf der Schulter watete Fritz schon durchs Wasser und Willi schlug um sich. Ich versuchte, den Beiden einen Weg freizukämpfen. Fiona und Eddi verstauten unsere Sachen auf dem Boot.

Fritz erreichte zuerst das Boot und wuchtete Marlene, die mittlerweile nur noch leise wimmerte, hinein.

»Legt ab!«, rief ich ihnen zu.

»Nein, wir warten!«, schrie Fiona.

Doch Fritz erkannte die Situation und stieß den Kahn vom Ufer ab. Ohne Probleme erreichten sie die andere Flussseite.

Über mangelnde Probleme konnten Willi und ich uns derweil nicht beschweren. Die Schlurfer umzingelten Willi und jede Sekunde würde er sich ihren gierigen Bissen ergeben müssen. Verzweifelt versuchte ich eine Gasse zu ihm zu schlagen.

»Sag der Marlene, dat ich se lieben tu!«, rief er zu mir herüber.

»Du spinnst wohl, halte durch. Das kannst du ihr selber sagen.«, antwortete ich wohl wissend, dass es jede Sekunde soweit sein musste.

Eine der blutrünstigen Gestalten näherte sich Willi. Jetzt konnte er seine Zähne in seinen Arm schlagen. Gierig tropfte bereits der Sabber aus seinem Maul.

Plötzlich durchzuckte ein Blitz die Dunkelheit. Ein Gewitter. Bei dem darauffolgenden Donner hielten die Schlurfer für Sekunden inne und schauten wirr um sich. Das reichte Willi aus, den ihm am nahesten stehenden Untoten wegzustoßen und sich einen Weg zum Fluss zu bahnen. Nahezu zeitgleich sprangen er und ich ins Wasser und schwammen in wenigen Zügen zum gegenüberliegenden Ufer.

Die Untoten, die jetzt einmal Lunte rochen, folgten unserem Beispiel und torkelten ebenfalls in den Fluss. Schwimmbewegungen konnte ich bei ihnen zwar nicht erkennen, Wasser hielt sie aber offensichtlich doch nicht auf.

»Weg, weg, weg. Wir müssen hier verschwinden.«

Fritz schaffte es tatsächlich, mit kräftigen Schlägen eine der Sitzbänke des Ruderbootes herauszuschlagen. Diese diente jetzt als vorläufige Trage für Marlene. Eddi und Fiona trugen die letzten Lebensmittel.

»Alles in Ordnung?« fragte ich Willi.

Der sah mich traurig an.

»Wenn man dat hier so nennen tut.«

Angeregt diskutierten wir unsere Lage, nachdem wir zwischen den Fluss und uns einige Meter legen konnten. Nun rasteten wir oberhalb eines Parkplatzes mit abgestellten PKWs auf einer kleinen Böschung.

»Es ist die einzige Möglichkeit. Auf der Festung kann Dr. Manter ihr helfen.«

»Lohnt es sich überhaupt weiter zu gehen? Sollten wir nicht alle umkehren?«, beteiligte sich der skeptische Fritz an der Diskussion.

»Aufgebe kanne nicht die richtige Wege sein«, streute Eddi ein.

»Ich latsche zwar mit die Marlene zu die Festung, also kann ich gut daher quatschen, aber ich bin am meinen, dat ihr weitergehen sollt«, meinte Willi.

»Ich muss wissen, was da los ist. Gibt es irgendwo ein besseres Leben oder nicht? Vielleicht können mir das die Menschen aus dem Flieger sagen. Ich gehe dahin, notfalls alleine«, reagierte Fiona trotzig.

»Na gut, wir machen es so: Willi und Eddi bringen Marlene nach Königstein. Da unten der Kombi, darin kann Marlene gut liegen. Fritz, Fiona und ich versuchen es mit Leipzig. Wir nehmen den dicken Mercedes. Es stehen genügend Fahrzeuge herum, um die beiden Autos vollzutanken. Die Lebensmittel teilen wir auf.«

Zustimmendes Gemurmel und Nicken signalisierte mir, dass dies die richtige Entscheidung sein sollte. Fritz guckte zwar etwas mürrisch, er würde sich aber – dafür kannte ich ihn gut – schließlich fügen.

»Grüßt meinen Vater, wenn ihr auf Königstein seid. Er soll sich keine Sorgen machen. Und macht euch rechtzeitig bemerkbar, damit sie euch das Tor öffnen. Eddi, du weißt, wie das geht.«

Uns stand wieder einer dieser seltsamen Abschiede bevor. Man wusste ja nicht, ob man sich wirklich wiedersah und wie lange es bis dahin dauern würde.

Jetzt, im Rückblick, fand ich mein altes, zielloses Leben als Gerüstbauer überhaupt nicht mehr prickelnd

– ja nahezu langweilig. Mein Platz in dieser einzigartigen Gruppe gefiel mir besser. Ein Leben ohne Internet, Smartphone, Fernseher und Radio sowie den ständigen Schreckensmeldungen von Kriegen und Terrorismus, religiösen Schändungen und Mord besaß darüber hinaus durchaus seinen Reiz. Das liebte ich an unserer neuen Weltordnung. Die unterschiedlichsten Menschen fanden sich zusammen und niemand fragte mehr danach, wo einer herkam oder woran dieser glaubte. Zumindest verhielt sich das in unserer Gruppe so. Diejenigen, die sich immer noch da draußen bekriegten, würden so nicht mehr lange durchhalten können. Zusammenhalten hieß meiner Meinung nach die Devise.

Ganz und gar nicht lebenswert empfand ich allerdings die ständigen Bedrohungen durch Schlurfer, wilde Hunde oder umherziehende menschliche Idioten.

In all dem lag die Triebfeder, die dafür sorgte, dass ich unbedingt zum Leipziger Flughafen wollte. Ich musste wissen, was es mit dem Flieger auf sich hatte. Ich befürchtete nur, wir würden viel zu lange Zeit benötigten, um dorthin zu gelangen. Doch wir besaßen auch die Chance, es morgen schon zu schaffen. Ein Blick auf das friedliche Gesicht der bereits eingeschlafenen Fiona bestärkte mich in meinen Gedanken. Morgen würden wir es packen!

(35)

So vorsichtig er es vermochte, öffnete er die vordere Kabinentür. Kein Untoter ließ sich mehr blicken. In den letzten Stunden verzog sich eine Kreatur nach der anderen.

Bernhard hangelte sich auf die Rollbahn hinab und begab sich sofort in gebückter Haltung zum Vorderrad des Flugzeuges. Hier ging er in Deckung und beobachtete durch das Zielfernrohr seines Gewehres die Umgebung.

So sind sie, die Soldaten, dachte Nils, hangelte sich ebenfalls zur Rollbahn und blieb dort aufrecht stehen.

Von oben schaute ihnen der übergewichtige Stávros hinterher. Wie soll ich jemals wieder hier raus kommen, dachte dieser.

Zwanzig Meter Beton, 1.500 Meter niedriges Gras und noch einmal 600 Meter Beton, dann standen Nils und Bernhard vor dem Terminal B. Sie entschieden sich für diesen, den längeren Weg. Wären sie in die andere Richtung gegangen, wären sie auf Hangars und Wohngebiete gestoßen. Ihr Ziel sollte aber die Gastronomie im Flughafengebäude sein.

Sechs Gangways führten von hier in einen Gang, von dem wiederum verschiedene Gänge ins Terminal führten.

Plopp. Bernhards Schalldämpfer auf seinem Gewehr funktionierte noch. Ein gezielter Schuss auf das Schloss einer Tür öffnete Nils und ihm den Zugang zu einem Treppenhaus, welches zu diesen Gängen führte.

Auf leisen Sohlen schlichen die Beiden die Treppe hinauf. Weit und breit kein Schlurfer in Sicht.

Bernhard rümpfte die Nase, um Nils zu signalisieren, dass ein leicht fauliger Geruch in der Luft hing. Doch im ersten Gang, den sie erreichten, befand sich niemand. Auch der zweite Gang lag leer vor ihnen. Durch eine Glastür konnten sie einen Blick ins Innere des Gebäudes werfen.

»Gott sei Dank nicht so wie auf Zypern«, flüsterte Bernhard, »da quoll die ganze Halle über vor Viechern.«

»Was denn für Viecher? Du meinst die kranken Menschen.«

»Die sind nicht krank, Nils. Die sind zu irgendwelchen Viechern mutiert.«

Nils konnte Bernhards Gedankengängen nicht ganz folgen. Für ihn handelte es sich bei den erbarmungswürdigen Kreaturen nach wie vor um Menschen, die seinen Respekt verdienten.

Große Erleichterung machte sich unter den beiden Eindringlingen breit. Die Glastür ließ sich ohne größere Schwierigkeiten öffnen. Sie befanden sich nun im ehemaligen Wartebereich des Flughafens.

»Guck mal, da links, das Restaurant.«

Links befand sich das typische Flughafenrestaurant. Jetzt wurde auch klar, woher der faulige Geruch stammte. Die üppig gefüllte Salatbar hatte in den letzten Wochen und Monaten Füße bekommen. Unzähliges Getier krabbelte über den gammeligen Salat.

Weiter hinten, an einem der Aussichtsfenster zur Rollbahn, stand eine einzelne Person und schaute heraus. Ihr Haar hing wirr am Kopf herab. Dort, wo der linke Arm hingehörte, klaffte ein Loch. Die blaue Jeans klebte vor getrocknetem Blut. Von der Gestalt ging ein Geruch aus, der den des fauligen Salats noch übertraf.

»Leise, der hat uns noch nicht bemerkt«, flüsterte Nils, den schon wieder sein Asthma quälte.

Jetzt nur nicht husten.

Bernhard beugte ein Knie, legte seine Waffe an und schoss.

Ein leises Klacken erfüllte die Luft. Die Kreatur klappte tonlos zusammen. Auf der Aussichtsscheibe zeigten sich blutrote Sprenkel.

»Du kannst den doch nicht einfach von hinten erschießen. Das ist Mord. Der hat uns doch gar nichts getan. Vielleicht hätte der...«

»Papperlapapp, das ist doch kein Mord, Nils. Bestenfalls Notwehr. Glaub mir endlich, das sind keine Menschen mehr.«

Nils wendete sich mürrisch ab, griff sich einen herrenlos herumstehenden Koffer und öffnete ihn. Außer gut zu gebrauchenden Waschutensilien befand sich nur schmutzige Wäsche in ihm. Diese schütte Nils aus und durchsuchte das Restaurant nach brauchbaren Lebensmitteln.

Bernhard fand einen großen Rucksack, voll mit Spielzeug und Stofftieren. Marvin würde davon sicherlich etwas gebrauchen können.

Nachdem auch ein Erste-Hilfe-Punkt des Flughafens aufgebrochen werden konnte, standen nach einer Weile drei große Rollkoffer und der Rucksack mit Spielzeug zum Abtransport bereit. Kein einziger Schlurfer störte Bernhards und Nils' Arbeit.

Plötzlich vernahmen sie ein Klopfen. Bernhard und Nils fuhren gleichzeitig zusammen.

»Hörst du das?«

»Ja, gibt da jemand ein Zeichen? Ist das regelmäßig? Morst da einer?«

»Da klopft jemand mit den Knöcheln seiner Finger auf eine hölzerne Tischplatte.«

»Und wenn es eine Falle ist?«

Ein Kreischen und ein Krachen erfüllte Sekunden später den Raum. Eine Rigips-Wand zerbrach in tausend Teile. Sie konnte dem ständigen Druck von 60 dagegen drückenden Armen nicht mehr standhalten. 30 mit Krawatte und Anzug bekleidete Schlurfer, die sich im Kongresszentrum nebenan versammelt hatten, durchbrachen hungrig die Wand.

Jetzt hieß es die Beine in die Hand nehmen. Bepackt mit ihrer wertvollen Beute traten Nils und Bernhard den Rückzug an. Das rhythmische Klopfen vergaßen sie zunächst.

Die Schlurfer in den Anzügen verfolgten sie ungewöhnlich flott. Das fand vermutlich seine Begründung im Verwesungszustand, der noch nicht so weit fortgeschritten war, wie es Nils bei anderen Untoten bereits beobachten konnte. Die Rollkoffer klapperten über den Steinboden und er und Bernhard erreichten die Passage zu den Gangways.

Ein ohrenbetäubender Schrei, der unmöglich von einem der Untoten stammen konnte, ließ die beiden Flüchtenden augenblicklich anhalten.

»Was ist denn da los?«

»Das hörte sich verdammt menschlich an.«

Nils keuchte. Die rasche Flucht trieb sein Asthma zu neunen Höchstleistungen.

»Geh du weiter Nils. Ich gucke, was da los ist und gebe dir Rückendeckung.«

Bernhard nahm demonstrativ sein Gewehr von der Schulter und Nils ließ sich widerstandslos den Rucksack umhängen. Dann griff er den dritten Rollkoffer und zog diesen zusammen mit den anderen Koffern umständlich hinter sich her.

Bernhard brachte sein Gewehr in Anschlag und schlich langsam den Gang zurück.

Nils erreichte schwerfällig und völlig außer Atem das Flugzeug. Er blieb unbehelligt. Derweil begab sich Bernhard zurück in die Wartehalle.

Stávros zog die Koffer und den Rucksack mit Hilfe der beiden Kinder an Seilen ins Flugzeug und ließ für Nils die Strickleiter herunter. Unterdessen stellte Bernhard fest, dass sich keine Menschenseele, untot oder lebend, in der Wartehalle befand.

Neugierig geworden huschte Bernhard in jede Ecke der Halle, bis er schließlich den Ausgang fand, der zum Zentralterminal führte. Verdammt noch mal, wohin hatten sich die beanzugten Untoten verzogen? Vorsichtig glitt Bernhard durch die angelehnte Tür.

Nils pustete indessen laut und hastig.

»Mein Gott, ich kann nicht mehr. So schnell kriegt mich da keiner mehr raus.«

Die Strickleiter wackelte hin und her und Nils bemühte sich darum, die nächste Sprosse zu erklimmen.

»Langsam, nicht so hastig«, meldete sich von oben Ann-Kathrin.

Marvin lugte ebenfalls heraus und lachte über den unbeweglichen Nils, wie er da in den Seilen hing.

Oben angekommen, legte Stávros seine fleischigen Arme um Nils und drückte ihn feste. Nachdem sich Nils aus der liebevollen Umklammerung befreien konnte, legte er sich auf den Rücken und atmete tief ein und aus. Ann-Kathrin und Stávros inspizierten den Inhalt der Koffer und Marvin jauchzte vor Freude über das Spielzeug und die Stofftiere aus dem Rucksack.

»Wo ist Bernhard?«, fragte Ann-Kathrin besorgt.

»Ich weiß es nicht. Wir befanden uns schon auf dem Rückweg und hörten einen Schrei. Dann bin ich weiter und Bernhard ging zurück.«

»Meinst du damit, dass er noch im Flughafen ist?«
»Genau.«

(36)

Eddi benötigte den Großteil der Nacht, um sich einen neuen Vorrat an selbstgeschnitzten Pfeilen für seinen Bogen anzulegen. Willi hingegen schlief tief und fest, ließ aber die Hand seiner Marlene nicht los. Marlene selbst lag unruhig und vollgepumpt mit Schmerztabletten, die Fritz überraschenderweise in einer nahe gelegenen Apotheke fand, da und hoffte, bald von Dr. Manter behandelt zu werden. Fritz inspizierte zunächst seine Beute aus der Apotheke, freute sich über Antibiotika und ein paar Tabletten gegen Heuschnupfen und legte sich dann mit grimmigem Gesichtsausdruck zum Schlafen. Fiona kuschelte sich an mich, schnurrte zufrieden und schlief alsbald ein. Ich lag noch lange wach und versuchte meine Ängste zu vertreiben, um am nächsten Morgen Optimismus verbreiten zu können.

Der alte Ford Kombi und der dicke Mercedes bewegten sich in verschiedene Richtungen davon. Vor dem Ford lag eine kurze Strecke von 40 Kilometern – so schätzten wir. Wenn alles gut ginge, würden Eddi, Willi und Marlene nicht mehr als eine Stunde benötigen, die Festung Königstein zu erreichen. Wenn ich daran zurückdachte, wie viel Zeit wir vertrödelt hatten, um bis hierhin zu kommen, zweifelte ich allerdings daran.

Wir berechneten die Strecke nach Leipzig auf 120 Kilometer. Die nächste Auffahrt zur Autobahn wähnten wir nicht weit entfernt. Laut unserer Erfahrungen kam man auch heute noch auf den Autobahnen ganz gut voran. Fahrzeuge musste man umkurven, hin und wieder tauchten auch kleinere Meuten Schlurfer auf, doch immerhin konnte man damit rechnen, in einer Stunde runde 40 Kilometer zu schaffen. In drei Stunden am Flughafen Leipzig? Warum nicht gleich so?

Tatsächlich kamen wir auf der Autobahn so gut wie gedacht voran. Immer noch standen hier unzählige verlassene Fahrzeuge herum. Wer sollte sie auch weggeräumt haben? Bei manchen Autos hielten wir an, um sie zu plündern. Verbandskästen zum Beispiel stellen einen nicht zu verachtenden Wert dar.

Wir hielten an einem grünen Opel an, um nachzusehen, was es für uns zu holen gäbe. Der kalte Schreck fuhr uns beim Anblick des Fahrzeuginhaltes in die Glieder. Im Fahrzeug saßen vier Personen. So wie es aussah, handelte es sich um Vater, Mutter und zwei Kinder. Alle vier, zu Untoten mutierte Kreaturen, vermochten es bis jetzt aber nicht, das Fahrzeug zu verlassen. Monatelang der indirekten Einstrahlung der Sonne ausgesetzt, befand sich ihr Verwesungszustand im weit fortgeschrittenen Stadium. Das hinderte sie aber nicht daran, wie von Sinnen mit Köpfen und Händen gegen die Fenster zu schlagen, als sie uns erblickten. Ein schauriger Anblick.

»Ich habe immer gedacht, die lösen sich irgendwann mal von selbst auf. Wenn ich das da sehe, wird das wohl nichts«, rümpfte Fritz enttäuscht und angewidert die Nase.

»Wollen wir die armen Menschen nicht erlösen?«, fragte Fiona.

»Willst du das Risiko eingehen? Am Ende erwischt dich noch einer von denen. Wir können nicht alle retten oder erlösen. Lasst uns weiterfahren«, gab ich meine Meinung zum Besten.

»Auf geht's«, rief Fritz, der froh zu sein schien, hier wegzukommen.

»Könnt ihr euch an die Fahrt von Essen hierhin erinnern? Da konnten wir das Autobahnkreuz Nossen nicht passieren. Besser wir umfahren das.«

Wenn jetzt Eugen noch leben würde. Der kannte sich hier aus.

Bei Wilsdruff verließen wir die Autobahn. Jetzt kam es auf unseren Orientierungssinn an.

Die Landstraßen ließen sich schwieriger befahren als die Autobahnen. Hier griff die Natur schneller zu. Von den Randstreifen aus überwucherten Sträucher und Gräser die Fahrbahn und fraßen sich durch Asphalt und Beton.

»Wir haben Glück. Hier sind gar keine Schlurfer«, stellte Fiona erfreut fest.

»Die hängen alle in einer riesigen Meute vor Königstein rum«, antwortete ich sarkastisch.

Dabei heftete sich aufgrund unseres Fahrzeuglärms bestimmt der eine oder andere Untote bereits an unsere Fersen.

Und so kam es dann auch. Mitten auf einer Kreuzung stand ein alter, gramgebeugter Mann mit einem Krückstock und schaute mit leerem Blick auf den auf ihn zufahrenden Mercedes. Fritz gab Gas, zumindest versuchte er es, doch der Motor des Fahrzeugs stotterte. Es krachte unter der Motorhaube und der Mercedes rollte langsam auf den alten Mann zu. Unmittelbar vor ihm kam das Auto zum stehen.

Rot unterlaufene, völlig ausdruckslose, glasige Augen schauten ins Innere des Wagens. Dann öffnete der Alte einen zahnlosen Mund, ein Stöhnen entglitt ihm und er versuchte die Motorhaube zu erklimmen. Ein groteskes Bild.

»Was ist mit der Kiste los?« fragte ich Fritz.

»Weiß auch nicht. Hört sich an, als ob der nur noch auf einem Pott läuft. Mit dem Teil kommen wir hier nicht mehr weg.«

»So ein Mist! Was machen wir jetzt?«

»Guck doch mal da vorne. Seht ihr den gelben Iveco-Transporter vom Paketdienst? Den krieg' ich fit. Wenn der noch genug Diesel hat.«

»Alles klar, Fritz. Mach du das Auto klar. Fiona, du könntest schon mal unsere Klamotten rüber schaffen und ich kümmere mich um den Alten.«

»Ob die anderen schon in Sicherheit sind?«, murmelte Fiona vor sich hin und stieg aus.

Der alte Mann erinnerte mich an meinen Vater, der hoffentlich wohlbehalten auf Königstein lebte. Er versuchte mit seiner knöchrigen Hand nach mir zu greifen. Leider ließ er mir keine Wahl. Irgendwie gewöhnte man sich nie daran, diese Gestalten zu erschlagen. Aber ich befand das für gut, bewahrte es uns doch einen Hauch von Menschlichkeit.

Ich brachte unsere Sachen vom Mercedes zum Iveco herüber, da bemerkte ich den uns wohlbekannten Geruch.

»Hier stinkt's nach Schlurfern«, warnte ich die anderen.

Fiona, die auf der Rückbank des Mercedes kniete, um von der hinteren Ablage einen Verbandskasten zu holen, drehte sich zu mir um und schrie.

Ihr Schrei veranlasste mich, ebenfalls herumzufahren. Zwischen dem Mercedes und mir schlurften mindestens ein Dutzend Untote herum – überwiegend Jugendliche. Woher die so plötzlich auftauchen konnten, entzog sich meiner Kenntnis.

Fiona zog geistesgegenwärtig die Autotür zu, saß jetzt aber in der Falle. Schon begannen die Schlurfer damit, auf das Auto einzuschlagen.

Ich wollte meine Zwille greifen und das Gefecht eröffnen, da hörte ich Fritz rufen.

»Scheiße, pass auf! Hinter dir.«

Abrupt drehte ich mich um. Auch zwischen mir und dem Iveco tauchten die Bestien auf. Auch bei ihnen handelte es sich um Jugendliche und sogar Kinder gehörten zu der Gruppe.

Bei meiner raschen Wendung zuckte ein Schmerz durch mein linkes Knie. Wohl wieder mal der Meniskus, dachte ich und zog meinen Tapezierigel aus dem Gürtel.

Fritz schaffte es derweil, den Iveco flott zu bekommen. Jetzt steckte er ebenso wie Fiona im Mercedes, im Führerhaus des Transporters fest. Dieser wurde mittlerweile auch schon von unzähligen Untoten umringt.

Ich konnte weder auf Fritz' noch auf Fionas Hilfe hoffen. Auch bestand keine Gelegenheit, ihnen zur Hilfe zu eilen. Jetzt musste jeder für sich selbst sorgen. Die Beiden befanden sich erst einmal in ihren Fahrzeugen in Sicherheit. Die Autos würden eine Zeit lang den wütenden Schlägen der Bestien standhalten.

Mir hingegen blieb nur die Flucht. Im Wegrennen erkannte ich den Ursprung des Schlurfer-Überfalls. Direkt gegenüber des Iveco stand ein mehrere Etagen hoher roter Backsteinbau. Über dem Eingang prangte ein Schild mit großen Buchstaben – Schiller-Gymnasium. Vermutlich sorgte der Zufall für unser Ungemach. Die schon seit Monaten an der Tür des Gymnasiums rüttelnden Kreaturen kamen endlich zum Erfolg und unser Fahrzeug kam gerade zu jener Zeit vor dem Backsteinbau zum stehen.

Wie auch immer, momentan hieß es Beine in die Hand nehmen und rennen. In aller Regel bestand kein Problem darin, Schlurfer abzuhängen. Nicht umsonst gab ich ihnen einst diesen Namen. Ihr körperlicher Verfall ließ nur noch langsame, schlurfende Bewegungen zu.

Nur nicht wieder in eine Sackgasse rennen, wie damals, dachte ich und rannte die Landstraße entlang. Im Augenwinkel sah ich, wie der Kreis derjenigen, die unsere Fahrzeuge belagerten, immer größer wurde. Schlurfer um Schlurfer drosch ohne Angst vor eigenen Verletzungen mit aller Kraft auf die Autos und deren Verglasung ein. Lange würden die Fahrzeuge dem nicht standhalten können.

Sieben Gestalten folgten mir. Alle anderen versammelten sich um die Wagen. Gut, dachte ich, mit denen wirst du fertig.

Ein Griff in meine Hosentasche bestätigte mir, wonach ich forschte. Ich führte genug Munition für meine Zwille mit. Bei jedem Stopp mit dem Mercedes suchte ich nach Schrauben, Muttern oder passenden Steinen. Besonders gerne nahm ich mir die kleinen Kugeln von Deo-Rollern. Wo ich diese fand, sammelte ich sie ein. Das zahlte sich nun aus.

Schlagartig blieb ich stehen, drehte mich den mir folgenden Kreaturen zu, legte an und schoss. Zwei von drei Schüssen erreichten ihr Ziel – eine gute Quote. Immer wieder setzte ich meinen Weg fort, bis mir der Abstand zu den Untoten groß genug erschien. Dann beschoss und dezimierte ich sie. Nicht zum ersten Mal schoss ich mit meiner Zwille auf die Schlurfer. Es verwunderte mich trotzdem immer aufs Neue, welch weiche Köpfe die Katastrophe bei den Untoten hinterließ.

Noch zwei Schlurfer, da hörte ich den Motor des Iveco laut aufheulen. Fritz verlor die Nerven und versuchte mit dem Fahrzeug den Ring von Schlurfern zu durchbrechen. Das gelang ihm aufgrund der Masse von Gestalten nur unzureichend.

Den Mercedes, in dem Fiona saß, konnte ich von hier aus nicht mehr sehen. Ich vermutete ihn unter der großen Traube von Leibern. Ich bemerkte, wie ich begann zu zittern. Hatte ich nicht gleich gesagt, Fiona solle auf Königstein bleiben?

Mein nächster Schuss ging ebenso daneben wie der übernächste. Mist dachte ich, das Zittern.

Ich ruderte mit den Armen und schlug mit meinem Tapezierigel zu. Mit einem platzenden Geräusch brach der erste der zwei mich noch verfolgenden Schlurfer zusammen. Jetzt nur die Ruhe bewahren, sonst war es das hier. Den zweiten Untoten traf ich nur an der Schulter. Das tötete ihn nicht, setzt ihn aber lang genug außer Gefecht.

Bestimmt 400 Meter betrug nun die Distanz zu den Trauben an den Fahrzeugen. Eine nicht zu überbrückende Entfernung für meine Zwille.

Ich rannte zurück und erhöhte mein Tempo, nachdem das Geräusch zerbrechenden Glases meine schlimmsten Befürchtungen nährte.

(37)

Bernhard schlüpfte durch die angelehnte Tür und wähnte sich beinahe im Paradies. Ein langer Gang, links und rechts von Geschäften aller Art gesäumt und offensichtlich nicht geplündert. Beinahe geriet er in Versuchung, seine Suche nach dem Ursprung des Schreis aufzugeben, um lieber nach weiteren brauchbaren Dingen Ausschau zu halten. Ein erneuter Schrei ließ ihn aber davon schnellstens absehen. Dazu könnte er später noch Zeit finden. Der zweite Schrei schien vom Ende des Ganges zu kommen.

Das Gewehr in Anschlag, schlich Bernhard von Säule zu Säule, von Reklameaufsteller zu Reklameaufsteller und von Stuhlreihe zu Stuhlreihe. Es roch nach Parfüm. Sicherheitshalber kontrollierte Bernhard seine Munition. Noch mindestens 140 Schuss schätze er. Das sollte für ein Massaker unter den Untoten reichen, dachte er und grinste leicht. Nicht die Umgebung, aber sehr wohl die Situation, erinnerte ihn an seine zwei Einsätze in Afghanistan. Ein bitterer Geschmack legte sich pelzig auf seine Zunge.

Die Sonne schien durch die gläserne Deckenkonstruktion und erzeugte ein rötliches Licht.

Plötzlich tauchten die beanzugten Schlurfer wieder auf. Vereinigt mit einer Gruppe von uniformierten Untoten standen sie wie aus dem Nichts neben Bernhard. Im Friseursalon also versteckten sie sich.

Reagieren die jetzt etwa intelligent, fragte sich Bernhard. Er hob sein Gewehr. Klack, Klack und zwei der Schlurfer sanken zu Boden.

»Hielhin!«, vernahm Bernhard eine weibliche Stimme.

Diese kam aus dem Laden der amerikanischen Imbisskette hinter ihm. Schnell drehte er sich um und folgte der Stimme durch die Eingangstür.

Ein Rums und ein kurzes Schaben und die Tür schloss sich bevor eine der Bestien seine Finger hindurchstecken konnte.

Bernhard staunte nicht schlecht. Ein junge, schwarzhaarige Frau asiatischer Herkunft, Ende 20, gekleidet in der typischen Uniform des Imbisses, stand vor ihm. Die gestreifte Bluse am rechten Arm etwas zerrissen und insgesamt nicht mehr ganz sauber, blickten Bernhard zwei tiefschwarze Augen erwartungsfroh an.

»Sind sie von del Legielung? Holen sie mich endlich hiel laus? Ich kann ehemals gefloren Pommes nicht mehl sehen. Alles andele ist schon längst veldolben. Was ist mit den andelen? Ist die Stadt ok?«

»Nun mal ganz langsam, Mädchen«, unterbrach Bernhard den Redeschwall, »ich bin nicht von der Regierung, nehme dich aber trotzdem mit.«

»Nicht? Schade! Mitnehmen, wohin?«

»Mit zu unserem Flugzeug. Die ganze Welt ist vernichtet. Ich konnte mich mit zwei Männern und zwei Kindern retten. Hast du so geschrien?«

»Die ganze Welt? Ja, ja, ich habe geschlien. Wenn ich in eines der Geschäfte möchte, dann locke ich die Monstel immel mit meinem Schlei woandelshin.«

»Hast du Klamotten hier? Dann hole die und wir hauen ab.«

»Und wenn wil die letzten Menschen auf del Welt sind. Ich kenn dich doch gal nicht.«

»Möchtest du hier mit den Untoten alleine zurück bleiben?«

»Hab ich doch bis jetzt auch.«

»Mein Gott Mädchen, zick jetzt nicht rum. Entweder kommst du nun mit oder ich geh alleine.«

Bernhard drehte sich um und ging auf die Eingangstür zu. Draußen im Gang lungerten die Untoten herum. Ein gefahrloses Öffnen der Tür schien unmöglich zu sein.

»Wil müssen hinten laus«, sagte das Mädchen, »wie heißt du eigentlich?«

»Ich bin Bernhard, und du?«

»Belnhald ist abel ein schönel Name. Isabell ist meinel, meine Fleunde nennen miss Isa.«

»Also gut Isa, zeig mir den Weg.«

Am hinteren Ende des Ladens befand sich jenseits einer Tür ein Gang, der auf den Hauptgang des Zentralterminals führte. Schaute man von hier nach links, sah man die Schlurfer vor dem Imbiss herumlungern.

Bernhard zog Isa hinter sich her. Doch Isa trug Schuhe mit Ledersohlen. Auf dem glatten Steinboden geriet sie sofort ins Rutschen und Schlug der Länge nach hin. Den Reklameständer eines Reisebüros riss sie dabei mit sich.

Die Untoten, die sie bisher im Imbiss wähnten, wurden nun auf sie aufmerksam und schlurften Bernhard und Isa hinterher.

»Hast du dir was getan?«

»Das gibt ein paal schöne blaue Flecken. Sonst ist abel alles in Oldnung.«

Bernhard reichte Isa seine Hand, um ihr aufzuhelfen, wurde aber von dem Stöhnen eines, sich schon nahe befindlichen Schlurfers daran gehindert. Er wirbelte herum. Klack. Einer weniger.

Doch auch die anderen Untoten schafften die kurze Entfernung zwischen Imbiss und ihnen in Windeseile. Isa sprang auf wie eine Feder, drehte sich um die eigene Achse und traf mit ihrer Schuhspitze den Kopf der ihr am nächsten stehenden Bestie.

»Wow«, entfuhr es Bernhard, »was hast du denn drauf? Wo hast du das denn gelernt?«

»Ich stamme aus Kolea. Da kann man so was von Natul aus.«

Noch zweimal klackte Bernhards Gewehr, dann erreichten die Flüchtenden Hand in Hand die Tür zum Terminal B und kurze Zeit später das Treppenhaus zum Rollfeld.

Zum Glück ging am Ende doch noch alles gut. Nils erholte sich schneller von seiner Atemnot, als man es hätte annehmen können, eine Menge Vorräte konnten gesichert werden und Bernhard und Isa befanden sich auch wieder innerhalb des Flugzeugs.

Den Kindern tat es sichtlich gut, eine erwachsene Frau in ihrer Nähe zu haben und Stávros freute sich wie ein Honigkuchenpferd über das Deutsch-Griechische Wörterbuch, welches ihm Bernhard mitbrachte. Er tanzte trotz seiner Massen durch die Kabine.

Für Nils und Bernhard stand eines fest, vorerst würden sie hier in der Maschine bleiben. Sie wollten abwarten und hofften, es würde sich etwas für sie Positives da draußen ergeben, von dem sie jetzt noch nichts ahnten. Sobald die Vorräte zur Neige gehen würden, müssten sie allerdings den Flieger verlassen. Wenn jemand wie Isa in der neuen Welt überleben konnte, dann würden sie mit etwas Glück auch andere Überlebende treffen können. Dann ginge es aufwärts.

Die beiden Männer ahnten nicht, welche Massen hungriger Schlurfer nur darauf lauerten, frischem Fleisch zu begegnen.

Ann-Kathrin wusste da schon längst, dass es sich nur noch um eine Illusion handelte, Opa und Oma jemals wiederzusehen. Marvin klammerte sich jedoch noch daran.

»Bei der Oma kriege ich bestimmt den leckeren Apfelkuchen und eine Tasse heiße Schokolade und der Opa spielt mit mir Halma. Wann gehen wir dahin?«

»Später Marvin. Erst einmal müssen wir hier noch warten bis die bösen Leute weg sind.«

»Die sollen weg gehen. Ich habe Angst vor denen.«

»Brauchst du nicht. Der Nils und der Bernhard passen auf uns auf.«

Marvin guckte seine Schwester skeptisch an und so sprach sie lieber nicht über ihre Verdacht, die Großeltern könnten nicht mehr lebten.

Am Flughafengebäude taumelte ein Schlurfer im Anzug der Rollbahn entgegen. Neugierig sah er zum Flugzeug hinüber. Ihm folgten weitere Untote. Sie blieben von den Insassen des Fliegers ebenso unbemerkt, wie die immer näher kommende Meute von Schlurfern, die sich aus dem nahe gelegenen Wohngebiet auf den Weg gemacht hatte, als die Maschine landete. Zuerst der Lärm der Motoren, jetzt das Licht im Cockpit – das zog sie an wie Zucker die Ameisen. Von Westen her zogen wie immer, schwarze Regenwolken auf.

(38)

In mir stieg ein Gefühl hoch. Das Gefühl, welches jemanden wie von selbst überkommt, wenn man einem berühmten Symphonie-Orchester zuhört, das mit Pauken und Trompeten einen weltbekannten Rocktitel zum Besten gibt. Tränen der Rührung stiegen mir in die Augen.

Als ich Fionas entsetzlichen Schrei hörte setzte mein Denken vollends aus. Meinen Tapezierigel hoch über den Kopf schwingend, rannte ich in völliger Selbstaufgabe auf die Meute von unzähligen Schlurfern zu. Doch die Masse verwehrte mir den Blick auf unsere Fahrzeuge.

Wild schlug ich um mich – immer und immer wieder. Blut spritzte, Knochen brachen, Körper zuckten, Schlurfer stöhnten und griffen nach mir. Der schauderhafte Gestank nahm mir den Atem. Da hieb ich dem nächsten Untoten meinen Tapezierigel auf den Schädel, und da, dem da auch. Ich erkannte die vor mir hin und her wankenden Figuren nur noch durch einen roten Schleier, der sich klebrig vor meine Augen legte. Und wieder brach einer der Untoten zusammen. Jetzt den noch und den noch, dachte ich. Die Reihen der Schlurfer lichteten sich, doch ich wollte mehr. In der sich vor mir ausbreitenden rot gefärbten Welt dürstete ich nach Blut. Fiona schrie erneut – noch entsetzlicher.

Die nächste Kreatur, auf die ich eindrosch, drehte sich nach links weg. Na gut, ich schlug erneut zu. Jetzt drehte sich die Figur nach rechts weg. So etwas taten die Dinger bisher noch nie – seltsam. Erneut versuchte ich den Kopf des Untoten zu treffen. Und wieder vergebens. Jetzt murmelte die Figur auch noch etwas für mich Unverständliches. Mir egal, ich wollte seinen endgültigen Tod und zwar sofort. Als ich ein weiteres Mal zulangen wollte, stieß mich der Schlurfer mit beiden Händen von sich. Ich taumelte zurück, stolperte und schlug der Länge nach hin. Hilflos landete ich auf dem Rücken. Meine Waffe lag neben mir im Staub. Der Untote tauchte nun über mir auf und würde sicher zubeißen. Im Angesicht des sicheren Endes lichtete sich der rote Schleier vor meinen Augen und verschwand ebenso schnell, wie er sich in mein Gesichtsfeld geschoben hatte.

Doch anstatt sich auf mich zu stürzen, reichte mir die Kreatur über mir die Hand.

»Komm zu dir, du Idiot. Erkennst du mich nicht?«

In meinem durch die Angst um Fiona entstandenen Blutrausch hatte ich meinen Freund Fritz nicht mehr erkannt.

Erschöpft schaute ich mich um. Überall lagen endgültig tote Schlurfer herum. Teilweise befanden sie sich in einem üblen Zustand. Ich erschrak vor mir selbst. Meine Hose, über und über mit Blut befleckt, sowie mein zerrissenes Hemd trieften vor Schweiß. Ich benötigte dringend neue Kleidung.

»Fiona!«, entfuhr es mir.

Fritz und ich rannten zu unserem Mercedes. Die Fenster des Fahrzeuges fanden wir allesamt von außen eingedrückt vor. Im Fenster der rechten hinteren Tür des Autos hing kopfüber eine uns unbekannte Gestalt. Vor der geöffneten Beifahrertür kniete ebenfalls ein Schlurfer. Wir konnten nur seinen Rücken erkennen.

»Oh Gott, die haben Fiona erwischt.«

Der im Fenster der hinteren Tür hängende Schlurfer zeigte keine Lebenszeichen mehr. Ein Messer steckte zwischen Auge und Nase in seinem Kopf. Der vor der Beifahrertür kniende Untote konnte sich ebenfalls nicht mehr regen. Der Schlag mit einem mittelalterlichen Streitflegel hatte ihm den Schädel gespalten.

Auf der Rückbank des Mercedes saß mit zerzaustem Haar Fiona und blickte angsterfüllt in die Runde.

Fritz und ich benötigten eine Weile, die zitternde Fiona dazu zu bewegen, aus dem Auto zu steigen. Endlich konnte ich sie dann in die Arme nehmen. Wir bebten beide am ganzen Leib wie das Laub der Bäume im Wind.

»Wo ist Fritz?«, fragte mich Fiona, nachdem sich unsere jeweiligen Panikattacken langsam verflüchtigten und ich nach einem ausgiebigen Kuss nach Luft rang.

»Der muss doch...«

Ich sah mich um. Fritz konnte ich nirgendwo entdecken.

»Verdammt, wo ist der denn jetzt wieder hin?«

Fiona atmete hörbar laut aus.

Da erschien Fritz mit einigen Kleidungsstücken über dem Arm in der Tür der Schule und lächelte uns entgegen.

»Hier, ihr braucht doch neue Klamotten. Nachdem du alle Schlurfer erschlagen hast, die hier rumrennen, kam ich auf die Idee, mal in den Umkleidekabinen der Turnhalle nachzusehen. Dahinten liegen mehrere Schlurfer im Sportzeug herum und die haben genau eure Größe.«

Stolz präsentierte uns Fritz zwei Hemden und drei Blusen sowie eine Jeans für jeden von uns. Fiona und ich freuten uns wie Fußballfans nach der gewonnenen Meisterschaft, aus den stinkenden und blutverschmierten Sachen herauszukommen, die wir anhatten.

»Wir sollten hier verschwinden«, warf Fritz ein und wir verzogen uns in den gelben Iveco.

Fiona betrachtete interessiert die letzten Pakete, die auf der Ladefläche des Transportes lagen. Sie konnten nicht mehr zugestellt werden. Vielleicht beinhalteten sie etwas Brauchbares.

Fritz steuerte den Iveco und nach nicht allzu langer Zeit erreichten wir hinter dem Kreuz Nossen wieder die Autobahn nach Leipzig.

»Neunzig Kilometer bis zum Flughafen«, vermutete ich, »ich möchte jetzt endlich wissen, ob da ein Flugzeug mit lebenden Menschen steht oder nicht. Gib Gas, Fritz.«

Der gelbe Iveco donnerte über die Autobahn, wich herumstehenden Autos aus und musste nur einmal die Geschwindigkeit drosseln, als zwei LKWs besonders eng beieinander standen. Den größten Teil der Strecke konnten wir so überraschend schnell zurücklegen.

Auf der linken Seite dehnte sich bereits die Innenstadt von Leipzig aus. Weit konnte es bis zu unserem Ziel, dem Flughafen, nicht mehr sein. Von hinten gesellte sich Fiona zu uns. Die Durchsuchung der Pakete beförderte keinen besonderen Fund zutage. Lediglich eine CD mit Fanliedern verschiedener Fußballclubs hielt Fiona in den Händen, die wir mit wehmütigen Gedanken an alte Zeiten in den CD-Player des Autos schoben.

Drei Lieder weiter verlangsamte Fritz das Tempo.

»Da vorne, die Autos, sieht aus wie eine extra angelegte Straßensperre.«

Die Windschutzscheibe des Iveco zersprang bevor wir den Knall des Schusses hörten. Fritz zuckte zusammen, sah entgeistert zu mir herüber und griff an seinen rechten Arm. Blut quoll zwischen seinen Fingern hervor.

»Rückwärts!«, schrie ich und Fritz gab trotz seiner Verletzung Gas.

Unsere Flucht endete jäh, als Fritz den Iveco gegen einen hinter uns stehenden Opel setzte. Der zweite Schuss ließ unseren linken Außenspiegel in tausend Teile zerspringen. Hastig kletterten wir einer nach dem anderen aus dem Wagen und brachten uns im nahen Straßengraben in Sicherheit.

(39)

»Das war doch ein Schuss!«, sprang Bernhard auf und horchte nach draußen.

Aufgeregt trommelte er mit den Fingern gegen die Kabinenwand. Alle anderen schauten zu ihm hoch und begriffen nicht recht. Ja, sie vernahmen auch das knallende Geräusch, aber...

»Da noch einer! Da stimmt was nicht. Das gucke ich mir an.«

»Ich komme mit dil«, warf Isa ein und kam ebenfalls auf die Beine, »ich lass dich nicht alleine.«

Bernhard griff nach seinem Gewehr und prüfte seine Munition. Seine militärische Ausbildung und seine diesbezüglichen Erfahrungen kamen ihm jetzt zugute.

Kurze Zeit später standen er und Isa auf dem Rollfeld – mitten unter unzähligen Schlurfern.

»Die Schüsse kamen aus Nord-Ost. Wir müssen im Laufschritt bleiben, dann kriegen die Monster uns nicht. Die Dinger sind zu langsam. Bleib direkt hinter mir.«

Isa folgte Bernhards Anweisungen und konnte beobachten, wie Bernhard einen Untoten nach dem anderen beiseite stieß oder mit seinem Gewehrkolben niederstreckte. Die Masse an Schlurfern geriet in Bewegung und versuchte den beiden Läufern zu folgen oder ihnen den Weg zu verstellen.

Nachdem Bernhard mühevoll den Begrenzungszaun des Flughafens überkletterte und Isa ihm in Sekundenschnelle und geschickten Bewegungen folgte, standen die Beiden gebückt zwischen zurückgelassenen Fahrzeugen auf einer Autobahn.

Von Auto zu Auto tasteten sie sich langsam voran.

»Weit kann das nicht mehr sein.«

»Das können doch nul Menschen sein, die da geschossen haben. Untote laufen hiel nicht lum. Walum velstecken wil uns dann hintel den Autos?«

»Ich traue niemandem, Isa.«

Dabei griff sich Bernhard gedankenverloren an die linke Hüfte. Bei einem seiner Einsätze in Afghanistan verletzte ihn dort einst ein afghanischer Polizist mit einem Messer. Und bei dem handelte es sich um seinen damals besten Freund.

»Mil auch nicht? Tlaust du mil auch nicht?«, fragte Isa gekränkt.

Bernhard sah Isa tief in die Augen, dann lächelte er.

»Doch, aber das ist gerade nicht unser Problem.«

Nach zwei Kilometern stoppte Bernhard abrupt. Isa wäre beinahe auf ihn aufgelaufen.

»Da. Schau mal.«

»Was denn?«

»Da, an dem braunen Bus. Da ist jemand.«

Tatsächlich saßen vor dem Bus fünf Personen auf dem Boden. Die zwei an Händen und Füßen gefesselten Frauen und die ebenfalls gebundenen drei Männer trugen um den Hals jeweils ein Hundehalsband, welches sie mit einem dicken Seil verband. Dieses Seil hing fest verknotet an einem der Türgriffe des Busses. Etwas weiter standen zwei Männer gebeugt zwischen zwei PKWs und sahen in die andere Richtung.

Das wird aus den Menschen wenn die Ordnung wegfällt, dachte Bernhard.

»Wil müssen die befleien«, flüsterte Isa.

»Wir wissen doch gar nicht, was mit denen ist und warum hier geschossen wurde. Lass uns das beobachten.«

»Wil können die Menschen doch nicht da so sitzen lassen. Egal was die getan haben. Das geht so nicht.«

»Wir heißt das, nicht wil«, sagte Bernhard genervt und küsste Isa vorsichtig auf die Wange.

Diese quittierte Bernhards Annäherung mit einem Blick, der böse wirken sollte jedoch ungewollt komisch aussah.

»Tu was. Fül mich«

Wieder hallte ein Schuss durch die Luft. Einer der Männer bei den PKWs hatte geschossen. Dass die Kugel ihr Ziel verfehlte und knapp neben Marcs Kopf den Staub der Böschung aufwirbelte, konnte Bernhard nicht sehen.

»Die sind schwer bewaffnet, Isa. Wir schauen uns das erst einmal an, basta. Los, wir können etwas näher ran. Da hinter das Auto.«

In dem Augenblick traten zwei weitere mit Gewehren bewaffnete Männer aus dem Bus. Der Eine blickte auf die am Boden sitzenden Menschen hinab und trat der ersten Person mit einem abfälligen Grunzen gegen den Arm.

»Lass die Deppen in Ruhe. Lange füttern wir die sowieso nicht mehr durch«, meinte der Andere.

»Wie lange ballern die denn da rum? Das waren doch nur drei People in dem Transporter.«

»Weiß ich auch nicht. Ich gehe mal rüber. Die sollen sich beeilen. Ich möchte heute noch den Lappen im Flugzeug einen Besuch abstatten. Die haben Lebensmittel gebunkert, die wir gut gebrauchen können.

Die werden noch merken, was es heißt, in unser Revier einzudringen«

»Und die Kleine die dabei ist, möchte bestimmt auch ihren Spaß.«

Jetzt lachten beide Männer und einer von ihnen schlich zu den Zweien an den PKWs.

»Meinen die etwa Ann-Kathlin?«, flüsterte Isa entgeistert.

(40)

»Jetzt bin ich es aber leid. Der hätte mir fast den Kopf weggeschossen.«

Wütend schaute ich zu Fritz herüber. Seinen Arm konnte Fiona notdürftig versorgen. Ein glatter Durchschuss, der normalerweise keine Probleme bereiten würde. Die Wunde durfte sich jetzt nur nicht entzünden.

»Ihr bleibt hier in Deckung. Ich statte den Kollegen da mal einen Besuch ab.«

»Spinnst du? Die knallen dich ab«, fürchtete Fiona.

»Na, ich werde nicht aufrecht gehend bei denen erscheinen«, schüttelte ich Fionas mich aufhaltende Hand ab.

Ohne ein weiteres Wort zu sagen, kroch ich auf allen Vieren den Straßengraben zurück. Nach einer Ewigkeit erreichte ich ein Wäldchen, welches sich direkt an den Graben anschloss. Unbemerkt schaffte ich es, mich kriechend zwischen die Bäume zurückzuziehen.

Ich schlug einen großen Bogen und gelangte an ein Maisfeld. Der Bauer, dem dieses Feld einst gehörte, hatte es nicht mehr geschafft, die Ernte einzufahren. Die Maispflanzen standen hoch. Die vergammelnden Pflanzen verbreiteten einen modrigen Geruch. Vom Ende des Feldes aus ergab sich ein komfortabler Blick über die Szenerie auf der Autobahn.

Rechts sah ich Fiona und Fritz im Straßengraben hocken. Fritz litt sichtbar unter Schmerzen. Beide hielten die Köpfe tief.

Links befand sich ein alter Reisebus. Neben diesem duckten sich zwei Männer zwischen zwei Autos. Einer davon zielte mit einem Gewehr in die Richtung meiner Freunde. Ein dritter Mann schlich in gebeugter Haltung zu diesen Männern. Ob sich weitere Personen in der unmittelbaren Nähe befanden, konnte ich nicht ausmachen – musste es aber vermuten.

Noch weiter links zeigte sich etwas für mich Unerwartetes und dadurch Interessantes. Ein in Camouflage gekleideter Mann, ebenfalls mit einem Gewehr bewaffnet, sowie eine junge, offensichtlich asiatische Frau, beobachteten die Szene.

Wenn ich meine Position jetzt verlassen würde, müssten mich diese Beiden mit Sicherheit sehen können. Nach kurzer Überlegung kam ich zu dem Schluss, das riskieren zu müssen.

Ich legte ein Geschoss in meine Zwille und verließ die Deckung des Maisfeldes. Hinter dem Bus versteckte ich mich erneut. Ich konnte sicher sein, dass der Mann in Camouflage und dem Gewehr mich beobachtete. Der Lauf seines Gewehres war meinen Bewegungen gefolgt.

(41)

Bernhard verfügte über eine ebenso einfache wie in diesem Falle richtige Logik. Wenn diese Typen bei den Fahrzeugen es auf seine Freunde im Flugzeug absahen – und daran bestand ja wohl kein Zweifel – dann mussten diejenigen, auf die diese miesen Typen schossen, ebenfalls zu seinen Freunden zählen.

»Da oben, siehst du das Maisfeld? Da ist jemand«, machte Isa Bernhard aufmerksam.

Vorsichtshalber richtete Bernhard den Lauf seiner Waffe auf die Person, die von den anderen unbemerkt vom Maisfeld zum Bus schlich.

Wie sollte er jetzt reagieren? Seine eigene Unschlüssigkeit brachte Bernhard fast zur Weißglut. Heftig zuckten seine Finger am Abzug. Doch der militärisch ausgebildete Profi beherrschte seine Nervosität. Sich gedulden hieß die Devise. Bestimmt würden ihm die kommenden Ereignisse den Weg weisen.

Isa betrachtete die Szenerie vor ihr mit wachsendem Unverständnis. Sie fühlte die Bedrohung, die von den Männern am Bus und an den PKWs ausging. Jedoch wusste Isa die anderen Personen nicht richtig einzuordnen. Nervös kaute sie an einem ihrer Fingernägel.

Exakt in demselben Augenblick, als der Fremde aus dem Maisfeld den Bus erreichte, krachte der nächste Schuss. Sekunden später erschallte der Schrei einer jungen Frau. Offensichtlich hatten die Männer an den PKWs wieder geschossen und die Frau im Straßengraben getroffen.

In der Folge überschlugen sich die Ereignisse. Der Mann aus dem Maisfeld rannte um den Bus herum, schrie wie von Sinnen und legte mit einer Zwille auf die Männer an den PKWs an. Gleichzeitig schwang der Gewehrschütze herum und zielte auf den Heranstürmenden. Der vierte Mann, nämlich derjenige, der sich nach wie vor bei den Gefangenen am Bus aufhielt, sah nun ebenfalls den mit der Zwille bewaffneten Eindringling. Er zog eine Pistole aus dem Hosenbund und legte ebenso auf diesen an.

Damit erhielt Bernhard seinen ersehnten Fingerzeig und reagierte instinktiv. Das Klacken seines Schusses vernahm nur Isa. Die Kugel traf den Mann mit der Pistole in den Hinterkopf und streckte ihn nieder. Er tat seinen letzten Atemzug bevor sein Körper den Boden berührte.

Das Geschoss der Zwille traf einen der Männer an den PKWs an der Schulter und ließ ihn einen spitzen Schmerzensschrei ausstoßen. Derjenige, der dieses Geschoss abgeschickt hatte, zog nun einen langen Holzstiel aus seinem Hosengürtel. Am Ende des Stiels befand sich eine Rolle, auf der spitze Stacheln befestig zu sein schienen. Ein Tapezierigel, dachte Bernhard verwundert. Da erwischte der Schuss aus dem Gewehr des Mannes an den PKWs den Heranstürmenden an der Schulter, ließ ihn zusammenzucken, warf ihn aber nicht um. Offensichtlich handelte es sich nur um einen Streifschuss.

Wieder legte der Gewehrschütze auf den Mann mit der Zwille an und erneut hörte Isa das Klacken von Bernhards Waffe.

Der Mann mit dem Tapezierigel erreichte die drei Männer an den PKWs. Zeitgleich stürzte der Gewehrschütze durch einen Kopfschuss getroffen in den Dreck der Straße. Die beiden anderen Männer hatten den wütenden Hieben mit dem Tapezierigel nicht viel entgegenzusetzen. Beide blieben nach einem ebenso heftigen wie kurzen Kampf mit bösen Wunden zwischen den Fahrzeugen liegen.

(42)

Verfiel ich während meines Massakers unter den Schlurfern an der Schule, als Fiona so fürchterlich schrie, noch unkontrolliert in einen Blutrausch, so handelte ich dieses Mal völlig klar. Das machte mir ein Stück weit Angst. Fionas Schrei zwang mich zum sofortigen Handeln. Ich griff die Männer an den PKWs mit den Mitteln an, die mir zur Verfügung standen. Dass zwei gezielte Schüsse von Bernhard mir mit größter Wahrscheinlichkeit dabei das Leben retteten, wurde mir erst später so richtig bewusst.

Nachdem ich die beiden letzten Gegner niedergeschlagen hatte, sprang ich über die von ihnen errichtete Fahrzeugbarriere und rannte zu meiner Liebe, Fiona.

Schon von weitem sah ich Fritz über eine am Boden liegende Person gebeugt. Dabei konnte es sich nur um meine Freundin handelt. Mein Gott! Ich erhöhte mein Tempo und dann erkannte ich das gesamte Malheur.

Sie lag auf dem Rücken. Eine Wunde am Kopf blutete stark. Den trüben Gesichtsausdruck von Fritz konnte ich nicht richtig deuten. Ich fürchtete das Schlimmste.

»Fiona!«, sank ich neben ihr auf die Knie, »Fiona!«

Verzweifelt starrte ich Fritz an. Der schaute mir zunächst tief in die Augen und lächelte sodann.

»Ihr fehlt im wahrsten Sinne des Wortes nur ein Ohr.«

Der dritte Schuss aus dem Gewehr des Schützen traf Fionas Ohrläppchen und riss es ab. Die Wunde blutete stark und musste, wie selbst die geringste Verletzung heutzutage, mit besonderer Vorsicht behandelt werden, da Entzündungen tödlich verlaufen konnten – Fionas Schönheit tat das jedoch keinen Abbruch.

Mit fehlendem Ohrläppchen, Durchschuss am Arm und Streifschuss an der Schulter, schleppten wir uns ins Lager der Besiegten.

Zwei Frauen und drei Männer standen an einem Bus. Einige rieben sich die Handgelenke. Vor den fünf Personen standen eine Asiatin und ein wie ein Soldat gekleideter und mit einem Gewehr bewaffneter Mann. Auf dem Boden vor ihnen saßen die zwei von mir mit dem Tapezierigel attackierten Verletzten. Etwas weiter hinten lagen nebeneinander zwei durch Kopfschüsse getötete Personen.

Fritz zuckte beim Anblick des Bewaffneten zusammen, doch ich legte ihm meine Hand zur Beruhigung auf die Schulter.

»Der ist in Ordnung. Ohne ihn wäre ich wohl nicht mehr hier.«

Im Kampfgetümmel mit Unseresgleichen gerieten unsere eigentlichen Feinde, die Untoten, völlig in Vergessenheit. Jetzt meldeten sie sich mit ihrem Gestöhne und ihrem Gestank in unsere Gegenwart zurück. Isa bemerkte sie zuerst.

»Da sind diese Biestel wiedel.«

»In den Bus«, übernahm ich wie gewohnt das Kommando.

Wir drei Verletzten quetschten uns hinter den ehemaligen Gefangenen in den Autobus. Isa und Bernhard bildeten die Nachhut.

»Was nun?«, fragte Bernhard und lehnte sein Gewehr an einen der Sitze.

»Vielleicht machen wir uns erst einmal bekannt«, schlug Fritz vor.

Während wir einander vorstellten und hastig unsere Geschichten und Erlebnisse schilderten, versammelten sich immer mehr Schlurfer um den Bus. Die ersten von ihnen schlugen bereits hungrig gegen die Türen.

Bei den drei Männern, die gefesselt vor dem Bus gesessen hatten, handelte es sich um drei Stahlarbeiter – Herbert, Volker und Matthias. Sie befanden sich am Tag der Katastrophe gemeinsam im Auto eines vierten Kollegen auf dem Weg zur Arbeit, als sie ohne Vorwarnung von einem anderen Fahrzeug gerammt wurden während sie sich mit dem Besitzer des Fahrzeuges über dessen nicht funktionierende Lüftung stritten. Seit dem mutwillig herbeigeführten Unfall befanden sie sich in Gefangenschaft. Sie wurden notdürftig versorgt und fristeten ihr Dasein als Köder für andere Überlebende, die dann überfallen und getötet wurden. Nicht selten dienten sie als Lockmittel für Schlurfer. Mit Schlingen um den Hals, gefesselten Händen und mit einem Seil irgendwo befestigt, mussten sie die Untoten ablenken oder anlocken, damit ihre Herren – so nannten sich diejenigen, die sie gefangen hielten – Läden und Wohnungen ungehindert plündern konnten. Der vierte Kollege, Dennis, verlor bei einer der Aktionen sein Leben. Er wurde ein Opfer der untoten Bestien.

Die drei ehemaligen Stahlarbeiter befanden sich in einem erbarmungswürdigen körperlichen Zustand. Ausgehungert und immer noch in der mittlerweile zerrissenen und blutbesudelten Kleidung, die sie vor Monaten schon trugen, boten sie ein Bild des Elends.

Ich ahnte da noch nicht, dass ich vergeblich versuchte mir ihre Namen einzuprägen. Unser gemeinsamer Weg würde nicht lange währen.

Bei den beiden gefangenen Frauen handelte es sich um eine ausgebildete Krankenschwester und eine Lernschwester aus einem Krankenhaus in Göttingen. Sie arbeiteten zusammen in der Röntgenabteilung. Auch sie befanden sich von Beginn der Katastrophe an in der Gewalt der Männer. Ihre Aufgabe bestand vornehmlich in der medizinischen Versorgung der kleinen Truppe. Vor den weiblichen Vorzügen der beiden Frauen machten die Herren allerdings auch nicht Halt. Die durch ihre Peiniger angerichteten seelischen Verwüstungen versuchten Karina und Jutta vergeblich zu verdrängen. Über den Ursprung der Katastrophe wussten die Frauen nicht viel zu berichten. Zeitgleich mit den ersten blutrünstigen Kreaturen tauchten Bundeswehrsoldaten im Krankenhaus auf, die versuchten, die Ordnung aufrechtzuerhalten. Doch die Meuten von Untoten wurden immer größer und als die Soldaten von diesen überrannt wurden, konnte man zusehen, wie sich die Truppe schnellstens auflöste. Fortan kämpfte jeder der Soldaten für sich selbst und sein eigenes Überleben. In so manchem Krankenhausgang kam es zu unvorstellbaren Massakern unter Patienten und Soldaten.

Die mittlerweile mit dick verbundenem Ohr dasitzende Fiona zitterte am ganzen Leib, was nicht nur der immer größer werdenden Kälte des nahenden Winters sondern auch dem Schicksal der beiden Frauen geschuldet war.

»Wo sind eigentlich die beiden Verletzten?«

Bernhard stellte diese Frage und alle guckten sich verdutzt an. Als die Schlurfer sich dem Bus näherten, vergaßen wir alle in unserer Eile die beiden von mir und meinem Tapezierigel verletzten Männer. Mit Bestürzung stellten wir nun fest, dass sie Opfer der Schlurfer geworden waren.

»Es hat nicht die Falschen getroffen«, stellte Jutta ohne die geringste Gefühlsregung fest.

(43)

Bernhard startete den Bus. Unser Ziel sollte das nahegelegene Flugzeug sein, von dem er und Isa berichteten. Ich setzte mich neben ihn in die erste Reihe.

»Dass ihr euch extra auf den Weg gemacht habt, nur weil ihr den Flieger gesehen habt«, schüttelte Bernhard immer wieder seinen Kopf.

»Wie lange dauert es bis zur Maschine?«, fragte Fritz, dessen Wunde nicht mehr blutete.

»Das sind nur ein paar hundert Meter. Fünf oder zehn Minuten, mehr sicher nicht.«

Der Bus fuhr an und wühlte sich einen Weg durch die Traube von Untoten, die ihn umringten. Keine 30 Meter weiter schüttelte sich das Fahrzeug und kam erneut zum Stehen.

»Was ist jetzt los?«, fragte ich Bernhard.

»So ein Mist, kein Treibstoff. Das Scheißding hat kein Benzin mehr.«

»Was? Das kann doch nicht wahr sein. Was machen wir jetzt?«

»Ich sehe nur eine Lösung. Uns bleibt nichts anderes übrig – wir müssen rennen.«

Gottlob befand sich kein Fußkranker unter uns. Die drei Stahlarbeiter und die zwei Krankenschwestern besaßen nichts, was sie hätten mitnehmen können – mussten sich also nicht mit Gepäck beladen.

Bernhard öffnete die fordere Tür des Busses. Die nach uns gierenden Kreaturen befanden sich drei oder vier Armlängen hinter uns. Der Reihe nach stürmten wir aus dem Bus. Bernhard übernahm die Führung. Er kannte den Weg. Schon bald tauchte das Rollfeld vor uns auf.

Ein Begrenzungszaun und eine große Horde von Bestien auf der anderen Seite des Zauns bildeten die letzten Barrieren zwischen uns und dem Flugzeug. Trotz der Hürden blieb keine Zeit, lange zu fackeln.

»Da, das Moped. Wir stellen es an den Zaun.«

Eine gute Idee. Einer nach dem anderen kletterte auf das kleine Motorrad, zog sich am Zaun hoch und landete unsanft auf dem Grasstreifen auf der anderen Seite.

Bernhard versuchte mit gezielten Schüssen aus seinem Gewehr die uns zu nahe kommenden Schlurfer auszuschalten. Das gelang ihm leider nur zum Teil.

Einer der Stahlarbeiter –der Letzte von uns, der den Zaun erklimmen wollte – kletterte auf das Motorrad. Da packte ihn eine der Bestien an der Wade und riss ihn von der Maschine. Seine entsetzlichen Schreie ließen uns für kurze Zeit erstarren.

»Weiter, wir müssen weiter«, fand Fritz zuerst seine Fassung wieder und duldete keine weitere Pause.

Klack, klack tönte Bernhards Gewehr. Er stellte unsere Spitze bei dem Versuch dar, mitten durch die Herde von Untoten zum Flugzeug durchzubrechen. Der angeschlagene Fritz rechts und ich mit meinem Tapezierigel links bildeten die weitere Sperrspitze.

Nils vom Flugzeug entdeckte uns in diesem Augenblick. Bei einer Durchsuchung des Flugzeugs fielen ihm eine Signalpistole sowie drei Ladungen für diese in die Hände. Nun kamen die Leuchtkugeln zum Einsatz.

Wie Blitze sausten die Geschosse durch die Reihen der Untoten. Zwar tötete das keinen einzigen der Schlurfer, riss aber den einen oder anderen von den

Beinen und lenkte die Kreaturen soweit ab, dass sie ihre Aufmerksamkeit nicht mehr nur auf uns richteten.

Trotz aller unserer Bemühungen erschütterte uns kurz nachdem wir den Zaun überkletterten ein weiterer Todesschrei. Erneut traf es einen der Stahlarbeiter. Zwei Untote vom Flughafen erreichten ihn zeitgleich und zerrten ihn, der eine am linken, der andere am rechten Arm, zu Boden. Erst einmal gefallen, ließen ihm die Kreaturen keinerlei Überlebenschance. Eine Traube von Bestien warf sich auf ihn und verrichtete ihr grausiges Geschäft.

»Laufen, nicht umdrehen. Immer weiter laufen!«, rief Bernhard aus voller Kehle.

Nils ließ bereits die Strickleiter herunter und die schnelle Isa erreichte diese mit einem Hechtsprung zuerst.

Klack, klack machte erneut das Gewehr von Bernhard. Fritz nahm Fiona trotz der eigenen Verletzung auf seine Schultern und hievte sie hoch. Sie bekam die Strickleiter dadurch fast drei Meter über der Rollbahn zu fassen.

Die beiden Krankenschwestern folgten ihr, währenddessen wir anderen mit unseren Waffen wie wild um uns schlugen.

Der dritte Stahlarbeiter tauchte urplötzlich direkt vor mir auf. Auge in Auge standen wir uns gegenüber.

»Danke für alles«, sagte er, lächelte, drehte sich um und lief mit ausgestreckten Armen ein paar Meter in die Meute der Schlurfer hinein.

Diese warfen sich mit ihrer unendlichen Gier auf ihn. Er starb wortlos, verschaffte uns anderen mit seinem Opfer jedoch genügend Zeitvorsprung, um ebenfalls die Sicherheit des Flugzeugs erreichen zu können.

»Danke«, flüsterte ich von oben, bevor Nils die Luke endgültig schloss.

Viel mehr Zeit als gedacht, eine Menge Blut, der unsägliche Tod von Eugen, die ermordeten Stahlarbeiter, das freudige Wiedersehen mit Marlene und ihrem Willi, Marlenes schwere Verletzungen, die uns angreifenden und dann gestorbenen Lebenden sowie der Heldentod unmittelbar vor dem Flugzeug – ein hoher Preis dafür, nach Wochen endlich das Flugzeug zu finden. Hoffentlich würden wir etwas Gutes daraus machen können.

(44)

Ann-Kathrin und Marvin freuten sich über noch mehr überlebende Menschen. Man konnte ihnen die Begeisterung darüber deutlich ansehen. Auch der dicke Stávros lachte. Je mehr Menschen hier auftauchten, umso sicherer schien das ganze Unternehmen, nach Deutschland zu gehen für ihn zu werden.

Erst jetzt, in der Sicherheit des Flugzeugs, erzählten uns die beiden Krankenschwestern Karina und Jutta, dass die Gruppe, die sie gefangen nahm, viel mehr Personen zählte, als wir bisher annehmen mussten. Die vier Männer und der Bus bildeten sozusagen nur die Vorhut auf der Suche nach neuen, zu plündernden Ressourcen. Wie immer, würden die anderen wenige Tage später hier auftauchen. Mit einer Übermacht von mindestens 40 Männern und Frauen mussten wir dann rechnen.

Ich empfand den beiden Frauen gegenüber keine Wut. Sie hätten uns zwar von der Bedrohung sofort erzählen müssen, ihre Angst, bei einer schnellen Flucht nicht mitgenommen zu werden, konnte ich jedoch nachempfinden. Sie zwang sie dazu, uns im Unklaren zu lassen.

Nils hörte sich geduldig die Erzählungen von Bernhard und Isa an. Immer wieder blickte er zu Fiona, Fritz und mir herüber und verzog anerkennend seinen Mund. Nachdem Nils' Erzählungen von seiner Reise nach Zypern und den Tagen danach sich dem Ende neigten, kehrte langsam Ruhe ein. Nils und ich zogen uns ins Cockpit zurück.

Fiona weinte. Der Anlass dazu fand sich nicht in ihrer Wunde. Diese bereitete ihr zwar immer noch leichte Schmerzen, die beiden Krankenschwestern leisteten diesbezüglich jedoch ganze Arbeit. Nein, der Grund lag in der Enttäuschung darüber, dass die Menschen aus dem Flugzeug nicht aus einer besseren Welt zu uns gekommen waren. Bei jeder Diskussion auf dem gesamten Weg hierhin zeigte sich Fiona felsenfest davon überzeugt, dass die Maschine aus einer Region stammte, in der die Menschen noch so wie früher leben konnten. Nun sah die Realität leider anders aus. Das traf sie bis ins Mark. Gut, wir verfügten über mehr Erkenntnisse darüber, was die Katastrophe auslöste. Der größte Teil Südeuropas wurde von dem Unglück ebenfalls heimgesucht. Aber irgendwelche Vorteile brachte uns diese Kenntnis nicht. Immer noch standen wir mehr oder weniger hilflos vor dem Zusammenbruch unserer Zivilisation und unsere neuen Freunde steckten in derselben Klemme wie wir selbst.

»Kannst du den Flieger wieder in die Luft bringen?«

»Tut mir leid, Marc. Ich glaube es nicht. Das klappt nicht. Der Tank ist leer und wo wir neues Kerosin herbekommen sollen, weiß ich nicht. Wo willst du denn hinfliegen?«

»Nach Dresden habe ich gedacht. Von da ist es nicht mehr weit nach Königstein.«

»Ersten kann ich ganz sicher in Dresden nicht landen. Habe die Landebahn gesehen, als wir die Stadt überflogen haben. Da stehen überall Maschinen rum. Manche waren stark beschädigt. Da kann man nicht runter. Und zweitens, was willst du in Königstein? Wollen wir wirklich dahin?«

»Wie? Na klar! Da leben unsere Leute. Mein Vater, die Mutter von Fiona und die Frau von Fritz. Und da lebt es sich sicher.«

»Ja, ja, schon gut. Reg dich nicht auf, verstehe.«

»Also Fiona, Fritz und ich gehen auf jeden Fall zurück.«

»Ja, ist mir schon klar. Meine Frage war blöd. Die Eltern von Marvin und Ann-Kathrin sind tot. Und ob Opa und Oma von denen noch leben, da glaube ich eher nicht dran. Stávros kennt hier sowieso niemanden und Bernhard hat keine Verwandten. Bei Isa weiß ich es nicht. Wenn ich es mir recht überlege... Ich glaub' wir kommen alle mit.«

»Das ist bestimmt die richtige Entscheidung, Nils. Es wird euch auf Königstein gefallen. Nur wie wir dahinkommen, das müssen wir noch auskaspern.«

»Ja, machen wir. Ich muss aber immer noch an den Funkspruch denken. Der lässt mir keine Ruhe.«

»Funkspruch? Was für ein Funkspruch?«

»Ich hab's aufgeschrieben. Warte. Hier... Den haben wir so etwa eine Stunde bevor wir Deutschland erreichten empfangen. Nur ein einziges Mal. Dann blieb alles still.«

Aufmerksam las ich die Zeilen, die Nils mir reichte.

„alo, knn da jmad örn? omt ac Nrdn! Obrhlb de sehzgsen Britngads st di Wlt noh n rdun. alo, ic wedrhle. Knn da jmad örn? Komt nah oren."

»Genauso hat sie es gesagt.«

»Wie soll man das denn interpretieren? Das kann alles und nichts bedeuten. Sicher ist, dass zu dem Zeitpunkt des Funkspruchs noch jemand lebte und funkte. Aber sonst?«

»Na ja, man könnte das Nrdn und das oren als Norden interpretieren.«

»Nrdn kann auch Niederlande heißen und oren kommt von geboren. In den Niederlanden ist ein Kind geboren.«

»Ist doch Blödsinn.«

»Na klar ist das Blödsinn. Will doch nur sagen, Norden kann genauso Blödsinn sein.«

Mittlerweile gesellte sich Fiona zu uns ins Cockpit und verfolgte interessiert unsere Diskussion. Hoffnung keimte erneut in ihr auf.

»Die Gülsen hat mir da mal was erzählt. Sie sollte für irgendeine deutsche Behörde türkische Texte erkennen oder lesen. So sicher weiß ich nicht mehr, worum es ging. Aber es hörte sich so an, als ob sie was drauf hätte, unleserliche Texte zu entziffern.«

»Gülsen?«, fragte Nils.

»Gülsen ist die Frau von Mahmut, unserem ehemaligen Feuerwehrmann aus Essen. Du lernst ihn noch kennen. Vielleicht liegt Fiona richtig. Wir könnten es ihr zumindest zeigen. Kostet ja nichts.«

»Dann ist Eugen scheinbar doch nicht umsonst gestorben.«

(45)

»Du bist dir sicher? Das Flugzeug rollt bis dahin?«

»Sonst hätte ich es nicht gesagt.«

»Wenn es nicht reicht, müssen wir rennen.«

»Du kannst sicher sein, es reicht. Ich habe mich nicht verrechnet. Bei meinem Asthma ist Rennen nicht drin.«

Durch einen Feldstecher, der zu den Bordmitteln des Flugzeugs gehörte, beobachtete ich den nördlichen Rand des Rollfeldes.

»Sind da auch Kinder?«, unterbrach mich der kleine Marvin bei meiner Tätigkeit und zupfte an meinem Hosenbein.

»Du meinst auf der Festung Königstein? Ja, da sind sogar ganz viele Kinder. Und ein Hund ist da, mit dem die Kinder jeden Tag spielen.«

Kinderlächeln. Das es so etwas noch gab. Allein dafür lohnte es sich, weiterhin nach einer besseren Welt zu forschen.

»Kaffee?«, ließ die nächste Unterbrechung nicht lange auf sich warten.

»Ja gerne. Danke Fiona.«

Frisch aufgebrühter Kaffee, heutzutage eine seltene Köstlichkeit.

»Es riecht nach Schnee.«

»Hab ich auch bemerkt. Einen Wintereinbruch können wir jetzt gar nicht gebrauchen. Wenn es dicke kommt, schaffen wir es nicht nach Hause. Wir sollten uns lieber beeilen.«

Fieberhaft beobachtete ich weiterhin den Rand des Rollfeldes. Eine Lösung musste sich doch finden lassen. Die Vorräte des Flugzeugs neigten sich dem Ende zu. Sollten wir Königstein nicht erreichen, müssten wir uns irgendwo so lange verschanzen, bis die Wetterverhältnisse eine Weiterreise zuließen. Nur, wo sollte das sein? Hier im Bereich des Flughafens? Nein, auf gar keinen Fall. Bald würde hier der menschliche Abschaum auftauchen, von dem die Krankenschwestern berichteten. Die Lösung konnte nur heißen: So schnell wie möglich losfahren, weg von hier.

Und plötzlich kam mir das ins Blickfeld, wonach ich die ganze Zeit suchte – ein Gefährt, in das wir alle gemeinsam passen würden und welches uns auch in der Dunkelheit einen angemessenen Schutz vor Gefahren bot.

»Ich hab's. Das ist es!«, frohlockte ich.

Die anderen liefen herbei und ich zeigte ihnen der Reihe nach durch den Feldstecher das Vehikel, welches mir groß genug erschien, uns alle zu beherbergen.

»Wenn ich mich nicht ganz täusche, dann ist das ein 31′ Airstream Caravan "Sovereign", ein amerikanischer Wohnwagen. Von so einem Teil habe ich früher immer geträumt. Bestimmt steht da ganz in der Nähe noch die Zugmaschine.«

»Du wolltest mit einem Wohnwagen in Urlaub fahren?«, sah Fiona mich entsetzt an.

»Beruhig dich Schatz, das wird bestimmt keine Urlaubsfahrt.«

Vom besagten, extrem langen, doppelachsigen Wohnwagen mit seiner Aluminiumhaut konnten wir nur einen Teil erkennen. Er stand mitten im ans Rollfeld grenzenden Wohngebiet zwischen Einfamilienhäusern.

(46)

Bernhard und ich bildeten den ersten Stoßtrupp. Mit 15-minütigem Vorsprung sollten wir den Wohnwagen entern, die Zugmaschine suchen und klar machen und alles für die Weiterfahrt vorbereiten. Nils würde sodann mit dem Flugzeug bis an den Rand des Rollfeldes rollen, unsere letzten Lebensmittel herablassen und mit dem Rest der Mannschaft hinabsteigen. Auf die Art hofften wir, weiteren Schlurferangriffen so weit wie möglich aus dem Wege gehen zu können.

Die Sonne zeigte sich am Horizont. Erste Lichtstrahlen fluteten den Flughafen mit Helligkeit. Bernhard und ich stiegen die heruntergelassene Strickleiter so leise wie möglich hinab. Wir wussten, Schlurfer schliefen nie. Sie verfielen lediglich in eine gewisse Untätigkeit, standen herum oder schlurften langsam ihres Weges. Bei Lärm und Licht nahmen sie sofort Witterung auf.

Kleinere Meuten standen auf dem Rollfeld herum. Noch zogen wir ihre Aufmerksamkeit nicht auf uns. Vorsichtig schlichen wir unseres Weges, als ein Schuss die morgendliche Ruhe störte.

»Wo kam das denn her?«, erschreckte sich Bernhard.

»Das müssen die Typen sein, von denen Karina und Jutta erzählt haben. Scheiße, sind die schon hier?«

»Das war nicht direkt hier. Der Schuss kam von weiter weg. Nur lange wird es wohl nicht mehr dauern.«

Die nahende menschliche Bedrohung und die durch den Schuss aufgeschreckten Schlurfer zwangen uns dazu, einen Zahn zuzulegen.

Wieder hörten wir in der Ferne einen Schuss und der alarmierte auch den letzten Schlurfer der Gegend.

Klack, klack. Bernhard räumte uns den Weg frei und ich machte mich am Zaun zu schaffen. Mit Mühe und Not gelang es mir, einen Durchlass für Bernhard und mich in den Maschendrahtzaun zu schneiden. Einige von den Bestien kamen uns schon beträchtlich nahe.

Wir befanden uns an der Straße, in die ich mit dem Feldstecher vom Flugzeug aus hineinsehen konnte. Sie führte geradlinig vom Flughafen zu einer Wohnsiedlung mit Einfamilienhäusern. Links und rechts zu Beginn der Straße standen große, fensterlose Hallen, die noch zum Flughafen gehörten. Die Hallen glänzten im goldenen Morgenlicht. Es wirkte friedlich.

Der Zaun zwischen Rollbahn und Straße würde, wenn er auch von mir beschädigt worden war, die uns verfolgenden Schlurfer eine Zeit lang aufhalten können. Die Straße vor uns schien verlassen zu sein.

Bedächtig tasteten wir uns vor. Bernhard hielt sein Gewehr stets schussbereit und ich hielt meine Zwille in der Hand. Das erschien mir in Anbetracht der Schusskraft von Bernhard geradezu lächerlich. Ich ärgerte mich maßlos darüber, dass wir in unserer Hast die Waffen der Männer vom Bus nicht mitgenommen hatten.

Der hintere Teil des riesigen Wohnwagens lugte um die Ecke seines Einfamilienhauses. Sechs weitere Häuser lagen zwischen uns und unserem Ziel.

»Da sind bestimmt Lebensmittel in den Häusern«, vermutete Bernhard.

»Möglich, aber viel Zeit dürfen wir darauf nicht verwenden. Denk an die Schüsse und gleich rollt Nils schon mit dem Flieger an.«

»Ich gehe nur kurz in die Küchen und Vorratskammern und bin sofort wieder draußen. Hier ist doch keiner.«

Alleine schlich ich weiter. Ja, Bernhard lag sicher richtig. Was nutzte uns das tollste Fahrzeug, wenn es nichts zu beißen gab?

Ich dachte an Fiona. Den gesamten Morgen stand sie vor einem Spiegel in der Flugzeugtoilette und befühlte und betrachtete immer wieder ihr malträtiertes Ohr. Die Wunde sah zwar noch fürchterlich aus, aber sie würde laut unseren Krankenschwestern gut verheilen. Ob ich sie so noch lieben könnte, fragte sie mich allen Ernstes. Sie ahnte gar nicht, wie sehr ich das tat. Ein Lächeln breitete sich über meinem Gesicht aus und Fiona tauchte vor meinem geistigen Auge auf. Wie unvorsichtig von mir, dachte ich und riss mich zusammen, als mich plötzlich dieser typisch elende Gestank in die Gegenwart zurückbeförderte.

Untote konnte ich trotz des penetranten Geruchs nirgendwo sehen. Zweifellos befanden sie sich aber in unmittelbarer Nähe. Besser, wenn ich rannte. Von links hörte ich, wie Bernhard eine Tür gewaltsam aufstieß. Ich hoffte zumindest, dass es sich um Bernhard handelte. Vom Flughafen her vernahm ich das unverkennbare Geräusch startender Turbinen. Nils begann damit, dass Flugzeug bis zum Zaun rollen zu lassen. Spätestens jetzt wurden alle Schlurfer der näheren Umgebung und vermutlich auch die abscheuliche Gruppe, die unsere Krankenschwestern gefangen hielt, alarmiert. Zum Überlegen und Zaudern blieb keine Zeit mehr.

Ich bog um die letzte Hausecke und dann stand er da in voller Pracht, unser amerikanischer Wohnwagen. Und neben ihm parkte genau das Fahrzeug, was wir benötigen würden, um dieses Ungetüm vom Fleck zu ziehen – ein riesiger schwarzer Pickup.

Wieder öffnete Bernhard irgendwo eine Tür mit einem lauten Knall und von weiter weg ertönte erneut ein Schuss. Der Gestank von Schlurfern wurde intensiver.

Ich wendete mich dem Haus zu, welches zu den Stellplätzen meiner zukünftigen Fahrzeuge gehörte. Ein Fan amerikanischer Fahrzeuge musste hier früher gewohnt haben. In der Wohnung vermutete ich die Schlüssel. Obwohl Fritz Autos kurzschließen konnte, würde es mit denen ungleich einfacher werden, das Gespann zu bewegen.

Mit aller Wucht warf ich mich gegen die Tür. Außer einer höllisch schmerzenden Schulter gewann ich damit absolut nichts. Mit meinem Tapezierigel schlug ich missmutig das Fenster links neben der Tür ein und es gelang mir kurz danach, mich auf den Fenstersims zu ziehen. In weiter Ferne fiel ein weiterer Schuss.

Im ersten Zimmer, einem Kinderzimmer, befand sich niemand. Eine gehörige Masse Staub hatte sich in den letzten Monaten über die Möbel gelegt und trotzdem wirkte es auf mich so, als ob der Raum erst gestern verlassen worden war. Kinderzimmer erzeugten bei mir immer eine besondere, wehmütige Stimmung. Früher mochte ich den Lärm, den Kinder beim Spielen machten. Wie Zukunftsmusik läutete er in meinen Ohren.

Die nächste Tür führte mich in eine lange Diele, von der zahlreiche Türen in die anderen Räume abgingen. Am Ende der Diele stand neben einer Garderobe mit vier leeren Kleiderharken ein knallrot lackierter Schuhschrank und auf diesem Schrank lagen die Objekte meiner Begierde – mehre Schlüsselbünde.

In dem Augenblick, in dem ich mich auf die Schlüssel zubewegen wollte, wurde eine nur angelehnte Tür neben der Garderobe aufgestoßen und fünf erbärmlich aussehende Schlurfer quollen in den engen Gang. Zwei Erwachsene, ein Jugendlicher und zwei kleinere Kinder – offensichtlich die ehemaligen Bewohner dieses Hauses. Sie stöhnten alle hungrig und ich meinte ein Lächeln auf den aufgesprungenen Lippen des Hausherren ausmachen zu können. Fünf Schlurfer – enger Gang. Die ohne Gefahr zu beseitigen würde fast unmöglich werden. Mit dem Tapezierigel hielt ich den mutigsten der Untoten auf Distanz. Ich musste unbedingt an die Schlüssel gelangen.

Der Lärm der Turbinen des Flugzeuges schwoll an. Die mich angreifenden Schlurfer interessierte das nicht. Sie witterten ihre Nahrung ja auch schon direkt vor sich.

Eines der kleineren Kinder bewegte sich jetzt auf meine Beine zu. So ein Mist, dachte ich. Kinder erschlagen, das wollte ich unbedingt vermeiden. In der Sekunde wurde eine weitere Tür aus den Angeln getreten – eine Tür hinter mir. Jetzt saß ich in der Falle. Falsche Zurückhaltung war jetzt fehl am Platze. Trotzdem schlug ich mit einem bedauernden Seufzer zu zaghaft auf das anstürmende Kind ein. Ich traf es an der Schulter, es fiel zu Boden, rappelte sich aber sofort wieder auf und grunzte feindlich. Sein Vater stand mir jetzt unmittelbar gegenüber – so nahe, dass es mir nicht mehr gelingen konnte, mit meinen Tapezierigel zum erneuten Schlag auszuholen. Sein fauliger Atem traf mich mitten ins Gesicht und ich blickte auf die vergammelten Stumpen seiner gelben Zähne. Wie schnell diese Kreaturen doch verfielen, aber trotzdem nicht endgültig starben.

Mir gelang es noch soeben, dem Angreifer die Rolle des Tapezierigels zwischen die Zähne zu stecken, was diesen wenigstens daran hinderte zuzubeißen. Die Spitzen der Rolle sorgten dafür, dass sich zukünftig niemand mehr über sein Gebiss Gedanken machen musste. Da tauchte vor mir das Gesicht seiner Frau auf. Den Jugendlichen und erst recht die beiden kleineren Kinder konnte ich da schon nicht mehr sehen. Sie würden mich im nächsten Augenblick anfallen. Und was da von hinten kam, konnte ich ja noch gar nicht in Augenschein nehmen.

Der Lärm der Flugzeugturbinen nahm ab. Nils musste bereits den Zaun erreicht haben und die Maschine abstellen. Wo befand sich bloß Bernhard?

Ohne zu wissen wonach, trat ich mit meinem rechten Bein wild um mich und traf auch irgendetwas. Die Frau griff mit beiden Händen nach meinen Kopf, bekam ihn aber nicht zu fassen. Die letzten Sekunden! Vielleicht wäre es doch besser gewesen, auf der Festung Königstein zu bleiben oder war es das hier etwa wert gewesen?

Mein Gott, stinken die - mein letzter Gedanke bevor es dreimal kurz hintereinander Klack machte. Bernhard - er war derjenige, der die Tür hinter mir eingetreten hatte. Nun rettete er mir mit seinen gezielten Schüssen in letzter Sekunde das Leben. Der Mann, die Frau und der Jugendliche klappten tonlos zusammen. Die beiden kleinen Kinder konnte ich mit gezielten Stößen meines Tapezierigels in einen Nebenraum zurückstoßen und die Tür schließen.

»Danke, das war knapp«, pustete ich tief durch.

Zum wiederholten Male hatte ich die Hilfe von Freunden benötigt, um den Schlurfern nicht zum Opfer zu fallen. Zukünftig sollte ich versuchen, alleinige Begegnungen mit den stinkenden Untoten zu vermeiden.

Mehr Zeit zum Dank blieb nicht. Höchste Eile war für Bernhard und mich geboten. Ich griff alle verfügbaren Schlüssel, es würde schon einer davon passen. Bernhard grapschte sich drei prall gefüllte Jutebeutel, die er offensichtlich mit Lebensmitteln füllen konnte und wir rannten gemeinsam hinaus.

Tatsächlich stand das Flugzeug mittlerweile unmittelbar am Flughafenzaun. Nils öffnete den vorderen Zugang, der schon über den Grenzzaun hinausragte. Unsere Freunde warteten auf unser Zeichen und würden sich dann, für die Untoten auf dem Flughafengelände unerreichbar, zu Boden lassen.

Schnell fanden wir den Zündschlüssel für den Pickup – es gab nur einen Fahrzeugschlüssel. Auch schon der zweite Versuch öffnete uns den Zugang zum Wohnwagen. Zum Glück befand sich niemand im Caravan.

Für Bernhard und mich stellte es keine Hürde dar, den Camper rückwärts auf die Straße zu schieben und die Zugmaschine davor zu spannen.

30 Bestien zeigten sich am anderen Ende der Straße. Länger als fünf Minuten würden sie nicht benötigen, um unseren Standort zu erreichen. Vom Rollfeld her drang Motorenlärm an unsere Ohren. Mehrere Fahrzeuge rasten im höchsten Tempo auf unser Flugzeug zu. Die Schlurfer vom Flughafen rappelten am Zaun.

Nils begann damit, einen nach dem anderen die Strickleiter herunterzuschicken. Erst die beiden Kinder, dann die Frauen und schließlich die Männer. Der Kapitän verließ die Maschine zuletzt.

Am Boden angekommen, blickte Nils sehnsüchtig zurück. Vermutlich war er der letzte Flugkapitän der Menschheit, der jemals sein Flugzeug geflogen und dann lebend verlassen hatte.

Erneut hallten Schüsse durch die Luft. Unvermittelt brach Karina, die Ältere der beiden Krankenschwestern, zusammen. An ihrer linken Schläfe klaffte ein tiefrotes Loch. Unendlich viel Blut sickerte rasend schnell durch die Wunde.

Jutta schrie wie besessen und sank auf die Knie.

»Wir müssen rennen!«, rief der kleine Marvin und wie auf Zypern war er es, der zu allererst die Beine in die Hand nahm und dem Wohnwagen entgegenspurtete. Der fette Stávros und der asthmatische Nils bildeten ungewollt die Nachhut.

Weitere Schüsse peitschten durch die Luft. Ich zählte angstgetrieben mit. Der fünfte Schuss traf Jutta von hinten in die Wirbelsäule. Neben dem Geräusch des Schusses vernahm ich ein widerliches Knacken, als diese brach. Jutta schlug auf den Boden auf. Da lebte sie bereits nicht mehr. Im Gegensatz zu ihrer Freundin Karina, der mit einem Kopfschuss das Lebenslicht endgültig genommen wurde, würde Jutta sich bald wieder aufrappeln und fortan untot durch die Landschaft wandeln müssen.

Ich drückte das Gaspedal des Pickups durch und das Gefährt sprang nebst Wohnwagen nach vorne. Der gerissene Marvin lief die rechte Fahrbahn hinauf und alle anderen folgten ihm. So blieb für mich genug Platz, mit meinem Gespann auf der linken Fahrbahn an allen Rennenden vorbeizufahren, um dann hinter ihnen das Fahrzeug quer zu stellen. Kugeln schlugen wirkungslos in das Aluminium des Wohnwagens ein, der jetzt ein Schutzschild für meine Freunde bot.

Aus den Augenwinkeln erkannte ich einen Kipplaster, drei PKWs und einen Kleinbus. Das Ganze wurde von zwei Motorrädern, jeweils mit zwei Personen besetzt, flankiert. Der Kipplaster raste auf den Zaun zu. Dort herumlungernde Schlurfer konnten ihn nicht beeindrucken, geschweige denn aufhalten.

Ohne Vorwarnung setzte sich plötzlich das Flugzeug wieder in Bewegung. Erst jetzt fiel mir mein noch fehlender Freund auf. Ich hatte sie alle gesehen. Nur meinen Kumpel Fritz nicht. Hätte ich mir ja denken können. Fritz hatte wieder einen Trick auf Lager.

Das Flugzeug positionierte sich jetzt in die Fahrtrichtung des Kipplasters hinein. Es musste unweigerlich zu einer Kollision kommen. Der Laster donnerte mit hohem Tempo gegen das vordere Fahrwerk des Flugzeugs. Die Wucht des Aufschlags zerstörte die Führerkabine des LKWs vollständig. Das Fahrwerk des Flugzeuges wurde durch die Energie des Auspralls abgerissen und streifte einen der PKWs am Heck. Der geriet dadurch ins Schleudern. Die sich nun absenkende Kabine des Fliegers traf eines der Motorräder von der Seite. Dessen Fahrer flog im hohen Bogen durch die Luft und blieb auf der anderen Seite des Zauns regungslos liegen. Der Sozius wurde durch das auf den Boden schlagende Cockpit zerquetscht.

Nun brach Chaos aus. Ein Gewirr von Metall und Gummi schlidderte in hohem Tempo auf den Zaun zu. Das zweite Motorrad und zwei der PKWs drehten ab. Sie fuhren in die entgegengesetzte Richtung davon. Der Kleinbus stoppte seine Fahrt mit einer Vollbremsung. Von irgendwoher traf eine Kugel das Cockpitfenster des Flugzeugs. Das vom Flugzeug getroffene

Motorrad klatschte gegen den Zaun und riss diesen ein Stück weit ein. Der Kipplaster tat es dem Motorrad gleich. Die Schlurfer, die nicht durch herumfliegende Flugzeug- oder Autoteile erschlagen wurden, trotteten jetzt durch die Löcher im Zaun auf die Straße.

Ich wendete mein Gespann mit etwas Mühe jetzt komplett und begann damit, meine immer noch rennenden Freunde einzusammeln. Gleichzeitig rief Bernhard mir etwas zu, was ich im Lärm der Geschehnisse nicht verstand.

Fritz gelang es, rechtzeitig aus dem Cockpit zu springen. Ohne Fahrwerk betrug die Höhe des vorderen Eingangs nur noch zweieinhalb Meter. Nun holte er im Laufschritt zum Wohnwagen auf, der seine Fahrt verlangsamen musste, als er den fetten Stávros erreichte.

An der Spitze der Rennenden musste derweil der kleine Marvin sein Tempo ebenfalls verlangsamen, da die ihm entgegenkommenden und bereits gefährlich nahen Schlurfer hungrige Geräusche ausstießen.

Erst Stávros, dann unmittelbar hinter ihm der über das ganze Gesicht lachende Fritz, dann der asthmatisch hustende Nils, der mit hochrotem Kopf sofort auf die Knie ging, sprangen in unser Fahrzeug. Es folgten gleichzeitig Fiona und Ann-Kathrin und schließlich Isa vor dem kleinen Marvin.

Ohne Alternative schoss unser Gespann auf die 30 Untoten zu, die uns im Wege standen. Ein grässliches Gemetzel machte großen Teilen dieser Meute ein Ende.

Der Lärm, den wir alle gemeinsam mit der ganzen Aktion verursachten, würde sämtliche Untoten im Umkreis von zehn Kilometern aufwecken. In der heutigen geräuscharmen Welt hallten selbst Kleinigkeiten kilometerweit.

Und die Schlurfer würden sicher nicht unser einziges Problem bleiben. Die Leute in den zurückgewichenen Fahrzeugen würden unsere Fährte im Nu wieder aufnehmen und sich an unsere Fersen heften.

(47)

»Fritz, du Teufelskerl. Da hast du sie ja ordentlich in die Flucht geschlagen.«

»Danke für die Blumen. Hätte ich mir auch nie träumen lassen, dass ich mal mit einem Flugzeug einen Kipplaster schrotte.«

»Tja, man wächst mit seinen Aufgaben.«

Eine ausgelassene Stimmung machte sich breit, obwohl wir alle wussten, es würde nicht lange dauern, bis wir vor neue Probleme gestellt werden würden.

Bernhard und Stávros postierten sich an den Heckfenstern des Wohnwagens um etwaige Verfolger rechtzeitig zu entdecken. Fritz und ich saßen vorne im Pickup. Der Rest der Truppe beschäftigte sich im Wohnwagen mit den von Bernhard zusammengetragenen Lebensmitteln.

»Wo sind wir überhaupt?«, fragte Fritz.

»Ich habe gerade ein Schild gesehen. B186 nach Markranstädt.«

»Sagt mir nichts.«

»Zumindest die grobe Richtung stimmt.«

»Was glaubst du? Kommen die uns nach?«

»Da bin ich mir sicher. Die brauchen immer nur wieder anhalten und lauschen. Dann hören sie zumindest die grobe Richtung, in die wir fahren.«

»Vielleicht sind sie nicht so schlau.«

»Darauf würde ich nicht wetten.«

Mitten auf der Landstraße, kurz hinter einer Ansammlung von wenigen Häusern, hielt ich an und stellte den Motor ab.

»Mach mal dein Fenster runter«, ermutigte ich Fritz, es mir gleichzutun.

Ein dumpfer Motorenlärm, nicht direkt hinter uns, aber auch nicht zu weit entfernt. Irgendwo nördlich von uns mussten sie sein.

Wie gerne hätte ich jetzt den dicken Eddi bei uns gehabt. Eddi besaß die Gabe, so etwas genau bestimmen zu können.

»Eddi könnte genau sagen, wo die sind«, hegte Fritz wohl dieselben Gedanken wie ich, »los weiter.«

»Ob die es geschafft haben? Wir wissen noch nicht einmal, ob Eddi mit Marlene und Willi jemals Königstein erreicht haben.«

»Handys waren doch eine tolle Sache«, lachte ich und gab Gas.

Kurze Zeit später erreichten wir den beschaulichen Ort Markranstädt. Ich zog es vor, auf der ehemaligen Bundesstraße zu bleiben. Hier kamen wir am flottesten vorwärts. Eine mit Fritz diskutierte Möglichkeit, uns im Ort zu verstecken und, wenn es sich nicht vermeiden ließe, die Verfolger zu bekämpfen, verwarfen wir schnell wieder. Die Gegner verfügten über Schusswaffen. Wir dagegen besaßen ein Gewehr, ein paar Messer und mittelalterliche Schlagwerkzeuge. Ich dachte dabei ans frühere Wettrüsten der Großmächte.

Markranstädt ließen wir schnell hinter uns. Einige wenige Kreaturen schlichen hier durch die Straßen. Bevor sie unser Gespann wirklich registrierten, waren wir schon wieder weg. Eine Zeit lang schlurften sie noch hinter uns her, dann verloren sie ihr Interesse.

Kurz hinter dem Ort hielt ich erneut an, um zu lauschen. Die Motorengeräusche hörte man immer noch und es erschien uns so, als ob sie näher gekommen wären.

»Da vorne ist eine Autobahn.«

»Ich fahre geradeaus. Die Typen müssen doch annehmen, dass wir auf die Autobahn fahren.«

Zwei Kilometer weiter, nach einer großen Rechtskurve zwischen einem Baggersee und der Weißen Elster stoppte ich unser Gefährt erneut. Häuser und Hallen eines Gewerbegebietes gaben uns Deckung. Wir lauschten.

»Die kommen näher.«

Doch so dumm, wie wir hofften, zeigten sich unsere Verfolger nicht. Plötzlich hörten wir nichts mehr. Auch sie hatten ihre Fahrzeuge gestoppt und hörten nun deutlich, dass sie nichts hörten und wir nicht mehr fuhren. So einfach würden wir sie nicht abhängen können.

»Fritz, so haut das nicht hin.«

Ich sprang aus dem Pickup und löste den Wohnwagen vom Zugfahrzeug. Fritz stand entgeistert neben mir.

»Was soll das werden?«

»Ihr müsste euch irgendein anderes Zugfahrzeug suchen. Ich lenke sie mit dem Pickup ab.«

»Spinnst du jetzt völlig?«

Ein längerer Blick in die Augen von Fritz genügte und ihm wurde klar, ich lag mit meinem Vorhaben richtig.

»Kümmere dich um Fiona«, rief ich Fritz noch zu, bestieg den Pickup, wendete ihn und fuhr mit hohem Tempo in Richtung Autobahn zurück.

Ich wusste, meine Freunde mussten nach Südosten fahren um sich in Richtung Königstein zu bewegen. Also nahm ich die Auffahrt in Richtung Westen.

(48)

Wie lautet dein Plan? Diese Frage beschäftigte mich ohne Pause. Einen Plan? Bitter, ich besaß keinen und mir fiel auch nichts Bedeutendes ein.

Stattdessen donnerte ich die A38 entlang in Richtung Westen und wich immer wieder liegengebliebenen Fahrzeugen aus. Bei kurzen Stopps prüfte ich, ob die Verfolger meinem Versuch, sie von der Gruppe wegzulocken, aufgesessen waren. Wenn ich nur lang genug fahren würde, könnten meine Freunde unbemerkt entfliehen.

Um die Verfolger bei Laune zu halten, verlangsamte ich ab und an das Tempo und ließ sie näher kommen. Dabei achtete ich immer darauf, sie nicht bis auf Sichtweite heranzulassen.

Mir fiel der Tag ein, an dem ich im Sparkassen-Parkhaus in Essen eingeparkte – der schicksalhafte Tag, an dem das ganze Elend begann. Wie lange lag das jetzt zurück? Ich wusste es nicht mehr. Das Leben änderte sich rapide und ich überlebte das bis hierhin. So weit, so gut.

Die Welt um mich herum zeigte mittlerweile ein anderes Gesicht. Ein wie ich meinte grauslicheres. Die Natur nahm sich ihren Anteil. Noch immer gab es drei verschiedenen Sorten von Menschen. Die Untoten, soweit wir sie als menschlich bezeichnen wollen, die Friedfertigen, so wie die Gruppe auf der Festung Königstein und die Gewalttätigen, wie meine Verfolger.

Und aus mir, was war überhaupt aus mir geworden? Aus dem in den Tag hineinlebenden Gerüstbauer, der mit dummem Stolz und Überheblichkeit seine drei Sommersprossen toll fand, wurde ein angesehener Anführer einer Gruppe von Flüchtlingen, der untote Kreaturen und falls nötig, auch lebende Menschen tötete. Nicht alle Wendungen meiner jüngsten Entwicklung empfand ich als gelungen.

Vieles veränderte sich. Eines aber blieb – ich wandelte immer noch wie ein Tagträumer durch die Gegend und geriet so in unangenehme Situationen, die mit mehr Konzentration hätten vermieden werden können.

Die mich faszinierenden Pferdestärken des V8-Motors des Pickups sorgten für ausreichend Kraft und gehörigen Lärm – Musik in den Ohren eines Autoliebhabers.

Zwei Abfahrten weiter verließ ich die Autobahn. Der Blick auf die Kraftstoffanzeige signalisierte mir, dass mein Benzin langsam zur Neige ging. Gute 20 Kilometer lagen zwischen mir und meinen Freunden. In meiner Begeisterung über die Fahreigenschaften meines Fahrzeugs versäumte ich es gedankenverloren zu kontrollieren, ob meine Verfolger mir überhaupt noch folgten. Nun hielt ich das Fahrzeug an. Mir war ein folgenschwerer Fehler unterlaufen. Nichts hörte ich. Niemand verfolgte mich. Der Schreck fuhr mir in den Magen. Wann hatten die umgedreht?

(49)

Fiona machte ein riesen Fass auf. Fritz musste ihr erklären, warum ich mich alleine auf den Weg gemacht hatte, die Verfolger abzulenken. Einzig das Argument, es bliebe keine Zeit zum Streiten, sondern es müsse schnell gehandelt werden, ließ sie verstummen.

Mein Vorschlag, ein anderes Zugfahrzeug zu suchen, erwies sich nicht als gute Idee. Im ganzen Umkreis fanden meine Leute nicht mehr als einen Trabi, einen VW Polo und einen Fiat 500. Keines dieser Fahrzeuge brachte genügend Kraft auf, den riesigen Wohnwagen zu bewegen.

Kurze Hand entschlossen sich Fritz, Nils und Bernhard den Camper, zumindest vorübergehend zu verlassen. Die Gruppe nahm, was sie tragen konnte und strebte dem nahegelegenen Gewerbegebiet zu. In einer verlassenen Halle, in der früher Blockheizkraftwerke gebaut wurden, verschanzten sie sich im verglasten Büro des Produktionsleiters. Sein Schild zierte immer noch die Bürotür. Von ihm und seiner Mannschaft blieb keine Spur.

»Setzt euch alle auf den Boden. Dann kann man euch von draußen nicht sehen. Nils bleibt bei euch. Fritz und ich suchen uns andere gute Positionen«, wies Bernhard die Gruppe an.

Gegenüber dem Büro befand sich ein halbfertiges Blockheizkraftwerk, in dessen Verstrebungen sich Bernhard gut verstecken konnte. Von hier befand er sich in der Lage, sowohl den Halleneingang als auch den Büroeingang einzusehen.

Fritz, der nur Waffen für den Nahkampf mitführte, suchte sich seinen Platz zwischen den Müllcontainern neben dem Halleneingang. Jetzt hieß es warten. Mit etwas Glück würden die Verfolger gar nicht auftauchen.

20 Minuten vergingen, in denen nichts geschah. Die in der Halle herrschenden Temperaturen ließen alle Anwesenden frieren.

»Sag mal Fiona, besteht euer Leben nur noch aus ständigem Verstecken, Wegrennen oder Kämpfen? Ist es das, was wir zu erwarten haben?«

Die so Angesprochene dachte eine Zeit lang nach.

»Nein Nils, so ist das nicht. Auf der Festung Königstein können wir uns frei bewegen, einer Arbeit nachgehen und in Frieden leben. Die Kinder gehen zur Schule, können überall hinlaufen und spielen viel draußen. Der Haken ist, es sind nur 95.000 Quadratmeter. Am Anfang erscheint das viel, aber irgendwann wird es eng.«

»Pst, seid mal still. Da ist doch was«, legte Ann-Kathrin einen Finger an den Mund.

Alles lauschte. Es herrschte Stille.

Da stand der kleine Marvin auf und ging flotten Schrittes auf einen der Büroschränke zu, die im hinteren Teil des Büros an der Wand standen. Mit seinem kleinen Zeigefinger deutete er auf eine der Schranktüren.

Fiona und Nils griffen nach ihren Waffen. Isa stellte sich trittbereit in eine Angriffsstellung aus einer asiatischen Kampfsportart. Marvin bestaunte das Szenario und Ann-Kathrin öffnete mit einem Ruck die Schranktür.

Zusammengekauert zwischen Akten hockte eine dunkelhaarige Frau mittleren Alters und schaute mit angstvollen Augen heraus. In einer Hand hielt sie ein Asthmaspray, das ein Geräusch erzeugte, welches Ann-Kathrin aufgescheucht hatte.

Nils vergaß jegliche Vorsicht und griff nach dem Spray.

»Hast du noch mehr davon?«

»Lass sie da erst einmal rauskommen.«

Immer noch voller Angst, kroch die zierliche Frau aus dem Schrank. Sie trug die typische Kleidung der hier arbeitenden Maschinenbauer – Blaumann und Sicherheitsschuhe.

»Ok, wie heißt du und was machst du hier? Und sind hier noch andere?«, fragte Nils und hüstelte.

»Ich bin Sabrina«, lächelte die Frau und reichte Nils ihren Asthmaspray, » und ja, ich habe noch mehr davon. Ich arbeite hier.«

»Was ist passiert?«

»Ich suchte im Keller nach einer alten Zeichnung für einen der Blocks. Als ich wieder hoch kam, kämpfte die Hälfte meiner Kollegen gegen die andere Hälfte, die draußen im Außenlager arbeitete. Als der Produktionsleiter aus seinem Büro kam, bin ich rein. Dann bin ich zwei Tage und zwei Nächte im Schrank geblieben, bis sich nichts mehr rührte. Danach bin ich wieder raus. Die meisten, die ich kannte, lagen zerstückelt in der Halle und die anderen liefen da so komisch durch die Gegend. Als ich merkte, dass die hinter mir her waren, hab ich die in Halle zwei gelockt und zugemacht. In der Kantine gab es Lebensmittel und Wasser. Später hab ich in der Umgebung nach was zu essen, Klamotten und Medizin gesucht. Dann seit ihr gekommen und ich hab mich wieder versteckt.«

»Das ist doch Monate her. Warum bist du nicht nach Hause gegangen?«

»Wo sollte ich denn hin? Meine Eltern und mein Bruder sind tot. Mein Mann hat sich scheiden lassen und Kinder habe ich keine. Meine Freunde arbeiteten hier. Und überall wo ich hingegangen bin, liefen diese Kreaturen rum.«

»Hast du keine anderen Überlebenden gesehen?«

»Ihr seit die Ersten, die ich sehe. Glaubt mir das bitte«, sah Sabrina sich flehend um.

Plötzlich wurde die Tür des Büros aufgerissen und alle drehten sich erschreckt um.

»Was ist denn hier los? Ihr sollt die Köpfe doch unten halten!«, gebärdete sich Fritz reichlich aufgebracht.

»Ja aber hier, die Frau«, opponierte Fiona.

»Ja, sehe ich. Jetzt runter mit den Köpfen. Die sind da draußen direkt vor der Halle.«

Schritte von schweren Schuhen vor der Tür ließen die Büroinsassen vollends verstummen. Die Klinke der Eingangstür zur Halle wurde heruntergedrückt. Das Blech der Tür erzitterte dabei und die Türangeln quietschten. Drei schwerbewaffnete Männer drangen in die Halle ein und verteilten sich nach links, rechts und in den Mittelgang.

Militärische Ausbildung, dachte Bernhard und konzentrierte sich auf den nach links gegangenen Mann. Er wusste, Fritz würde es mit dem nach rechts ausgewichenen Angreifer aufnehmen.

Bernhard legte sein Gewehr an. Um die Wirkung des Schalldämpfers noch zu verstärken, umwickelte er die Waffe mit einem alten Handtuch und soviel Putzwolle, wie er in der Halle finden konnte.

Klack, und der Eindringlich sank wort- und geräuschlos zu Boden.

Bernhard beobachtete aus den Augenwinkeln seine Umgebung. Fritz spaltete dem nach Rechts Ausgewichenen mit einem gezielten Schlag mit seiner Streitaxt den Schädel – kein schöner Anblick. Geräuschlos blieb diese Attacke auch nicht.

»Bob? Ist was?«, rief der Mann im Mittelgang und stütze sich mit gezogener Waffe auf ein Knie ab.

Klack, und auch der dritte Eindringlich verstummte.

Die anderen Verfolger – weit mehr als nur drei Personen – würden ihre Freunde sicher bald vermissen. Bei ihrem Eindringen in die Halle würden sie es Fritz und Bernhard sicherlich nicht so einfach machen. Flucht, so hieß zu diesem Zeitpunkt die richtige Lösung.

Schnell sammelten Fiona und Isa die Waffen der drei Eindringlinge ein und durchsuchten sie auch nach Munition.

»Musste das sein?«, deutete Fiona auf den mit der Streitaxt getöteten Mann.

»Kennst du eine schönere Art, jemanden zu ermorden?«, antwortete Fritz mit einer Gegenfrage, »was blieb mir anderes übrig? Hätte ich ihn totdiskutieren sollen?«

Es bot sich nur ein einziger Fluchtweg an. Dieser führte allerdings durch die zweite Halle. In diese lockte Sabrina einst laut ihrer Erzählung ihre zu Schlurfern mutierten Kollegen. Diese Untoten standen nun zwischen dem Fluchtweg und der Gruppe.

Nils, Stávros und Fiona übernahmen die eingesammelten Gewehre. Für jeden standen nicht mehr als 20 Schuss zur Verfügung. Sabrina ging voran. Ihr folgte Isa, die ihren Auftrag, sie insgeheim zu bewachen, ernst nahm. Dann kamen die Kinder und danach die anderen.

Sabrina legte den Weg zur zweiten Halle frei. Behutsam zog der Tross durch den schmalen Durchlass. Sorgfältig verschlossen Fritz und Bernhard den Zugang wieder, um die später nachrückenden Angreifer von draußen so lange wie möglich aufzuhalten.

Halle 2 bestand aus zwei von Maschinen gesäumten Gängen, von denen der jeweils andere nicht eingesehen werden konnte. Sabrina entschloss sich für den direkt vor der Gruppe liegenden Gang.

Natürlich kam es wie es kommen musste. Der kleine Tross befand sich in der Mitte des Weges, da drängten von vorne und von hinten die ersten Schlurfer in den Gang. Hungrig und stöhnend traten sie der Gruppe entgegen.

Im darauf folgenden kurzen, wie heftigen Schlachtgetümmel verlor Ann-Kathrin ihren Bruder Marvin kurzfristig aus den Augen.

»Marvin!«, erschütterte der herzzerreißende Schrei des jungen Mädchens die Gruppe.

(50)

Ich musste zurück. Nur wie? Der Pickup würde es ohne neuen Treibstoff nicht mehr schaffen. Ich benötigte andere Fahrzeuge, die ich anzapfen konnte und einen Schlauch. Langsam wurde es zur Gewohnheit, immer nach neuen Chancen suchen zu müssen.

Das Auto rollte noch 200 Meter, dann stellte ich es am Straßenrand ab. Eine Ansammlung von drei oder vier Häusern lag ruhig und scheinbar verlassen in Sichtweite entfernt. Leider blieb mir keine Zeit, die Umgebung eine Zeit lang zu beobachten um sicher zu gehen, keine Schlurfer aufzuscheuchen. Ich musste schnell handeln, wollte ich rechtzeitig zu meinen Freunden zurückkehren.

Von rechts trotteten Untote auf mich zu. Es fiel ihnen sichtlich schwer, über die hochgewachsene Wiese zu schlurfen, ohne hinzufallen. Sie stellten keine Gefahr dar. An solche kleinen Horden gewöhnte man sich rasch und ließ sie links liegen.

Das erste Haus erreichte ich unbehelligt. Nun stand ich an der Häuserecke eines ehemaligen Wirtshauses. Zwischen diesem und dem nächsten Haus erstreckte sich der dazugehörige Biergarten. Ich bekam Durst. Ein einzelner Schlurfer saß im Biergarten. Ein Bierkrug stand vor im auf dem Tisch. Der musste sich von Anbeginn der Katastrophe hier nicht wegbewegt haben. Sein körperlicher Zustand wirkte erbärmlich. An der einen oder anderen Stelle ließ die vergammelte Kleidung einen Blick auf den blanken Knochen zu. Seine mausgraue Gesichtshaut zeigte blutige Risse. Seine Augen offenbarten dieselbe Leere, wie ich sie von allen anderen Schlurfern kannte. Ich näherte mich ihm vorsichtig, da hob er seine Nase in den Wind und schnüffelte, so als ob er meine Witterung aufnehmen wollte. Meine Hoffnung, die Monate des Sitzens bei Wind und Wetter könnten ihn endgültig dahingerafft haben, erfüllte sich somit nicht. Die Dinger verrotteten einfach nicht.

Im Haus gegenüber auf der anderen Straßenseite befand sich ein Fahrradgeschäft. Mit dem Fahrrad fahren? Auch eine Überlegung wert.

Die Tür zum Geschäft stand offen und ich griff mir das beste Fahrrad, welches ich ausfindig machen konnte. Dabei verursachte ich sowenig Lärm wie möglich, wusste ich doch nicht, welche Überraschungen das vierte Haus bereithalten würde.

Zurück auf der Straße, blickte ich zum Biergarten hinüber. Der bierselige Schlurfer saß immer noch an seinem Platz und hielt seinen Schädel in den Wind. Plötzlich drehte er sich zu mir um, grunzte und erhob sich schwerfällig.

Ich wusste es doch gleich. Hier stimmte etwas nicht. Ich hätte mir mehr Zeit bei der Beobachtung der Umgebung nehmen müssen. Etliche Schlurfer hatten sich meiner Aufmerksamkeit entzogen. Vom vierten Haus aus kam eine Gruppe von Untoten die Straße hinab. Das alleine hätte mich nicht vor nennenswerte Probleme gestellt. Doch aus Richtung Autobahn – also von da, wo ich herkam und wo ich wieder hinwollte – näherte sich mir ebenfalls eine Gruppe von diesen Viechern.

Auch mein Freund aus dem Biergarten zeigte ob der Unterstützung seiner Artgenossen eine überraschende Wendigkeit dabei, sich an den Bänken und Tischen des Biergartens vorbeizuschlängeln. So saß ich in der Falle.

Die Gruppe Untoter vom vierten Haus konnte ich abhängen, sobald mein Fluchtweg frei wäre. Also zog ich meine letzte Munition für meine Zwille aus der Hosentasche, legte viermal an und traf dreimal genau ins Schwarze. Drei der Bestien aus Richtung Autobahn fanden ihr Ende.

Nur reichte das nicht. Ihrer zahlenmäßigen Überlegenheit musste ich entfliehen und mir blieb nichts anderes übrig, als mich in den Fahrradladen zurückzuziehen. Mit herumstehenden Fahrrädern verbarrikadierte ich den Zugang. Doch bei der großen Fensterfront würde es nicht lange auf sich warten lassen, bis die Scheiben eingedrückt würden und sich die stinkende Masse in den Verkaufsraum ergießen würde.

Ich suchte eiligst nach einer Hintertür, die ich zum Glück auch fand. Ein Blick vor die Tür überzeugte mich. Keine Hindernisse auf meinem Weg, das ursprünglich ausgewähltes Leichtmetall-Rennrad mit seinen dünnen Rädern stellte jetzt aber nicht mehr die richtige Wahl dar.

Die Schaufensterscheibe zerbrach und unzählige Schlurfer und ihr bestialischer Gestank füllte das Geschäft. Ich zog blind das am nahesten stehende Rad, ein Mountainbike, zu mir herüber, schulterte es und verschwand hastig durch die Hintertür.

Nachdem ich einen alten Acker rennend überquerte, stellte ich mein Rad auf den anschließenden Feldweg. Zu meinem Leidwesen stellte ich erst jetzt fest, dass ich in meiner Eile ein Fahrrad ohne Sattel gegriffen hatte. Wie blöd bist du eigentlich, dachte ich.

Zurück, ein anderes Fahrrad nehmen, kam nicht mehr infrage. Die Untoten trotteten bereits über den Acker. In vorderster Front erkannte ich meinen alten Freund aus dem Biergarten. Folglich übte ich mich darin, stehend zu radeln. Eine Zeit lang ging das gut und ich legte einen gebührenden Abstand zwischen die Scheusale und mich. Den gesamten Weg würde ich so allerdings nicht zurücklegen können. Dazu fehlte mir die Kraft. Meine Oberschenkelmuskeln brannten bereits. Zum Glück rollte ich gerade über eine abschüssige Strecke, die mich einige Kilometer näher zu meinem Ziel bringen würde.

Jetzt kam es darauf an, nicht die Orientierung zu verlieren. Wenigsten die grobe Richtung musste beibehalten werden. Ein kurzer Blick zur Sonne überzeugte mich von der Richtigkeit meines Weges.

Der Beobachtung des Sonnenstands verdankte ich es, dass ich den mitten auf dem Weg liegenden großen Stein übersah. Mein Fahrrad blieb daran hängen und ich segelte im hohen Bogen in den Staub.

Meine Knochen brachen nicht, was ich sofort beim Aufprall bemerkte. Jedoch meine rechte Schulter schmerzte höllisch, mein rechter Unterarm zeigte mehr aufgerissene als heile Haut und das rechte Hosenbein meiner einzigen Hose hing in Fetzen an mir. Blut floss mir am Bein herab.

Ebenso behäbig wie verärgert über mich selbst kam ich wieder auf die Füße. Mein Fahrrad konnte ich vergessen. Der Vorderreifen zeigte eine wundervolle Acht.

Humpelnd verließ ich den Unfallort. Ich hoffte nach der nächsten Anhöhe eine Lösung finden zu können.

Hier angekommen, bot sich mir ein wundervoller Blick auf Felder, Wälder und einzelne Häuser. In der Ferne sah ich die Autobahn. Meine Richtung stimmte demnach noch. Weiter hinten lagen die ausgebrannten und schon grün überwucherten Trümmer eines abgestürzten Flugzeugs. Tausende von Menschen mussten alleine in abstürzenden Flugzeugen ums Leben gekommen sein.

Ich schaute an mir herab. Meine sowieso schon verschmutzte und jetzt auch noch zerrissene Kleidung musste dringend gewechselt werden. Vermutlich stank ich mittlerweile mehr als jeder Schlurfer. Ich benötigte ein Bad. Neue Kleidung fand ich nur in einem der Häuser. Ich entschied mich für ein zweistöckiges Gebäude an einem Waldrand.

Vorsichtig schlich ich mich an. Nicht noch einmal wollte ich in die Falle tappen und Schlurfer in der Nähe zu spät entdecken.

Neben dem Haus verlief ein kleiner Bach, gerade tief genug damit ein Mann meiner Größe darin baden konnte. So viele Gelegenheiten zum Baden boten sich in diesen Tagen nicht. Flott zog ich meine Kleidung aus, legte meine Waffen griffbereit auf der Böschung ab und hüpfte ins kalte Nass.

Anschließen nahm ich meine Waffen wieder an mich und zog meine Schuhe an. Diese leisteten mir bisher gute Dienste. Meine Kleidung ließ ich mit großer Hoffnung liegen. Andere Sachen würde ich mit etwas Glück im Haus finden.

Das Haus stellte sich als wahre Fundgrube heraus. Nachdem ich sämtliche Zimmer auf beiden Etagen nach Untoten kontrollierte und für leer befand, durchsuchte ich die Schränke nach brauchbaren Utensilien.

Neben frischer Unterwäsche und vor allem Socken fand ich ein neues Hemd, eine gute Winterjacke und eine mir passende Hose, deren Hosenbeine zu kurz ausfielen. Aber das spielte heutzutage keine Rolle mehr. Insbesondere freute ich mich über die Socken. Meine alten Exemplare trug ich nun schon mehr als einen Monat – unerträglich.

So neu hergestellt, füllte ich mir die Taschen mit Munition für meine Zwille. Zwei Konservendosen mit noch haltbarem Inhalt wanderten ebenfalls in meinen Beutel. Im schon längst nicht mehr funktionierenden Kühlschrank verbarg sich eine Flasche Mineralwasser und eine Flasche französischer Weißwein. An einer Garderobe fand ich eine passende Wollmütze. In einem Medizinschränkchen entdeckte ich neben Schmerztabletten, die man immer gebrauchen konnte, eine allerdings schon abgelaufene schmerzstillende Salbe. Mit ihr rieb ich mir die rechte Schulter, Arm und Bein ein. Für ein an einer Zimmerwand hängendes Jagdgewehr fand ich keine Munition und ließ es zurück. Leider fand ich auch keine Fahrzeugschlüssel oder irgendeinen fahrbaren Untersatz in der Nähe des Hauses.

Zu Fuß, aber trotzdem guter Laune, machte ich mich auf den weiteren Weg. Ich schätzte die Entfernung zurück zu meinen Freunden auf sieben oder acht Kilometer, für die ich zwei Stunden benötigen würde – also viel zu lange Zeit.

Und dann kam auch diesbezüglich das Glück zu mir zurück. Auf einem Feld stand ein kleiner Traktor und auf diesem hockte noch der Bauer – untot. Das musste bedeuten, dass der Zündschlüssel des Traktors noch steckte und der Tank noch gut gefüllt sein würde.

Ohne besondere Anstrengung lockte ich den untoten Bauern vom Sitz des Treckers herunter. Stolz auf mein neues Fahrzeug, thronte ich auf dem Sitz. In einer Stunde wäre ich, wenn alles gut ginge, bei meinen Freunden.

Ich blieb immer in der Näher der Autobahn. Nach fast einer Stunde entdeckte ich von einem Hügel aus endlich den amerikanischen Wohnwagen an der Stelle, an der ich ihn verlassen hatte. Von meinen Freunden fehlte jede Spur.

Auf einem Parkplatz vor zwei Werkshallen standen die Fahrzeuge, von denen ich glaubte, sie gehörten meinen Verfolgern. Die Insassen dieser Wagen konnte ich nirgends ausmachen.

(51)

»Kümmert euch um die Schlurfer vorne«, rief Fritz den anderen zu.

Gleichzeitig erreichten die lebenden Jäger die zweite Halle und fanden den Zugang zu dieser viel zu schnell. Die von Sabrina errichteten Barrikaden stellten keine große Hilfe dar, die Feinde länger aufzuhalten.

Der erste Verfolger, der seinen Kopf durch den Zugang steckte, erlebte allerdings eine böse Überraschung. Einer der Untoten wartete bereits auf ihn und biss ihm herzhaft in den Hals.

Zur selben Sekunde ertönte schon wieder Ann-Kathrins Schrei. Eine Untote griff den Kopf von Marvin mit beiden Händen und öffnete sabbernd ihren Mund. Ihr Gesicht verzog sich zu einer Fratze. Es wirkte wie ein sanftes Lächeln. Ein weiterer Schlurfer näherte sich ebenfalls und packte Marvins linken Arm.

Jetzt kämpften vorne unsere Leute mit den Schlurfern und die Verfolger hatten alle Hände voll zu tun mit den Untoten hinten.

Sabrina reagierte am schnellsten und drehte sich zu Nils.

»In meinem Ranzen«, sagte sie und zeigte auf ihren am Boden liegenden Rucksack.

Dann riss sie Marvin aus den Händen der Untoten und drehte sich selbigen zu. Mit ihrem Köper bildete sie so einen Schutzschild für den kleinen Jungen. Der konnte so bitterlich weinend in die Arme seiner Schwester flüchten. Sabrina besaß nicht den Hauch einer Chance und wurde von den nun zupackenden

Bestien geradezu in Stücke gerissen. Ihr letzter Schrei ließ selbst das Blut der die Gruppe verfolgenden Typen in den Adern gefrieren.

Alle Frauen, die ich wirklich mochte, sterben kurz nachdem ich sie kennengelernt habe, dachte Nils schwermütig. Er nahm sich Sabrinas Rucksack und warf einen kurzen Blick hinein. Ein randvoll mit Asthmaspray gefüllter Rucksack. Die Augen von Nils füllten sich mit Tränen.

»Dahinten ist die Tür. Raus da«, schrie Fiona, nahm Ann-Kathrin und Marvin an die Hand, nutzte die Lücke zwischen den Untoten und spurtete zur Tür.

Bernhard sorgte derweil mit gezielten Schüssen dafür, dass sich die Verfolger nicht zurückziehen konnten. Gleichzeitig wurden sie von den Bestien bedrängt.

»Arschloch«, rief einer der Verfolger, »das büßt du.«

Abwarten, dachte Bernhard und folgte seinen Freunden.

Außerhalb der Halle fand sich die Gruppe in dichtem Gestrüpp wieder. Mit Hieben ihrer Messer und Waffen bahnten sie sich einen Weg. Bernhard sicherte den Rückweg. Nach mehreren hundert Metern pusteten sie durch.

»Sind die uns gefolgt?«

»Bis jetzt ist niemand durch die Tür gekommen. Wie geht es Nils?«

»Der sitzt etwas abseits und guckt trübe.«

»Na ja, sie hat Marvin gerettet. Dann ist es mir schon lieber so.«

»Du hast recht. Lange hat Nils sie ja nun wirklich auch nicht gekannt.«

Kurze Zeit später stand Nils mit seinem geschulterten Rucksack vor der Gruppe.

»Wir sollten los. Marc wird uns finden, da bin ich mir sicher. Hierbleiben können wir nicht, da bin ich mir ebenso sicher.«

Das Geschreie und Getöse aus der Werkshallte verriet, dass letztendlich die lebenden Verfolger der Gruppe Oberhand behalten würden. Jegliche Diskussion über einen weiteren Verbleib erübrigte sich damit.

Diesmal führte Fritz die Gruppe an. Sein Plan bestand darin, in einem großen Bogen zum Wohnwagen zurückzukehren, um dann erst einmal die Lage zu checken. Jetzt planlos in die Wildnis zu rennen hielt Fritz für einen Fehler. Dabei sorgte er sich um Stávros, der immer wieder zurückblieb. Nils, der Dank Sabrinas Asthmaspray keine Probleme mehr mit dem Tempo aufwies, trieb ihn immer wieder an. Aber der Koloss schaffte es einfach nicht, sich schneller zu bewegen. Er verfluchte insgeheim jede Tafel Schokolade, die sich nun in seinen Fettpolstern wiederfand.

Fiona ging inmitten der Gruppe. Sie fühlte wie immer und meistens zu Recht mehr Angst vor den Untoten als vor den Lebenden. Darüber hinaus sorgte sie sich um Marc und verspürte unbändige Wut über dessen in ihren Augen blödsinnige Idee, die Gruppe zu verlassen.

»Schneller Leute«, mahnte Fritz zur Eile.

Der Weg führte einen seichten, bewaldeten Hügel hinauf. Von dort konnte man die Umgebung einsehen. Nicht weit zurück schlichen ihre lebenden Verfolger durchs Gebüsch. Fritz zählte eine Übermacht von 14 Personen. Fast parallel dazu zog eine Horde von annähernd doppelt so vielen Schlurfern über einen Kartoffelacker. Die Witterung der Menschen nahmen sie bereits auf, wie ihre im Wind schnüffelnden Nasen verrieten.

Eine Meute von wilden Hunden wäre jetzt die beste Lösung, sinnierte Fritz. Er wusste jedoch, dass dies hier kein Wunschkonzert werden würde.

»Wir können beiden Gruppen nicht ausweichen. Früher oder später kriegen die uns. Stávros kann nicht schneller und die Kinder sind auch müde. Und wie lange hält Nils mit seinen Atemproblemen durch?«, haderte Bernhard mit den Chancen.

»Dann trennen wir uns. Wir haben drei Gewehre. Du, Isa und ich bleiben hier und stellen uns dem Kampf. Die anderen schlagen den Bogen zum Wohnwagen.«

»Wenn das mal gut geht.«

(52)

Einem Feldweg folgend erreichte ich die Landstraße, an deren Rand der Wohnwagen parkte, zirka einen Steinwurf von den beiden Werkshallen entfernt. An der den Straßenrand überwuchernden Böschung entlang schlich ich mich zurück zum Wohnwagen.

Der Caravan stand scheinbar verlassen da. Auch in den weiter hinten abgestellten Fahrzeugen unserer Verfolger saß niemand. Ich vermutete meine Freunde in den Werkshallen.

Ich betrat die erste Halle und zuckte erschreckt zusammen. Unmittelbar neben der Tür lag ein mir unbekannter Mann mit fürchterlich zertrümmertem Schädel. Es handelte sich dabei um das Ergebnis von Fritz' Streitaxt. Doch das wusste ich nicht.

Angewidert wendete ich mich von dem grässlichen Anblick ab. In dem Augenblick schwankte ein Schlurfer auf mich zu. Eine weitere Figur, die soeben noch am Boden lag, rappelte sich auf und stolperte mir ebenfalls mit aufgerissenem Mund und wedelnden Armen entgegen. Es handelte sich dabei um die von Bernhard niedergestreckten und dann zu Untoten mutierten Männer.

Es gelang mir einfach nicht, mich an diese Kreaturen zu gewöhnen. Immer noch jagten sie mir eine gehörige Angst ein.

Ich zog diesmal eine Flucht einer Auseinandersetzung vor. Am Ende der Halle erspähte ich einen Durchlass zu einer weiteren Halle. Ich näherte mich diesem vorsichtig. Dabei entdeckte ich verschiedene, auf dem Boden liegende Körper. Bei einigen von ihnen handelte es sich um erschlagene und damit endgültig tote Schlurfer. Andere Körper gehörten zu erst kürzlich getöteten Menschen. Ich musste damit rechnen, dass diejenigen von ihnen, die keine schwere Kopfverletzung aufwiesen, wie ihre beiden Kollegen in der ersten Halle bald zu neuem, untoten Leben erweckt würden.

Vorsichtig und ohne sie aus den Augen zu lassen, stieg ich über ihre Körper hinweg und stand schließlich in Halle zwei. Hier musste es zu einem grauenvollen Inferno gekommen sein. Unzählige Körper lagen teils unversehrt und teils übel zugerichtet überall in den beiden Gängen der Halle herum. Eine Schlacht enormen Ausmaßes musste sich hier zwischen Schlurfern und Überlebenden abgespielt haben.

Hastig suchte ich unter den leblosen Körpern nach meinen Freunden. Mit jedem Leib, den ich umdrehte, ohne in das Gesicht von Fiona oder eines meiner Freunde zu blicken, atmete ich ein Stück weit mehr auf. Dabei versuchte ich, diejenigen zu zählen, die ich zu den Verfolgern vom Flughafen zählte. So manchen Körper konnte ich nicht zweifelsfrei zuordnen. Fest stand allerdings, dass bei weitem nicht alle Jäger hier ihr Leben ließen. Vermutlich beschäftigten sich die anderen immer noch mit der Verfolgung meiner Gefährten oder waren ihrer bereits habhaft geworden.

Ich vermutete bei weiterer Betrachtung der Szenerie, dass meine Freunde die Verfolger hier in eine Falle laufen ließen. Denjenigen, die das Massaker in der zweiten Halle überlebten, rechnete ich daher keine große Barmherzigkeit mehr meinen Leuten gegenüber zu. Ich musste mich beeilen, würde ich ihnen helfen wollen.

(53)

Fiona führte gemeinsam mit Nils die Gruppe der Flüchtenden an. In einem großen Bogen wollten sie den Wohnwagen erreichen und sich unbemerkt darin verschanzen.

Fritz, Bernhard und Isa saßen mit ihren Gewehren auf dem Hügel, beobachteten die immer näher kommenden Verfolger und die Meute von Schlurfern, die von rechts näher rückten. Die Drei wussten nicht so recht, was sie jetzt tun sollten. Weder mit der einen, noch mit der anderen Gruppe würden sie es auf Dauer aufnehmen können.

Fritz dachte wehmütig an Bärbel, die auf Königstein zurückgeblieben war und er sehnte sich danach, in ihren Armen den Frieden auf der Festung genießen zu können. Er hasste es, Schlurfer zu erschlagen. Noch mehr widerte es ihn an, sich mit lebenden Menschen anlegen zu müssen. Doch manchmal ließ sich das einfach nicht vermeiden. Und dann bohrte da auch immer dieses Quäntchen Angst in ihm, in einen Kampf ziehen zu müssen.

Bernhard genoss den Ruf eines ausgezeichneten Schützen. Er würde von hier mühelos den einen oder anderen Angreifer zur Strecke bringen können. Fritz und Isa konnten zwar aus kurzer Entfernung erfolgreich herumballern, gezielte Schüsse auf große Weite erfolgreich abgeben, das konnten sie nicht.

Trotzdem beschlossen die Drei, den Vorteil, den sie durch Bernhards Fähigkeiten besaßen, zu nutzen.

Spätestens der zweite Schuss aus Bernhards Gewehr ließ die Gruppe der lebenden Verfolger auseinanderstoben. Links und rechts schlugen sie sich laut fluchend in die Büsche. Diejenigen, die sich zur rechten Seite verflüchtigten, würden bald Besuch von der Gruppe der Schlurfer bekommen. Die Meute der Untoten änderte gierig ihre Laufrichtung als sie das laute Geschrei vernahm.

Zu der von Fritz erhofften Panik unter den Verfolgern reichten ihre Aktionen leider nicht. Wütende, aber gut gezielte Schüsse, die nur knapp ihre Ziele verfehlten, kamen als ungebetene Antwort zurück.

»Nichts wie weg hier!«, schrie Isa und kroch rücklinks zwischen die Büsche zurück.

Bernhard und Fritz folgten eilig. Auf die Verfolger von hier aus zu schießen erwies sich als Fehleinschätzung der Lage. Die Verfolger konnten nicht entscheidend dezimiert werden, wussten nun aber, wo sich Fritz und die anderen befanden. Die umherirrenden Untoten alarmierte die Ballerei ebenfalls. Und ob aus anderen Richtungen sich bereits weitere Angst verbreitende Bestien ihren Weg zu den Lebenden bahnen würden, schien zwar ungewiss aber doch wahrscheinlich.

(54)

Lautes Geschrei gefolgt von Schüssen aus verschiedenen Waffen riss mich aus meinen Gedanken und Sorgen. Nicht weit vor der Halle mussten sie sich befinden, meine Freunde und die Verfolger.

Nachdem ich einige Leichen vorsichtig überstieg – man konnte ja nie wissen, ob und wann sich so ein Wesen wieder bewegte – öffnete ich langsam und bedächtig die Tür, hinter der ich meine Leute vermutete.

Ich bekam gerade noch mit, wie sich mir unbekannte Personen links und rechts neben einem Trampelpfad in die Vegetation hockten und ihre Waffen auf einen bestimmten Punkt eines Hügels richteten. Sie bemerkten mich nicht.

»Scheiße, die haben sich auf dem Hügel verschanzt«, machte sich eine Frau mittleren Alters bemerkbar, »die Schweine holen wir uns.«

»Ja, die haben schon zu viele von uns abgemurkst. Und die Sklaven werden auch langsam knapp«, antwortete ein Typ ganz in schwarzem Leder und gab einen weiteren Schuss ab.

»Monster von links«, rief jemand und Sekunden später wehrte sich eine Gruppe von rund 20 Leuten verzweifelt gegen eine mindestens ebenso große Meute von anrückenden Schlurfern.

Die unerwartete Gelegenheit wollte ich für mich nutzen. Ich verließ meine Deckung und lief so rasch ich konnte den Trampelpfad entlang. Direkt neben mir warfen sich zwei Untote auf einen der Lebenden. Unter fürchterlichen Schmerzen brach dieser zusammen und diente den beiden Schlurfern als ausgiebige

Mahlzeit. Der in schwarzes Leder gekleidete Mann, der eben noch seinen Bestand an Sklaven erweitern wollte, sah mich, wollte etwas rufen und fiel mit zum Schreien offenen Mund um wie eine gefällte Eiche. In seinem Hinterkopf klaffte ein kleines Loch – Bernhard. Einen auf mich zu schwankenden Schlurfer konnte ich mit einem Hieb meines Tapezierigels zurückwerfen und einen auf mich mit einer Pistole zielenden jungen Mann mit einem weiteren Hieb gegen seinen Arm außer Gefecht setzen. Dann lag das Kampfgebiet endlich hinter mir. Ich hastete den Hügel hinauf und kurze Zeit später klopften mir meine Freunde Fritz, Bernhard und Isa auf die Schultern.

»Hey super, wo kommst du denn her?«

»Wo sind die anderen? Ist was mit Fiona?«

»Wir haben später Zeit, alle Fragen zu beantworten. Jetzt müssen wir hier weg. Fiona geht es gut.«

Gemeinsam nahmen wir die Beine in die Hand und bahnten uns so gut es ging unseren Weg durch das Gestrüpp. Am Fuße des Hügels schlugen wir einen Bogen zurück in Richtung unseres Wohnwagens. Hoffentlich trafen wir dort wie geplant auf Fiona und die anderen.

Wenig später erreichten wir die Straße. Von der anderen Seite des Hügels schallte der Lärm von zwei Schüssen herüber. Ansonsten blieb alles still. Die Straße lag leer vor uns. Weder lebende Menschen noch Untote befanden sich hier und wir setzten unseren Weg ungehindert fort.

Und dann stand er da, der Wohnwagen. Ein Stück weit dahinter sah man die Tür zur ersten Werkshalle offen stehen. Ohne unsere Geschwindigkeit zu verringern, näherten wir uns dem Wohnwagen. Vorsicht konnte nun nicht mehr geboten sein. Sollte unser Plan aufgehen, mussten wir uns beeilen.

Fritz erreichte zuerst den Caravan und riss die Tür auf. Einer nach dem anderen sprangen wir hinein. Freude brach aus. Unsere Freunde hockten allesamt unversehrt auf dem Boden des Wohnwagens und sahen uns erwartungsfroh entgegen. Fiona erblickte mich, sprang auf und hüpfte mir vor Freude an den Hals.

»Still!«, ermahnte Nils und wir setzten uns ebenfalls hin, hielten uns in den Armen und gaben keinen Laut mehr von uns.

»Da kommen sie«, sagte Fritz und hielt zur Mahnung seinen Zeigefinger vor die Lippen.

»17, genau 17 Figuren. Sechs Frauen, elf Kerle.«

Fritz schaute heraus und zählte die anrückende Truppe.

Die Luft in unserem Wohnwagen erschien mir so dick wie Pudding. Obwohl die kühle Wetterlage draußen Schnee versprach und der wolkenverhangene Himmel ebenfalls danach aussah, herrschte im Inneren des Caravans eine Höllenhitze. Alle versuchten, sich möglichst nicht zu bewegen und so flach und geräuschlos wie möglich zu atmen.

»Verdammt nochmal, wo sind die Schweine?«

Die Stimme kam mir doch bekannt vor. Sie gehörte der Frau, die vorhin schon das Zepter führte.

»Was machen wir mit dem blöden Wohnwagen hier?«, hörten wir eine männliche Stimme.

»Was sollen wir mit dem Ding? Können wir nicht gebrauchen. Den lassen wir hier.«

»Na gut, aber wir fackeln den ab.«

»Bist du bescheuert? Das lockt nur wieder diese lebenden Toten an. Lass die Finger davon.«

»Ach Mist, das hätte schön gebrannt.«

Plötzlich donnerte eine Salve aus einem Maschinengewehr durch den über der Gürtellinie befindlichen Teil des Caravans. Zum Glück lagen wir alle auf dem Bodenblech und blieben unverletzt. Wie durch ein Wunder gab niemand von uns einen Laut von sich.

»Mensch du Blödmann, glaubst du, der Lärm lockt die Viecher nicht auch an? Was hast du gegen den Wohnwagen?«

»Dann ist es ja jetzt auch egal. Dann kann ich den jetzt abfackeln?«

»Untersteh dich. Wegen deiner Knallerei können wir uns beeilen, hier zu verschwinden. Scheiß was auf die Arschgeigen. Wer weiß, wo die sind. Wir fahren zurück nach Leipzig. Da gibt's bestimmt noch was zu holen. Auf geht's Männer. Wir hauen ab.«

Kurze Zeit später vernahmen wir den Lärm mehrerer Fahrzeuge, die sich rasch entfernten. Wir beschlossen, noch etwas Zeit vergehen zu lassen, bevor wir uns herauswagen wollten.

Irgendwann lugte ich vorsichtig durch den Schlitz einer der Rollladen vor den Fenstern des Caravans und zuckte zurück. Ein ebenso trübes wie totes Auge unmittelbar vor mir spähte von der anderen Seite ebenfalls durch den Schlitz.

(55)

Zum Glück verschwanden die Typen, die uns vom Flughafen aus verfolgten. Doch zum Durchatmen blieb keine Gelegenheit. Wir saßen im Wohnwagen fest und um uns herum wimmelte es nur so von Schlurfern. Zu unserem Leidwesen nahmen diese unsere Witterung auf. Wir konnten somit nicht mit dem baldigen Abzug der Meute rechnen. Der eine oder andere Untote begriff mittlerweile auch, woher der für ihn süße Geruch des lebenden Fleisches kam und begann damit, gegen die Fenster und Türen zu schlagen oder an den Einschusslöchern herumzustochern.

»Wie werden wir die wieder los?«, fragte Nils.

»Ich habe so eine scheiß Angst vol den Dingeln. Wenn die hiel lein kommen, dann sind wil alle dlan«, konnte Isa ihre Furcht nicht verbergen und sprach uns allen aus der Seele.

Ob die Viecher unseren Angstschweiß riechen können, fragte ich mich, als das Hämmern gegen den Caravan stärker zu werden schien.

»Wir brauchen eine Zugmaschine«, erwähnte Fritz das, was wir alle wussten.

»Ich habe neben der ersten Halle einen großen Gabelstapler stehen sehen. Da kriegen wir einen Anhänger dran«, erklärte Bernhard.

»Stávros will die Schlurfer ablenken«, mischte sich Ann-Kathrin in das Gespräch ein.

Hinter Ann-Kathrin baute sich der Fleischberg Stávros auf und schaute uns der Reihe nach kampfeslustig an.

»Das geht nicht, Ann-Kathrin. Sag ihm, dass das nicht geht.«

»Der will endlich helfen. Immer kann er nur rumjapsen. Jetzt will er mal was tun. Ihr müsst das zulassen«, setzte sich das Mädchen zur Wehr.

»Wie soll das denn gehen?«

20 Minuten später schoss Bernhard dreimal in die Luft und lenkte so die Untoten ab. Dann hetzte der stark übergewichtige Stávros mit hochrotem Kopf im Kreis über die Landstraße. Die Schlurfer, die wohl selten eine solche Mahlzeit vorgesetzt bekamen, trotteten ihm geifernd hinterher. Zu Beginn des Rennens besaßen sie nicht die geringste Chance, Stávros einzuholen. Doch Schritt um Schritt wurde der Dicke langsamer und seine Augen furchtsamer. Sicherlich wünschte er sich schon längst, im Wohnwagen geblieben zu sein.

Die verwegene wie ebenso waghalsige Aktion von Stávros versetzte Fritz und mich in die Lage, nach dem Gabelstapler Ausschau zu halten. Wir wussten, jede Sekunde würde zählen und Stávros helfen zu überleben. Nun standen wir vor dem Ding und überlegten, wie wir das Ungetüm zum Laufen bringen sollten. Fritz, der sich mit der Elektrik von Fahrzeugen wegen seines alten Berufs bestens auskannte, fummelte bereits an irgendwelchen Kabeln herum.

»Beeil dich, Fritz. Der Dicke schafft das nie. Und ich mag den Kerl. Denn will ich nicht verlieren.«

Völlig ohne Vorwarnung tauchte plötzlich ein Schlurfer direkt vor mir auf. Er hielt sich bisher hinter dem Gabelstapler verborgen und fiel auf unseren Trick mit Stávros nicht herein.

Werden die jetzt auch noch intelligenter, fragte ich mich, während ich wie zur Salzsäule erstarrt in seine gelben Augen blickte.

Der Knall eines Schusses, direkt neben meinem Ohr, erlöste mich von der Angst, gefressen zu werden. Gleichzeitig sorgte er für ein lautes, durch mein Hirn wummerndes Pfeifen – Knalltrauma, ich hörte absolut nichts mehr.

Fritz war derjenige, der mit seinem Gewehr auf den Untoten schoss. Jetzt redete er auf mich ein.

»Ich versteh nichts. Alles pfeift und mir wird schwindelig«, versuchte ich ihm meinen Zustand zu erklären.

Was mir Schmerzen verursachte, rettete aller Wahrscheinlichkeit nach Stávros das Leben. Der Schuss aus Fritz' Waffe lenkte die Schlurfer ab. Stávros gelang es, seinen unter Armlänge geschrumpften Vorsprung wieder auszuweiten. Nach dem Lauf eines Bogens und den für ihn bald übermenschlichen Sprung in den Wohnwagen, der das gesamte Gefährt erschüttern ließ, landete Stávros endlich wieder in Sicherheit. Lange würde es nicht mehr dauern, bis sich der größte Teil der Untoten den zwei Menschen am Gabelstapler zuwenden würde.

Völlig erschöpft und nassgeschwitzt aber glücklich schaute Stávros in die Runde und alle Umstehenden klopften ihm anerkennend auf die Schultern.

»Was hat der Nils denn?«, störte Marvin die Lobesworte der Caravan Fahrer.

Nils stand im hinteren Teil des Wohnwagens. Die Knöchel seiner Hand, mit der er sich am Tisch festhielt, schimmerten weiß. Kalter Schweiß stand auf seiner Stirn und er atmete heftig ein und aus. Dabei schwankte er bedächtig hin und her.

»Das ist eine Panikattacke. Wo hat er seinen Spray?«, erkannte Bernhard das Problem sofort.

»Das hat er immer wieder mal, der arme Kerl«, zeigte Ann-Kathrin Mitleid mit ihrem väterlichen Freund.

In der Aufregung um Nils beobachtete niemand Fritz' erfolgreichen Versuch, den Gabelstapler flott zu bekommen. Nun befand er sich mit mir als hörgeschädigtem Beifahrer auf dem Rückweg zum Wohnwagen. Das schwere Gerät kickte einen Schlurfer nach dem anderen aus den Schuhen und stand alsbald vor dem Caravan. Der konnte rasch angespannt werden. Nur die vereinbarte Unterstützung aus dem Inneren des Wohnwagens blieb aus.

Wutentbrannt drückte Fritz mir das Gewehr in die Hand und machte sich selbst daran, Wohnwagen und Gabelstapler miteinander zu verbinden. Währenddessen näherten sich jede Menge Untote unserem umtriebigen Geschehen.

Ich zielte auf den mir am nahesten stehen Schlurfer und drückte ab. Meine Fähigkeiten, mit einem Gewehr umzugehen, ähnelten nicht annähernd denen mit meiner Zwille. So traf ich die Bestie nur an der Schulter. Das warf sie zwar zu Boden, tötete sie aber nicht endgültig. Sie blieb kampffähig.

Der Lärm des Schusses erinnerte nun Bernhard und die anderen daran, dass noch Freunde von ihnen außerhalb der Sicherheit des Caravans mit lebensbedrohlichen Umständen kämpften. Gezieltes Gewehrfeuer aus dem Inneren des Wohnwagens ließ Fritz seine Arbeit erfolgreich beenden. Kurze Zeit später rollte das Gespann langsam an, erreichte die Mitte der Landstraße und kam mehr und mehr in Fahrt.

»Wie lange wird das dauern?«, fragte Fritz.

»Was?«

»Wie lange das dauern wird?«, wiederholte Fritz ungleich lauter als zuvor.

»Ich denke mal, das sind vielleicht 150 Kilometer. Wenn alles gut geht, schaffen wir 30 bis 40 Kilometer am Tag. Aber bisher ist noch nie alles gut gegangen.«

»Das fürchte ich auch«, gab Fritz zu bedenken.

Die drei nächsten kleinen Orte auf unserem Weg zeigten sich entvölkert. Weder Schlurfer noch Lebende trieben sich hier herum. Das ermöglichte uns von Haus zu Haus zu gehen und alles Denkbare für unsere Vorräte einzusammeln. Besonderes Augenmerk legten wir dabei auf Lebensmittel und Wasser, Kleidung, alle möglichen Gerätschaften und Waffen, Utensilien aus der Küche, Spielsachen für die Kinder und Sportgeräte für die Erwachsene - einfach auf alles, was uns irgendwie sinnvoll für unser Leben auf Königstein erschien.

Bald wurde uns klar, dass der Platz für all das Schöne, was wir fanden, zusammen mit den neun Personen im Wohnwagen nicht ausreichte. Zurücklassen wollten wir aber auch nichts. So hielten Fritz und ich vom Sitz des Staplers Ausschau nach einem neuen, größeren Gefährt. Im Wohnwagen stapelten sich derweil Koffer, Taschen, Schachteln, Pakete und Menschen.

Wir rollten auf der Landstraße dahin und ich dachte über den Erfolg oder Misserfolg unserer Aktion nach. Es kostete Menschenleben und unsere kühnsten Träume von unserem früheren Leben gingen nicht in Erfüllung. Der Wunsch nach Zuständen, wie wir sie von damals kannten, zerplatzte wie eine Seifenblase. Auf der anderen Seite gewannen wir neue Freunde und retteten somit Menschenleben. Alte Freunde tauchten wieder auf – Marlene und Willi, die mit Eddi hoffentlich die Festung Königstein unversehrt erreicht hatten. Nils, Bernhard, Stávros und die Kinder, dazu Isa. Wenn ich jedoch bedachte, wie viel Zeit wir mit wie viel Angst verbrachten, musste ich zu dem Schluss kommen, dass es sich doch nicht gelohnt hatte, die Expedition zu starten. Sicherlich befand ich mich damit noch nicht am Ende meiner sämtlichen Überlegungen. Der von Nils aufgefangene Funkspruch musste entschlüsselt werden und dann sah die Welt vermutlich plötzlich wieder ganz anders aus. Den Funkspruch kannten bisher nur Nils, Bernhard, Fiona und ich. Ich beschloss, dass dies zunächst auch so bleiben sollte.

»Hey aufwachen!«, riss mich Fritz' Stimme aus meinen Überlegungen, »da kommt der nächste Ort.«

Frankenstein stand auf dem Ortseingangsschild. Wie passend, dachte ich. Der hätte uns jetzt auch noch gefehlt.

»Scheint ruhig zu sein«, stellte ich fest.

»Vielleicht finden wir was für die Nacht«, streute Fritz ein, »der Stapler hat eh kein Diesel mehr. Und weit kommen wir mit dem Ding sowieso nicht mehr.«

Vorsichtig rollten wir zwischen die ersten Häuser und entschieden uns für eines der kleineren Gebäude auf der linken Seite – eine alte Schreinerei.

Das Haus lag verlassen da und bot für jeden von uns Platz für die Nacht. Bernhard und Fritz teilten sich die erste Wache. Fiona und ich würden die zweite Runde übernehmen.

(56)

»Ich hätte mal wieder Bock auf Spaghetti«, flüsterte mir Fiona ins Ohr.

Ich starrte derweil aus der ersten Etage der Schreinerei aus dem Fenster.

»Ja, oder Currywurst mit Pommes.«

»Auf Königstein ist alles möglich.«

»Du hast recht. Da gibt es endlich auch wieder warmes Wasser.«

»Da freue ich mich auch drauf. Hier heißt es ja nur kalt duschen oder stinken.«

»Pst, sei mal ruhig. Da ist was.«

»Wo soll was sein? Was denn?«

»Da gegenüber. Guck doch mal. Da auf dem Hof.«

Auf dem auf der anderen Straßenseite liegenden Gehöft konnte man in der zweiten Etage einen zarten Lichtschein erkennen, der zwischen zugezogenen Vorhängen hindurchleuchtete. Ich hatte es geahnt. Die Rückkehr nach Königstein würde weiterhin nicht glatt gehen.

»Da ist wer. Was machen wir jetzt? Soll ich die anderen wecken?«

»Nein Fiona, lass mal. Ich schau mir das erst einmal an.«

»Du weißt doch gar nicht, wer das ist.«

»Na ja, Schlurfer sind's nicht. Die machen kein Licht an.«

Wie immer, griff ich nach meinen Waffen und schlich unbemerkt von den anderen und unter Beobachtung von Fionas missbilligenden Blicken aus dem Haus.

Da auf der anderen Seite hielten sich unbestritten Menschen auf. Und sie hielten sich versteckt und unternahmen keine Versuche, uns anzugreifen oder irgendwelche Ressourcen zu verteidigen. Ich hoffte auf friedliebende Exemplare meiner Gattung zu stoßen.

Alle Fenster der unteren Etage des Hofes lagen verrammelt vor mir. Alle Durchlässe fand ich mit Holzlatten vernagelt vor. Den einzigen Zugang zum Hof zierte ein verschlossenes, gusseisernes Tor, welches zudem gesichert mit Stacheldraht, für mich unüberwindbar erschien. Bei unserer Ankunft im Ort fiel mir das gar nicht auf. Hier ging niemand ein und aus. Da ich aber sicher davon ausgehen konnte, dass die Leute aus dem Hof nicht nur im Hof leben würden und sie hin und wieder den Hof verlassen mussten, konnte ich ebenfalls davon ausgehen, dass sich irgendwo ein Durchlass befinden musste. Den galt es zu finden.

Erst bei der zweiten Umrundung des Gehöfts sah ich es dann. Der Maschendrahtzaun zwischen zwei Gebäuden offenbarte einen Durchschlupf. Die Öffnung konnte ich nur wahrnehmen, weil ich mit den Fingern am Zaun entlangstrich, währenddessen ich an ihm entlangschlich. Die beiden kleinen Scharniere hatte ich bei meinem Rundgang zuvor übersehen.

Obwohl die Leute des Hofs von unserer unmittelbaren Nähe wissen mussten, bewachten sie die Tür zu ihrem Unterschlupf nicht. Das überraschte mich. Bestimmt warteten auf meinem weiteren Weg gefährliche, unüberwindbare Fallen.

Hinter dem Zaun wendete ich meinen Schritt nach Links. Das musste die Scheune sein. Das Haus, in dem wir das Licht gesehen hatten, lag direkt gegenüber.

Durch eine angelehnte Holztür schlüpfte ich in die Scheune und fand mich in einem großen Raum voller Geräte und Fahrzeuge wieder. An der hinteren Scheunenwand hingen Gartengeräte. Licht fiel durch ein Loch im Dach und es roch modrig.

Mein Blick fiel auf einen alten Ford Transit, der in seiner Form an unseren Post-Transporter, den wir in Leipzig verloren hatten, erinnerte. Nur sein äußerer Anstrich passte nicht zu dieser Erinnerung. Die komplette Seitenfront des Wagens schmückte das Bild eines unbekleideten Mannes, der für einen Schwimmverein warb.

Lass dich nicht ablenken, dachte ich und musste lächeln. Der Ford wäre genau das richtige Fahrzeug für uns.

Das im rechten Winkel zur Scheune stehende Haus beherbergte eine alte Werkstatt und eine Räucherkammer. Sie lagen gleichermaßen verlassen da, wie die Scheune. Irgendeine Gefahr konnte ich nicht ausmachen. Wo befanden sich bloß die Fallen?

Jetzt das Wohnhaus. Nur eine einzige Tür führte ins Haus. Ich griff nach der Türklinke in der Überzeugung, die Tür sowieso nicht aufmachen zu können. Doch zu meiner Verwunderung bewegte sich die Klinke und die Tür zeigte keinerlei Widerstand und ließ sich leicht öffnen.

Der Gang, den ich betrat, lag im Dunkeln und auch hier roch es modrig. Warum sich die Menschen immer in Bauernhöfen versteckten und dann solche feuchten Gemäuer wählten? Ich wusste es nicht. Was ich aber wusste, sie mussten mich spätestens jetzt gehört haben, nachdem die hölzernen Bohlen des Gangs laut unter meinem Gewicht ächzten.

Die untere Etage wirkte zwar nicht unbewohnt, trotzdem fand ich sie leer vor. Wo verdammt noch einmal lauerten sie auf mich?

Nicht mehr ganz so vorsichtig stieg ich die einzige Treppe zur oberen Etage hoch. Auch hier kündigten die quietschenden Holzbohlen mein Kommen an.

Vom Gang der oberen Etage gingen fünf Türen ab. Wenig Staub, herumstehende Schuhe und herumliegendes Spielzeug bewiesen mir, hier mussten sich noch kürzlich Menschen aufgehalten haben.

Meinen Tapezierigel bereit zum Schlag, stieß ich die erste der Türen auf. Sie führte zu einem Badezimmer. Frische Handtücher sowie mehrere Zahnbürsten zeugten auch hier von lebenden Menschen.

Hinter der zweiten Tür befand sich eine gut gefüllte Vorratskammer. Besonders der Geruch der selbstgemachten Wurst stieg mir in die Nase und ließ mir das Wasser im Mund zusammenlaufen. Wie gerne hätte ich mir umgehend eine der Hartwürste gegriffen und hineingebissen. Doch das musste warten.

Die dritte Tür führte zur Küche. Erst gerade benutztes Kochgeschirr und Besteck verrieten mir, die Bewohner des Hauses mussten noch immer in der Nähe sein.

Ich stieß die vierte Tür auf und traute meinen Augen nicht. Vor mir stand eine ältere Dame – ich schätzte sie auf 80 Jahre. Die große, schlanke Frau stand aufrecht vor mir, hielt sich mit der linken Hand an einem Gehstock fest und zupfte mit der rechten Hand Flusen von ihrem beigen Kostüm. Ich erinnerte mich an meine Großmutter, die ebenfalls dieses hochherrschaftliche, aber auf mich sympathisch wirkende Gebaren an den Tag legte.

»Was wünschen sie? Das hier ist mein Haus. Fremde sind unerwünscht«.

»Entschuldigen sie bitte«, befand ich mich gleich in der Defensive, »ich habe das Licht gesehen. Ich und meine Gruppe übernachten gegenüber.«

»Das habe ich sehr wohl gesehen. Und gibt das ihnen das Recht, hier ungefragt einzudringen?«

»Ich entschuldige mich gerne noch einmal. Aber die Umstände...«

»Papperlapapp, Umstände. Sie ungehobelter Kerl dringen hier ein und stören einfach die Ruhe unbescholtener Menschen. Das ist nicht zu akzeptieren.«

»Gute Frau, kennen sie die Gefahr da draußen? Ihre lächerlichen Holzbretter vor den Türen halten vielleicht die Untoten ab. Gegen menschliche Banditen haben sie damit keine Chance. Mindestens sollten sie darauf achten, keinen Lichtschein herausdringen zu lassen. Und wovon wollen sie überhaupt leben?«, brach es aus mir hervor.

»Darüber machen sie sich mal keine Sorgen. Wir haben Vorräte. Wenn mein Ehemann bald zurückkommt, dann...«

»Ach Mutter, hör auf. Papa kommt nicht zurück und das weißt du auch. Der Mann ist doch nett und er hat vollkommen Recht«, mischte sich eine weibliche Stimme ein.

Hinter einem Schrank kam eine Frau, Ende 40, zum Vorschein. Ihre knallroten Haare und ihr schön geschnittenes Gesicht fielen mir sofort auf. In der Hand hielt sie ein Abflammgerät für Unkraut. Eine dünne Leitung führte zu einem Gaskanister, der in ihrem Versteck auf dem Boden stand. Eine kleine Flamme züngelte aus dem Gerät.

»Meine Mutter meint es nicht so. Wir wissen auch, was da draußen los ist. Wir haben uns so gut wie möglich eingerichtet. Ein paar Vorräte haben wir noch und bisher ist hier noch nie jemand vorbeigekommen.«

»Da haben sie aber Glück gehabt. Meine Leute und ich haben da ganz andere Erfahrungen gemacht.«

»Kann ich mir vorstellen«, ertönte eine dritte weibliche Stimme.

Durch die zu einem Nebenraum führende Tür trat nun eine junge Frau, Ende zwanzig. Ihr folgten drei Mädchen, die ich auf zehn, acht und vier Jahre schätzte.

Erstaunt schaute ich die Neuankömmlinge an.

»Ja, wir sind ein Weiberhaushalt. Oma Johanna, ich heiße Grete, das sind meine Tochter Cornelia und die drei Mädels Jaqueline, Mandy und Maike.«

Wo die jeweils dazugehörigen Männer sich befanden, wollte ich erst gar nicht wissen. Es gab keinen Grund, alte Wunden aufzureißen.

»Wir – meine Freunde und ich da drüben – sind auf den Weg zur Festung Königstein. Da leben wir mit fast 40 Überlebenden ganz gut und ohne Bedrohung.«

Der interessierten Blick der Frau mittleren Alters entging mir ebenso nicht, wie die ablehnende Haltung der alten Dame.

»Wir sind nicht gut ausgestattet mit Fahrzeugen, haben aber einen großen Vorrat angehäuft, den wir nachhause bringen wollen. Ich brauche ihren Transit aus der Scheune.«

»Das kommt gar nicht infrage«, bellte die Alte sofort los.

»Man kann über alles reden«, sagte die Mittlere.

»Bitte nehmen sie uns mit«, flehte die Junge.
Böse schaute die Mittlere ihre Tochter an.
»Mutti, da leben Menschen. Wenn die Platz für uns haben, können wir da normal weiterleben. Denk an die drei Mädels.«
Die Frau mittleren Alters ergriff wieder das Wort.
»Wenn wir gehen, dann gehen wir alle«, überlegte sie, »wenn sie den Wagen nehmen, dann müssen sie uns auch mitnehmen.«
Von Anfang an stand für mich fest, wir würden die Frauen hier nicht ihrem Schicksal überlassen. Insgeheim freute ich mich auf die ungläubigen Blicke meiner Freunde, die erstaunt aus der Wäsche gucken würden, wenn ich mit einem neuen Fahrzeug, weiteren Vorräten und sechs Frauen verschiedenen Alters auftauchen würde.

(57)

Die erste Verwunderung legte sich allmählich. Alle neuen und alten Gefährten wurden von mir einander vorgestellt. Schließlich zogen wir von der kleinen Schreinerei in den großen Hof um.

»Wieder Neue?«, fragte mich Fritz in einer ruhigen Minute.

»Was soll ich machen? Die können doch nicht hier bleiben. Die beiden Älteren kennen sich in der Landwirtschaft gut aus. Das ist ein Vorteil für uns. Und dem einen oder anderen Kerl zuhause fehlt noch die Frau. Und je mehr Kinder wir haben, umso besser für die Zukunft. Wenn wir Alten nicht mehr können, muss immer noch einer die Felder bestellen, damit wir etwas zu beißen bekommen.«

»Na ja, vielleicht hast du recht. Schau mal Nils. Ich glaube, der hat sich schon wieder verliebt.«

Den Ford Transit machten wir wieder flott. Seine Lackierung sorgte für ausgelassene Heiterkeit unter meinen Freunden. Grete, die Frau mittleren Alters, brachte aus der Scheune einen silbergrauen Smart zum Vorschein, der ausgestattet mit einem kleinen Dachgepäckträger ulkig aussah.

Kokett schaute sie zu Nils herüber, der sich gerade damit beschäftigte, die Proportionen des auf den Transit lackierten Mannes mit den seinigen zu vergleichen. Da bahnte sich wohl tatsächlich etwas an.

Meine Freunde durchstöberten nach und nach die Gebäude und trugen all das, was wir gebrauchen konnten, in den Innenhof. Dort wurde es so gut es ging auf die Fahrzeuge verteilt.

Zum Glück verfügte der Transit über eine Anhängerkupplung. Wir konnten ihn gegen den Gabelstapler auswechseln.

Endlich geschafft - sämtliche Beute befand sich befestigt und verstaut in den Fahrzeugen. Oma Johanna bereitete uns zu unserer großen Freude mit einer durch eine Batterie betrieben Kaffeemaschine einen heißen Kaffee und servierte diesen im Hof. Nils, Fritz, Bernhard und ich besprachen uns zusammen in einer Ecke des Hofes, um letzte Details für unsere Fahrroute zu besprechen.

Grete sollte mir ihrem Smart vorwegfahren. Sie kannte sich aus und schätzte die Entfernung auf 75 Kilometer. Den Weg kannte sie. Der Transit mit dem Wohnwagen würde folgen.

»Es wird Zeit«, gab Bernhard zu bedenken und deutete mit seinem Gewehr in Richtung Norden. Immer mehr wilde Hunde fanden sich am Ende der Straße ein und hielten ihre Nasen hungrig in unsere Richtung.

»Stimmt, besser wir verschwinden.«

Nachdem auch Oma Johanna nach ihrem ausgiebigen Abschied von jedem einzelnen Gebäude des Hofs ihren Platz im Transit fand, startete der Konvoi in Richtung Königstein. Es ging gut voran – endlich einmal.

In einem Ort namens Müglitztal meldete sich Fiona plötzlich zu Wort.

»Stopp, da ist eine Spielhalle.«

»Was willst du mit einer Spielhalle?«, feixte ich, »brauchst du Geld, willst du was gewinnen?«

»Wir haben doch noch Platz im Hänger.«

»Ja und?«

»Der Bernd spricht jeden zweiten Tag davon, wie toll es wäre, wenn er einen Kicker oder einen Flipper hätte.«

»Ok, verstehe«, willigte ich ein, nachdem ich gegenüber der Spielhalle die Apotheke erblickte.

Arzneimittel konnten wir nicht genug horten und Dr. Manter würde sich ebenfalls darüber freuen. Insbesondere Mittel mit dem Wirkstoff Ibuprofen standen bei ihm hoch im Kurs.

Die ganze Bande verließ die Fahrzeuge und strebte in die umliegenden Geschäfte und Häuser. Immer mindestens zwei Personen blieben zusammen. Einzig Johanna und Stávros, der sich rührend um die alte Dame kümmerte, blieben bei den Autos zurück.

Bernhard und ich schleppten uns mit einem schweren Flipper ab und Fritz und Nils trugen einen Kicker heran. Verrückt, was man so alles dann gebrauchen konnte, wenn man außer dem Leben und seinen Freunden nichts mehr besaß.

Alle anderen fanden sich der Reihe nach, mehr oder weniger bepackt, wieder an den Fahrzeugen ein. Von Schlurfern fehlte jegliche Spur und fremde lebende Menschen fanden sich auch nicht ein.

»Hunde!«, schrie Ann-Kathrin plötzlich.

Ohne Vorwarnung raste vom Marktplatz her eine Meute wilder Hunde auf uns zu. Waren die uns tatsächlich gefolgt?

»Alles in die Wagen«, schrie Fritz aufgeregt.

Nach und nach hasteten alle zurück in unsere Fahrzeuge. Ich zog meinen Tapezierigel und Bernhard hob sein Gewehr. Wir wollten den Rückzug unserer Freunde absichern. Endlich konnten auch wir uns in die Fahrzeuge zurückziehen.

Direkt nachdem ich auf meinem Sitz saß, fiel mir das an der Spitze der Hundemeute laufende Tier ins Auge. Ich überlegte kurz, öffnete die Tür wieder und stieg aus.

»Was soll das denn? Was machst du da jetzt schon wieder?

Meine Freunde zeigten entsetzte oder genervte Gesichtsausdrücke. Nur über Fionas Gesicht zog sich ein Lächeln.

»Der weiß schon, was er tut.«

Langsam ging ich auf die Hunde zu, die nun ihrerseits das Tempo verlangsamten. Der an der Spitze laufende mittelgroße Mischling stoppte seinen Lauf und blickte mir entgegen. Er schien der Anführer der anderen Hunde zu sein, denn diese blieben mit einem gebührenden Abstand hinter ihm ebenfalls stehen.

Der Mischling legte seinen Kopf leicht zur Seite und wir sahen uns eine Weile lang direkt in die Augen. Ich lag nicht falsch. Es handelte sich um das richtige Tier. Wir erkannten uns wieder. Kurz nach Eugens Tod trafen wir das erste Mal auf wilde Hunde, die ihrem domestizierten Leben in der Zivilisation entkommen waren. Auch damals schaute mir ein Mischlingshund geradewegs in die Augen. Heute sahen wir uns wieder.

Die restliche Meute knurrte und bellte bedrohlich. Sie warteten auf das Zeichen ihres Anführers, sich ihre Beute holen zu dürfen. Das rechte Bein des anführenden Tiers zuckte heftig und ich begann an der Schläue meiner Aktion zu zweifeln.

Mit dem Rücken zu den Fahrzeugen bewegte ich mich vorsichtig einen Schritt zurück. Die Hunde folgten. Ein weiterer Schritt, die Hunde kamen nach.

Wie aus heiterem Himmel störte eine Lärmquelle die Szenerie, mit der wohl niemand rechnete. Die Glocken der nahegelegenen Kirche begannen mit einem gehörigen Getöse zu läuten. Das schallende Geräusch versetzte die Hunde in schiere Aufregung. Sollten sich zudem Schlurfer in der Nähe befinden, so würde sie ebenfalls, durch die Glocken alarmiert, in Kürze hier auftauchen.

Dann hätten wir nach meiner Einschätzung alle übriggebliebenen Varianten der heutigen Weltbevölkerung versammelt – lebende und untote Menschen sowie wilde Tiere. Aus welchem Grunde auch immer drängten sich unvermittelt Gedanken an Tiere in den zahlreichen Zoos und Tierparks in meinen Kopf. Was mochte wohl aus ihnen geworden sein? Rannten auch Löwen und Elefanten durch unser Land?

Der Mischling drehte sich nun zu den anderen Hunden um und bellte mehrfach. Wie auf Befehl stob die Meute auseinander und Sekunden später lag die Straße frei vor mir. Nur der Mischling stand noch da und sah mich so an, als ob er fieberhaft überlegen musste. Dann drehte er sich abrupt um, rannte ein paar Meter davon und blieb erneut stehen. Wieder wendete er sich mir zu.

Ich sah ihm nach, ging auf die Knie und breitete meine Arme aus. Aus den Augenwinkeln nahm ich wahr, wie Bernhard die Fahrzeugtür öffnete und mit seinem Gewehr auf den letzten verbleibenden Hund zielte.

»Nimm die Waffe runter, Bernhard. Auf gar keinen Fall schießen.«

»Du bist verrückt Kerl. Riechst du das nicht?«

Tatsächlich, wieder einmal umwehte uns dieser ekeltreibende Geruch, den die verwesenden Untoten verströmten. Die gammeligen Gestalten mussten sich ganz in der Nähe befinden.

»Komm«, flüsterte ich in Richtung des Mischlings und zeigte ihm meine offenen Handflächen.

Aus einer Seitenstraße schritt eine Gruppe übel zugerichteter Kreaturen auf uns zu. Die Glocken begannen schon wieder zu läuten.

Plötzlich entspannte sich der Körper des Mischlings und er sauste auf mich zu.

»Nicht schießen, Bernhard«, wiederholte ich.

Ich wartete bis der Hund bei mir ankam. Er wedelte mit dem Schwanz, leckte mir die Hände und ließ sich streicheln. Eine seltsame Begegnung, die aus einem Menschen und einem Tier erneut Freunde werden ließ. Von heute an würde mir dieser Hund nicht mehr von der Seite weichen.

Zurück im Fahrzeug freuten sich auch Marvin und die drei Mädchen sowie Ann-Kathrin über unseren neuen Gefährten. Die Erwachsenen dachten eher über Flöhe und Tollwut nach und fürchteten, der Hund könne durch den Verzehr von Schlurfern zum untoten Tier werden. Doch nichts dergleichen entsprach der Realität. Gordi, so nannte ich den Rüden, verfügte nicht über ein besonders gepflegtes Fell, ansonsten wies er aber keinerlei Ungeziefer und keine erkennbaren Krankheiten auf.

»Wohel hast du das gewusst?«, wollte Isa wissen.

»Ich hab es nicht gewusst. Es war nur so ein Gefühl.«

Immer mehr Schlurfer gerieten in unser Blickfeld.

»Lasst uns abhauen«, meinte Fritz.

Wir setzten unsere Fahrzeuge wieder in Bewegung. Ein Blick zurück ließ mich erschaudern. Die zuvor zurückgewichene Schar der wilden Hunde fiel über die vorrückende Meute der Untoten her.

»Sollen wir nicht mal nachsehen, wer da die Glocken geläutet hat?«, wollte Fiona wissen.

Ich sah zu Fritz herüber. Der wiederum blickte zu Bernhard und der schaute unbeteiligt aus dem Fenster.

»Wollt ihr wirklich auch zu Bestien werden? Was unterscheidet euch dann noch von den Banden da draußen? Da braucht vielleicht jemand unsere Hilfe. Oder glaubt ihr, der hat aus Jux und Tollerei die Glocken geläutet?«

Ich sah zu Fritz herüber. Der guckte betreten aus der Wäsche und blickte zu Bernhard, der in sich gekehrt und betroffen auf seine Finger schaute.

»Ok, wo ist die Kirche? Dann fahren wir eben dahin. Jetzt haben wir so viele Schleifen gedreht, da kommt es auf die eine auch nicht mehr an.«

Fritz signalisierte erleichtert mit der Lichthupe dem vor uns fahrenden Smart uns vorbeizulassen und wir bogen die nächste Straße nach links ab. Vor uns lag die Kirche, deren Glockengeläut immer noch die Luft mit ihrem Klang erfüllte.

(58)

»Wer geht denn jetzt in den Kirchturm und guckt nach, was da los ist?«

»Wieso in den Turm? Was willst du denn da?«

»Ja der läutet doch da.«

»Dafür steht doch heute keiner mehr im Turm und zieht am Seil. Das funktioniert mittlerweile alles elektronisch. Der drückt nur einen Knopf und dann startet das Ding. Manchmal ist es auch nur eine Zeitschaltuhr und niemand muss mehr was tun.«

»Ach ja? Und der Strom kommt aus der Steckdose?«

»Daran habe ich ja gar nicht gedacht. Du hast Recht. Ich Dummkopf. Der muss da oben sein.«

»Das ist doch alles Mist. Wir können hier auf dem Platz nicht bleiben. Hier wimmelt es gleich nur so vor Schlurfern.«

»Dann gehen ein oder zwei von uns rein und die Autos fahren erst einmal weg. In einer halben Stunde kommen die Fahrzeuge zurück. Bis dahin sind wir wieder da. Haben wir niemanden gefunden – Pech, dann fahren wir weiter.«

»So könnte es gehen. Wenn du ‚sind wir wieder da' sagst, dann willst du da rein?«

»Von Wollen kann wirklich nicht die Rede sein«, lachte ich.

»Und wer geht mit?«

Eigentlich bestand von Anfang an Klarheit darüber, wer gehen würde. Fritz und ich steckten unsere Waffen ein. So wie bei unserer ersten Begegnung mit den für uns zu dieser Zeit noch fremdem Kreaturen würden wir vermutlich wieder in einem Treppenhaus nach oben schleichen. Nostalgische Gefühle kamen bei der Erinnerung an unsere Erlebnisse mit den Schlurfern im Parkhaus nicht auf. Bernhard und die anderen Gewehrschützen wollten uns aus den Fahrzeugen heraus den Rückzug sichern.

Fritz und ich verließen den Transit, da sprang auch mein Hund aus dem Fahrzeug und blieb neben mir.

Die Fahrzeuge fuhren an und verschwanden wie besprochen hinter der nächsten Hausecke.

»Es riecht nach nichts«, meinte Fritz.

»Ist wohl kein Schlurfer in der Nähe.«

Wir standen im Kirchenschiff und sahen uns um. Schon lange her, dachte ich und konnte mich nicht daran erinnern, wann ich zuletzt in einem katholischen Gotteshaus stand.

Die Glocken stellten ihr Getöse ein und eine beinahe anzufassende Ruhe machte sich in dem Gebäude breit. Es roch nach Weihrauch.

»Wie kommt man in den Turm?«, flüsterte ich zu Fritz hinüber.

»Ich habe nicht die geringste Ahnung.«

»Was sollen wir jetzt machen?«

»Ich versuch mal was.«

Fritz ging in die Mitte des Kirchenschiffs und legte beide Hände wie einen Trichter an den Mund.

»Hallo, hallo. Ist da jemand?«

Der gewaltige Hall von Fritz' Stimme musste jedes lebende Wesen in der Kirche vernommen haben. Wir hörten in die Stille hinein und dann ließ die Antwort nicht lange auf sich warten.

»Ha, ha, ha, ha, ha, ha. Sind mir wieder ein paar Doofe auf den Leim gegangen«, rief eine männliche, wirr klingende Stimme von irgendwoher.

Zwei Türen im hinteren Bereich der Kirche öffneten sich mit knarrenden Geräuschen. Die Türen lagen im Dunkeln. Fritz und ich konnten nicht beobachten, was da geschah. Den uns in die Nasen steigenden, den Weihrauch übertünchenden Geruch kannten wir allerdings. Gordi knurrte bedrohlich.
»Ruhig, Gordi, ruhig.«
Da wurde es mir klar. Im gesamten Ort sahen wir bei unserer Fahrt durch die Ansiedlung keinen einzigen untoten oder lebenden Menschen. Erst als die Hunde kamen, tauchten auch Schlurfer auf. Auf unserem bisherigen Weg gab es überall Gestalten, die in den Orten herumlungerten, aber keine Gefahr für uns darstellten. Hier sah das anders aus. Es befanden sich keine Schlurfer auf der Straße und uns fiel es nicht auf. Vermutlich stellte ein Verrückter den lebenden Menschen hier eine Falle. Wie er das anstellte, wusste ich zwar nicht, im Augenblick schien mir das allerdings unwichtig zu sein.

Fritz und ich nahmen unsere Beine in die Hände und sausten zusammen mit Gordi der schweren Ausgangstür entgegen.

Die Bekloppten und Brutalen würden die letzten Überlebenden auf dieser Erde sein. Eine Zeit lang würden sie durch die Gegend ziehen, die letzten Reste der Zivilisation endgültig niederreißen und sich letztendlich auf einer Stufe mit den Untoten bewegen. Die soziale Entwicklung der Menschheit, die nach meinem Geschmack sowieso in den letzten Jahren zum Stillstand gekommen war, wurde um Jahrhunderte, wenn nicht um Jahrtausende zurückgeworfen.

Es wurde Zeit für uns, nach Königstein zurück zu kommen. Der Welt außerhalb der Festung wollte ich endgültig „Auf Wiedersehen" sagen, zunächst einmal zur Ruhe kommen und die grässlichen Szenen um Blut und Tod vergessen.

Doch so einfach machte es uns der Verrückte in der Kirche nicht. Jetzt sahen wir im diffusen, durch die Kirchenfenster scheinenden Licht was, da auf uns zukam.

Eine Kreatur nach der anderen drängelte sich durch drei Gänge zwischen den Holzbänken auf uns zu. Sie wirkten auf mich hungriger, als wir es von anderen Begegnungen mit diesen Gestalten kannten. Wie es dem Verrückten gelang, die Untoten für seine Zwecke zu benutzen, entzog sich meiner Kenntnis. Es spielte allerdings auch keinerlei Rolle.

Gordi knurrte noch bedrohlicher als soeben, blieb jedoch strickt an meiner Seite. Fritz hieb mit seiner Streitaxt auf die hölzerne Tür ein. Doch das uralte Holz leistete erfolgreichen Wiederstand. Nur kleine Stücke brachen aus. Ich suchte derweil in meinen Hosentaschen nach meiner Munition für die Zwille und brachte plötzlich ein Einwegfeuerzeug zum Vorschein. Daran hatte ich überhaupt nicht mehr gedacht.

Die von Fritz herausgeschlagenen Holzstücke, herumliegendes Prospektmaterial und ein Pack Gesangbücher bildeten die Grundlage für mein Abwehrfeuer. Ich legte mein Flammenmeer so an, dass eine gute Chance bestand, die umliegenden Holzbänke und zu guter Letzt die gesamt Kirche in Brand zu setzen. Das würde uns die Schlurfer und auch den Verrückten vom Hals schaffen, jedoch nichts nutzen, würden wir keinen Ausgang aus der Kirche finden.

Fritz hämmerte und schlug mit aller Kraft weiter gegen die Tür. Meine Flammen vermehrten sich und wuchsen. Ein Schlurfer fing Feuer und steuerte trotzdem weiter auf uns zu. Ihn zu erschlagen, stellte kein Problem dar.

Und endlich gab die Kirchentür mit einem letzten lauten Knacken nach. Wir liefen ins Freie. Unmittelbar hinter uns fing der schwere Vorhang, der die Tür zur Kirche von innen deckte, Feuer.

Der Smart und der Ford Transit mit der lustigen Lackierung standen nicht dort, wo wir sie erhofften. Der die Szenerie beleuchtende Feuerschein wurde mächtiger und die ersten Untoten strebten neugierig dem Kirchenvorplatz zu.

Gordis Rückenhaare stellten sich auf und er fletschte angsteinflößend seine Zähne. Seine alte Meute erschien ebenfalls an der Kirche.

Ich stampfte wütend mit einem Fuß auf. Immer wieder dieselbe Geschichte. Von der Spitze der Evolution rutschten wir in wenigen Monaten ab und waren nun Teil der Nahrungskette geworden. Die uns jagenden Geschöpfe befanden sich zudem in der Überzahl. Die Welt stank nach Verwesung und überall, an unserer Kleidung, an unseren Waffen und an unseren Fahrzeugen klebte Blut.

Verlier jetzt nicht die Nerven, dachte ich. Da fuhr der Ford Transit mit rasendem Tempo auf uns zu. Der Smart und der dem Transit bisher angehangene Wohnwagen fehlten.

Mit quietschenden Reifen kam der Ford auf dem alten Kopfsteinpflaster zum stehen. Die seitliche Schiebetür schwang auf und Isa rief nach uns.

»Schnell, hiel helein.«

Das klackende Geräusch von Bernhard Gewehr und der Sturz eines Schlurfers bewiesen uns seine Anwesenheit.

Trotzdem gelang es einem der Untoten in unsere Nähe zu geraten. Doch Gordi zeigte uns, wie wertvoll er für uns sein konnte. Er sprang der Kreatur in den Rücken und sorgte mit einem gezielten Biss in den Nacken für die endgültige Bewegungslosigkeit der blutrünstigen Gestalt.

Fast gleichzeitig sprangen wir Drei in den Ford, die Tür schloss sich und genauso schnell, wie der Transit den Platz erreichte, verschwand er jetzt wieder zwischen den Häusern.

Ein letzter Blick zurück zeigte mir eine wie eine Fackel brennende Kirche, deren Feuerschein kilometerweit zu sehen sein würde.

(59)

Von dem Verrückten aus der Kirche sahen und hörten wir nichts mehr. Eine Zeit lang unterhielten wir uns im Transit über die Umstände unseres Kirchganges. Zu einem für uns erklärbaren Ergebnis gelangten wir nicht.

Oma Johanna, ihre Tochter, ihre Enkelin und ihre Urenkelinnen zeigten sich besonders beeindruckt und geschockt von den Ereignissen der letzten Stunde. Solche Erlebnisse kannten sie bislang nicht.

»Jetzt bin ich doch froh, wenn ihr uns mitnehmt«, meinte Johanna, »hier ist das ja unerträglich.«

Ann-Kathrin kümmerte sich um die drei Mädchen, die ebenfalls das erst Mal mit der heutigen rauen Wirklichkeit konfrontiert wurden.

Wir kamen gut voran und ich stellte bei Fiona und Fritz eine gewisse Freude darüber fest, endlich nach Hause zu kommen. Auch alle anderen Mitreisenden wurden zunehmend nervös. Näherten sie sich doch ihrer neuen Heimat.

Schon von weitem konnte man die Festung im leichten Dunst am Horizont erkennen. Ich ließ den Konvoi stoppen, um mir die Umgebung anzusehen. Man konnte nie wissen. Etliche Wochen waren ins Land gezogen, seitdem wir das letzte Mal einen Blick auf unser Zuhause werfen konnten. Ich rechnete zwar nicht mit Unheil auf der Festung. Welches Gesindel sich jedoch davor herumtrieb, erschien mir ungewiss.

Mit Bernhard saß ich auf einem Stein und wir spähten abwechseln durch das Zielfernrohr seines Gewehrs zur Festung hinüber.

»Ich kann nichts Besonderes zwischen hier und der Festung entdecken«, meinte Bernhard, »allerdings sehe ich auch keine Lebenszeichen auf der Burg.«

»Das ist nicht verwunderlich. Unsere Leute sind darauf geeicht, weit sichtbare Lebenszeichen möglichst zu vermeiden.«

»Doch, da ist was. Warte mal.«

»Was ist denn?«

»Ganz auf der rechten Seite, da steht jemand an der steinernen Brüstung und guckt herunter.«

»Lass man sehen!«

Aufgeregt schaute ich durch das Fernrohr. Ja, jetzt sah ich die Person ebenfalls. Wenn mich nicht alles täuschte, dann handelte es sich um meinen Vater. Ein Blick zur Sonne verriet mir, es musste später Nachmittag sein. Zu dieser Zeit machte mein Vater immer seinen Rundgang entlang der Begrenzungsmauern der Festung. Dem alten Zausel ging es also gut. Ich atmete spürbar auf und beobachtete ihn noch eine Weile.

»Alles in Ordnung auf Königstein«, wusste ich zu vermelden.

Im Westen zogen dichte Wolken auf. Meine Gefährten und ich froren und wir freuten uns, wenn die Heizungen unserer Fahrzeuge liefen. Es sah nach einem frühen Wintereinbruch aus.

In Anbetracht des gegenwärtigen Wetters und der schon weit fortgeschrittenen Tageszeit drängte ich auf Beeilung. Ich wollte keine unnötige Nacht mehr im Freien verbringen.

Kurz vor Einbruch der Dunkelheit erreichten wir den letzten Abzweig von der Bundesstraße zur Festung. Damals, als wir das erste Mal hier ankamen, hielten wir hier, um Königstein zu erforschen. Wir wussten anfänglich nicht, was uns erwarten würde.

Heute verzichteten wir auf diesen Stopp. Aufgeregt steuerten wir mit unseren Fahrzeugen den Parkplatz direkt unterhalb der Festung an.

Abgesehen von stärker gewordenem Grünwuchs konnte ich nichts Verdächtiges entdecken. Ich blickte zu Fritz und Fiona herüber und sie nickten mir zu. Für sie schien auch alles in Ordnung zu sein.

Jetzt galt es, die Aufmerksamkeit der Festungsbewohner auf uns zu lenken.

»Schlurfer!« rief Nils plötzlich.

Tatsächlich näherte sich eine kleine Gruppe Untoter dem Parkplatz. Sie witterten uns und erhöhten ihr Tempo. Fritz griff nach seiner Streitaxt, aber ich hielt ihn zurück.

»Lass stecken, dass ist eine Sache für die Schusswaffen. Das spielt uns in die Karten. Bestimmt hören die uns dann da oben.«

Zu dem Zeitpunkt ahnte ich nicht, dass es sich bei der kleinen Meute von Untoten nur um die Vorhut einer gewaltigen Horde handelte.

Bernhard, Fritz und Isa legten derweil mit den Gewehren auf die Schlurfer an. Ich gesellte mich mit meiner Polizeipistole dazu. Der Lärm vierer Schusswaffen sollte doch reichen. Das mussten unsere Freunde hören.

Nahezu gleichzeitig zogen wir die Abzüge durch. Unserer Kugeln sorgten für große Lücken unter den Untoten und für einen gehörigen Knall.

Hoffnungsvoll schaute ich nach oben. Auch meine Freunde beobachteten den Rand der Felsbrüstung.

»Ganz viele Schlurfer«, rief da der kleine Marvin, »wir müssen rennen.«

Wieder einmal nahm der kleine Mann seine Beine in die Hand und rannte los. Mit einem letzten Griff konnte ich ihn soeben am Weiterrennen hintern. Marvin steuerte die falsche Richtung an.

»Feuer!«, schrie Fritz und wieder donnerten die Waffen.

»Gordi, pass auf die Kinder auf«, rief ich meinem Hund zu und der wich diesen nicht mehr von der Seite.

Auch alle anderen Mitreisenden griffen nun nach ihren Waffen. Immer wieder blickten sie nach oben. Hörte uns denn niemand?

Ich bemerkte, wie meine Freunde mehr und mehr in Panik gerieten. Auch an mir ging die Situation nicht spurlos vorüber. Jetzt war es uns gelungen, bis hierhin zu kommen und nun sollte die Schwerhörigkeit unserer Freunde auf der Festung unser Ende bedeuten?

Großartige Möglichkeiten zu Flucht bleiben uns nicht. Einlass in die Festung, so hieß unsere einzige Rettung. Die Lage verschlechterte sich zusehends. Wieder schallte der Knall der Schusswaffen durch das Tal. Nils, Fiona und die anderen konnten mittlerweile mit ihren Schlagwaffen die Untoten erreichen und es wurden immer mehr. Ich feuerte den letzten Schuss der Pistole ab und zog meine Zwille. Schraube um Schraube schoss ich in die immer dichter werdende Wand der Schlurfer.

Oma Johanna blickte zur Burg empor. Da näherte sich ihr einer der Untoten, dem es bisher gelang, dem Kugelhagel zu entgehen. Sein deutlich zu vernehmendes Gestöhne alarmierte Johanna. Die alte Dame drehte sich zu ihrem Angreifer um.

»Komm her, du armes Geschöpf«, hörte ich sie sagen.

Ich zielte mit meiner Zwille. Doch bevor ich das Leder mit der Schraube loslassen konnte, hämmerte

Johanna dem Untoten ihren Krückstock zwischen die Augen und schickte ihn damit endgültig in die ewigen Jagdgründe. Ich hatte die Alte weit unterschätzt.

Plötzlich und unerwartet erfüllte ein Explosionsknall die Luft, wie ich ihn schon lange nicht mehr gehört hatte. Etwas Schwarzes und Großes schoss auf die uns angreifenden Kreaturen zu und riss ein riesiges Loch in deren Reihen. Unzählige Gestalten wurden getroffen und niedergestreckt.

Meine Freunde und ich sahen uns ratlos an. Da dröhnte es erneut. Wieder lichteten sich die Reihen der Schlurfer. Erst da begriff ich, was passierte.

Meine Freunde von der Festung brachten während unserer Abwesenheit drei der gewaltigen mittelalterlichen Kanonen der Festung herunter und in Stellung. Neben der richtigen Munition schafften sie auch alle erforderlichen Zutaten für einen Abschuss der Kugeln herbei.

Die dritte Kanone versah ihren tödlichen Dienst, da rannten Bernd, Mahmut, Petra, Fahid und Bärbel heran, um uns beim Tragen unserer Beute zu helfen. Bärbel ließ es sich nicht nehmen, zuerst ihren Fritz zu umarmen und mir wurde es warm ums Herz. Ich erinnerte mich gut daran. Fritz wollte eigentlich gar nicht mit auf unsere gefährliche Reise gehen. Endlich lagen sich die Beiden wieder in den Armen.

Auch oben an der Brüstung zeigten sich jetzt Freunde von uns. Sie warfen Steine gezielt auf unsere Gegner. So musste es auch im Mittelalter gewesen sein.

Lange gelang es den Schlurfern nicht mehr uns zu folgen. Die baulichen Maßnahmen, die wir schon früh nach unserer Einnahme der Festung umsetzten, ließen das nicht zu. Wirklich aufatmen konnte ich jedoch erst, nachdem wir das erste feste Tor passierten und es hinter uns verschlossen.

»Der Eugen ist tot. Und sind Eddi, Marlene und Willi hier aufgetaucht?«, fragte ich Bernd, der neben mir ging, besorgt.

»Mach dir keine Sorgen. Eddi hat es mit Marlene und Willi problemlos geschafft. Dr. Manter hat Marlenes Bruch operiert und mittlerweile läuft sie schon wieder ohne Krücken. Die Drei warten oben auf euch.«

Tränen der Freude und Erleichterung schossen mir in die Augen. Nur mühevoll beherrschte ich mich wieder, da stolperte mein Vater auf mich zu. Er riss mir meine Taschen aus der Hand. Dann umarmte er mich. Mir blieb die Luft weg. Eng umschlungen standen wir da und weinten beide. Nie mehr würde ich so leichtfertig auf eine gefährliche Reise gehen, nahm ich mir in diesem Augenblick fest vor.

»Junge, ich bin so froh. Du bist endlich wieder da. Nach dem, was Eddi so alles erzählt hat, hab ich gedacht, ich sehe dich nie wieder.«

Fionas Mutter eilte ebenfalls herbei und begrüßte überschwänglich ihre Tochter.

Schließlich zogen wir wie im Triumphzug unter tosendem Beifall der hier Lebenden und unter erstaunter Ungläubigkeit der Neuankömmlinge in die Festung ein.

(60)

Wir kehrten nicht als Sieger heim. Mit dem Traum von einer anderen Welt starteten wir vor Wochen unsere Expedition. Voller Hoffnung blieben unsere Familien und Freunde zurück. Jetzt musste ich sie enttäuschen. Weder ein freieres Leben noch eine Aussicht darauf, brachten wir ihnen mit. Ganz im Gegenteil, wir hatten den Tod eines Freundes zu beklagen. Unsere Kenntnisse über den Grund der so drastischen Veränderung der Menschheit waren ein kleines Stück umfangreicher. Wir wussten bislang nichts von der Wolke und dem leichten Nieselregen. Wirklich schlauer machte uns das jedoch nicht. Wir hatten gelernt, dass immer noch die alten Gefahren außerhalb der Festung auf uns lauerten und dass neue Feinde hinzugekommen waren. Aber, wir brachten auch neue Freunde mit, die unser Leben bereichern würden.

Eine lange Rede von mir, die auch sämtliche Erklärungen über die Welt um uns herum und die vergebliche Hoffnung auf Rettung durch das Flugzeug nicht ausließen und ein rauschendes Fest beschlossen den Abend unserer Ankunft. Es begann zu schneien.

Dieser Abend lag nun mehr als zwei Monate zurück.

Die neuen Mitbewohner integrierten sich schneller, als man es annehmen konnte. Johanna und ihre Familie widmeten sich der Landwirtschaft, die immer helfende Hände gebrauchen konnte.

Die jungen Mädchen der Familie, Ann-Kathrin und der kleine Marvin fanden neue Freunde und besuchten die Schule. Ich empfand große Genugtuung und wusste, wir hatten richtig gehandelt, wenn ich das Kinderlachen hörte und Marvin ausgelassen mit den Hunden spielen sah. Wir verloren Eugen und gewannen die Kinder.

Nils, der mittlerweile mit Grete zusammenlebte, unterstützte Dr. Manter bei der medizinischen Versorgung unserer Leute.

Bernhard schloss sich, wie erwartet, der Wachmannschaft der Festung an. Seine asiatische Freundin Isa kümmerte sich um das burgeigene Nahverteidigungsprogramm und half in der Schule aus.

Stávros steuerte die pikante griechische Küche zu unserem Speiseplan bei, auch wenn es nicht ganz leicht wurde, entsprechende Zutaten aufzutreiben. Jeden Abend begleitete er meinen Vater, die Mutter Fionas und Oma Johanna auf ihrem Rundgang entlang der Festungsmauern. Seiner Kondition war das zuträglich. Dabei lernte er fleißig unsere Sprache.

Der Funkspruch, den Nils und Bernhard während ihres Flugs von Zypern nach Leipzig aufgefangen hatten, ließ mir keine Ruhe. Ich hegte keinerlei Ambitionen mehr, die Festung zu verlassen, um eine bessere Welt zu finden. Diese gab es gewiss nicht. Die Neugierde trieb mich jedoch an, den Funkspruch zu entschlüsseln. Vielleicht besaß Gülsen ja tatsächlich die Fähigkeit, die Buchstabenfolgen auf Nils' Zettel zu entziffern.

In einem unbeobachteten Moment schlich ich zu ihr. Ich wusste, sie wäre allein.

»Hallo Gülsen.«

»Hi Marc.«

»Gülsen, ich habe da einen Zettel. Keiner kann lesen, was da drauf steht. Du kannst das aber vermutlich entziffern«, holperte ich mit meinem Anliegen herum.

»Was für einen Zettel?«

»Du darfst auch niemandem davon erzählen, auch nicht Mahmut. Das musst du mir versprechen.«

»Ich weiß zwar nicht, was der Blödsinn soll –aber gut, versprochen. Zeig mal her.«

Ich reichte Gülsen den mehrfach gefalteten und schon stark in Mitleidenschaft geratenen Zettel. Die Schrift konnte immer noch zweifelsfrei erkannt werden.

Gülsen besah sich das Papier von beiden Seiten und brach in Gelächter aus.

»Das habt ihr nicht lesen können, ihr Deppen? Das ist doch eindeutig klar. Da steht „hallo, kann das jemand hören? Kommt nach Norden! Oberhalb des sechzigsten Breitengrads ist die Welt noch in Ordnung. Hallo, ich wiederhole. Kann das jemand hören? Kommt nach Norden."«

Ich sah Gülsen entgeistert an. Ich konnte sicher sein. Sie würde sich an ihr Versprechen gebunden fühlen.

»Was hat das zu bedeuten, Marc?«, fragte sie mich jetzt und blickte mich mit großem Ernst an.

»Sechzigster Breitengrad? Oh mein Gott. Wenn ich mich nicht täusche, reden wir da über Kanada, Shetlandinseln, Schweden und Nord-Russland und weiter nördlich.«

»Ganz schön weit weg.«

»Gülsen, wir beide sind die einzigen Menschen hier, die wissen, was auf dem Zettel steht. Ich schließe den jetzt weg und wir behalten das für uns. OK? Sonst starten wir am Ende wieder eine Expedition ins Ungewisse. Und das ist soweit weg. Da müssten wir gleich alle losziehen. Da kann niemand mal hingehen und dann wieder zurückkommen. Das ist viel zu weit.«

Gülsen nickte, ich drehte mich um und sah direkt in die fragenden Augen meiner Freundin Fiona.